本著作的出版获得浙江传媒学院科研处“学术出版资助经费”、浙江传媒学院省“十二五”重点学科“戏剧戏曲学”、浙江传媒学院文学院与桐乡市文化局合作项目等平台给予的支持和出版资助，在此表示感谢。

网络时代的文学书写

张邦卫 杨向荣 等◎著

中国社会科学出版社

图书在版编目（CIP）数据

网络时代的文学书写/张邦卫等著．—北京：中国社会科学出版社，2016.8

ISBN 978-7-5161-8840-8

Ⅰ.①网… Ⅱ.①张… Ⅲ.①网络文学—文学研究—中国—文集 Ⅳ.①I207.999-53

中国版本图书馆CIP数据核字(2016)第205103号

出 版 人 赵剑英
责任编辑 郭晓鸿
特约编辑 席建海
责任校对 李 莉
责任印制 戴 宽

出 版 中国社会科学出版社
社 址 北京鼓楼西大街甲158号
邮 编 100720
网 址 http://www.csspw.cn
发 行 部 010-84083685
门 市 部 010-84029450
经 销 新华书店及其他书店

印 装 北京君升印刷有限公司
版 次 2016年8月第1版
印 次 2016年8月第1次印刷

开 本 710×1000 1/16
印 张 19.75
插 页 2
字 数 223千字
定 价 72.00元

序

浙江传媒学院是国家新闻出版广电总局和浙江省人民政府共建高校，是目前全国培养广播影视及其他传媒专门人才的主要基地之一。学校拥有两个校区，分别坐落于素有“人间天堂”美誉的杭州市和江南名城桐乡市。学校设有13个二级学院、3个教学部及继续教育学院。目前有教职员工1200余人，其中正高职称96人，副高职称250人；全国优秀教师1名，享受国务院特殊津贴教师8名，省151人才工程各层次培养人才34人，省高校中青年学科带头人15人，省优秀教师2人，省教学名师2人，省教学团队4个，省科研创新团队2个。全日制在校学生13000余人，其中新闻与传播专业硕士研究生110人。学校现有本科专业40个，其中艺术类专业18个，播音与主持艺术和广播电视编导2个专业为国家特色专业。学校学科特色鲜明，已初步形成以传媒类和艺术类专业为主干，文学、艺术学、经济学、工学、管理学等多学科交叉渗透、协调发展的学科体系；拥有“新闻传播学”“戏剧与影视学”“通信与信息系统”“交互媒体技术”等4个省级重点学科。学校先后荣获浙江省“平安校园”“国家级语言文字规范化示范学校”“全国文明单位”“国家级实验教学示范中心”“浙江省2011协同创新中心”等称号。

浙江省网络文学创作与研究中心是根据浙江省作家协会与浙江传媒学院战略合作协议、由浙江省网络作家协会与浙江传媒学院文学院于2015年6月正式建立，是浙江省高校中首家创作与研究网络文学的专门机构。中心旨在大力推进浙江省网络文学的创作与繁荣、大力推进网络文学的研究与评论、致力于浙江省网络文学引导工程的建设与网络文学评价体系的建构等。中心挂靠在浙江传媒学院文学院，现有专兼职创作人员10人，专兼职研究人员30人。主办“浙江省网络文学创作与研究中心网”，出版《浙江省网络文学发展年度报告》。下设有网络文学创作室、网络文学研究室、网络文学改编室、网络文学评论室、网络剧工作室、网络文学信息室等5个分支机构。初步形成了创作与研究并重、文学与影视并举、评论与培育并进的鲜明特色。

我们知道，进入21世纪以来，互联网经过了信息互联、消费互联、生产互联、智慧互联诸阶段之后，进入了文化价值互联阶段。网络文学作为一种文化现象，展现了中国社会正在崛起的群体力量。相对于日本的动漫、韩国的游戏，网络文学是中国式的表述方式。网络文学不断地丰富着中国文学史，不断地改变着中国文学和文化范式，不断地激活民族创造力，并同时向其他国家输出优秀的网络文化。浙江省的网络文学发展迅速，成就突出，率先成立了浙江省网络作家协会，体现了文化建设的前瞻性。在北京、上海、杭州、广州等大都市，“网络写作”不再业余，逐渐职业化。但是，网络时代的到来，一方面，解放了文学的生产力；另一方面，又使文学陷入了多元无序状态。网络民主精神和文化规范之间，需要达成一种平衡。因此，对于网络文学创作的引导与研究，对于网络文化舆情建设和网络文化导向的研究，对于网络文学创造力的激活，就显得十分重要，也必然要成为我们这一代人必须要正视的文化选择与必须从事的文化担当。

在此，我想说的是：浙江省网络文学创作与研究中心的成立，既是浙江省文学界的大事，也是浙江传媒学院的大事，更是浙江传媒学院文学院的大事。希望浙江省网络文学创作与研究中心的全体同志紧

紧抓住“世界互联网大会永久落户乌镇”“浙江省人民政府批复同意设立乌镇互联网创新发展试验区”“网络‘浙军’崛起”“浙江传媒学院互联网学院创办”以及“中央大力发展网络文艺”的有利时机，以互联网内容生产为中心，以网络文学引导工程为重心，创作与研究并重，评论与评价并举，多发声，多出作品，做出成绩，做出特色。

但是“网络那些事儿”，永远不可能让我们“遗忘今天的桐乡”，让我们携手，共同推动网络文学创作与研究的繁荣吧！

彭少健

2016 年春

目　录

第一编　网络文学现象与作品研究

第二编　网络文学产业与文化研究

第三编　网络文学理论与批评研究

第一编

网络文学现象与作品研究

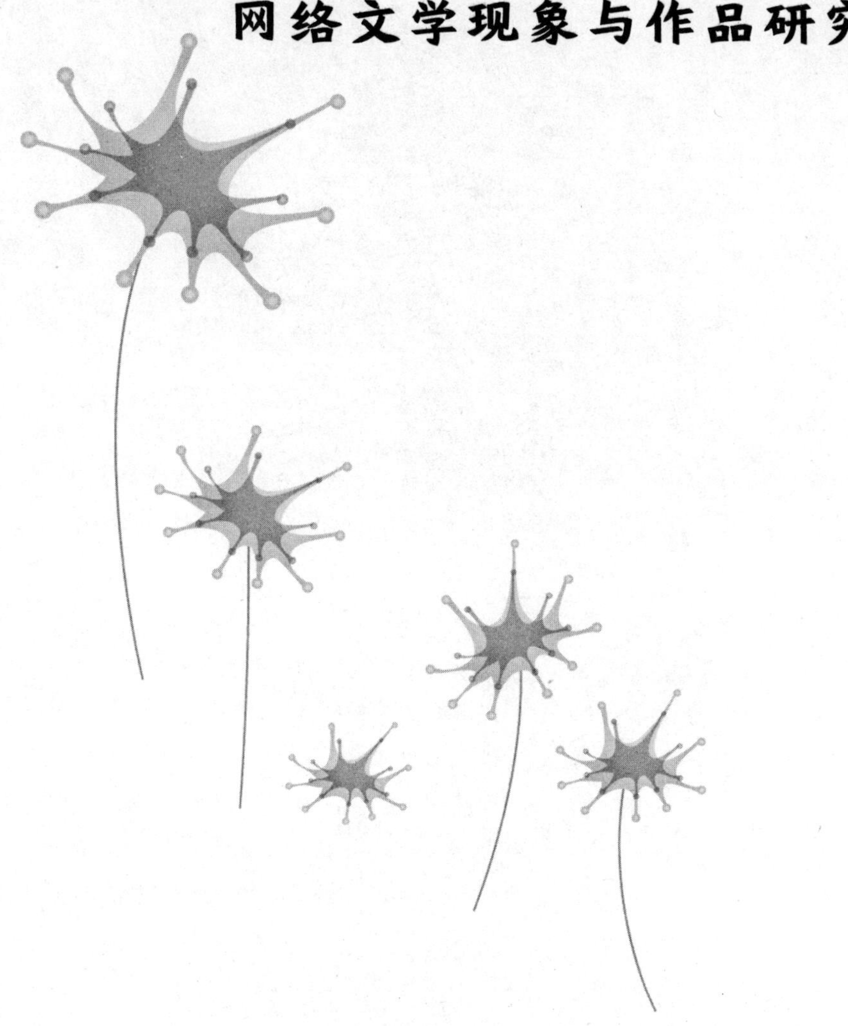

作者与受众：关于网络文学现状的若干思索

谈论这个话题的前提，是要对当下的网络文学实践有丰富的亲自体验。很遗憾，这方面笔者基本没有什么直接的参与，偶尔的接触也算不上了解。按常理笔者没有发言权，不该随意说什么。好在在座的有这方面的著名专家，那笔者就以门外汉的身份说些外行话。

顾名思义，网络文学的特色在于对“网络”的有效利用。加拿大传播学家麦克卢汉的名言众所周知：媒介即信息。尼采也曾在一封信里谈到，我们所用的写作工具参与了我们思想的形成过程。这对于我们最后的文字产品不可能不产生重大的影响。网络文学的特点是利用电子手段进行生产、传播、接收。区别于书面文本的“作者—文本—读者”，具有一种单向性和固定性，并在此基础上突出了一种权威性。

网络文学的大众性显而易见。这既是现代高科技时代的产物，同时也是大众文化异军突起、完成从边缘到中心的文化重构的一种现象。关于传统书面语文学与网络文学究竟孰优孰劣的讨论已经很多，双方各执一词各有理由，重复这种评价性争论的意义不大。今天似乎更需要进一步讨论更具体的问题。这是笔者想强调的一点。而关键点也恰恰在于，什么样的问题才是值得讨论的“具体问题”。

笔者想还是需要回到“工具”或“手段”方面来讨论。网络文学的创作工具是电脑，在某种意义上，这是强化而非弱化传统书面文本的优势。也就是说它有益于文字表达的精炼和思维的慎重性，同时也有助于写作的方便。这是指电脑与传统打字机的相似性。但电脑与打字机的相似并非网络文学的主体，网络文学之所以称为网络文学，在于“网络”化，这意味着具有“在线”性。而“在线”意味着什么?这需要考虑。

在线首先意味着一个由无形的网络构成的空间，网络文学属于一个虚拟世界。它的生产优势不仅在于让写作变得方便，还在于让交流更方便。它省略了诸如出版及发行等的环节。无论是传统文学还是网络文学，都有一个最基本的“写”与“读”的问题。由于省去了发行和出版的环节，写作“门槛”也有所降低，而这是一把“双刃剑”，对此不作赘述。

笔者想讨论的是，就作者与读者方面而言，网络文学与传统书面语文学可谓形成了一种平分秋色的分庭抗礼之势。虽然传统作者的文学修养较现代网络作者或许更为深厚，但网络写作的普及性无疑为人才的脱颖而出提供了方便。但文学作品的另一方面是受众，没有读者的作品也就失去了创作的意义。所谓“在线一代”与以往阅读受众的一大不同就是读者群的年轻化。电子产品更新换代之快和更具有技术含量等，无疑都是青少年所特有的兴趣点。

因此，如果说以往的传统文学有一种“老少皆宜”的特点（孩子们读“小人书”，成人们读经典），那么有意无意地，网络文学则更多侧重于青少年读者群。在这种意义上，网络文学的产品不属于通常意义上的“大众文化”，而是“青少年亚文化”。这也是“媒介即信息”的一种内涵。媒介的使用方式决定着使用者，具体的使用者不仅进一步决定着所使用的媒介生产的内容，同时也限制着媒介本身。由此来看，网络文学与其说是“大众化”，不如说其“特殊化”。它的受众面有着鲜明的特点，主要属于“在线一代”或“互联网族”。也因此，关于网络文学的讨论，归根结底要落实到作为主要受众的他们身上。

再进一步看，网络文学借助电子产品进行创作，同时也意味着受制于工具即电子产品的发展方向。现在的网络技术早已从简单的电脑技术发展到了智能手机阶段。这种媒介不仅仅是信息的极度多样化和碎片化，而且是信息内容的消费化。

由此而言，首先，网络文学在某种程度上呈现出一种“返祖归宗”之态，也就是重新回归到道听途说和八卦消息方面，这些原本就是小说这类文学形态的生成之源。在这个意义上，我们似乎可以说，文学（小说）借助于高科技完成了一个“否定之否定”（肯定—否定—再肯定）的阶段。

其次，在网络空间内，电子产品的使用者更多地会进入随意浏览的状态，被种种游戏化内容和图像化文本所吸引。所谓“低头族”对手中电子产品中内容的观看，更多地不是针对通常意义上的文学作品，而是广义的“文化产品”。这意味着，我们要研究的问题并不仅仅是网络文学究竟是“什么样”的文学，还有网络文学到底是否真实存在？也即网络中究竟是否还有“文学”？网络文学的称呼是否需要重新界定？

笔者这样说并非彻底否认“网络文学”的意义，而只是从逻辑方面做出一种分析，讨论今天我们究竟应该如何看待和更准确地认识网络文学。毋须赘言，网络技术正处在日新月异的发展中，网络时代的进步无可阻挡，传统的文学形态势必发生改变。这是任何人都无法改变的事实。我们能够考虑的是，应该以怎样的一种姿态来应对这种改变的发生，以及在这种改变中究竟还能够和必须做些什么。

归根结底，文学的存在意味着人的存在，因此，对于人类自身文化的发展，作为主体的人永远都不是无所作为的。我们应该积极和主动地参与变化，而不是被动地做出反应。

（作者徐岱，浙江大学人文学部主任，文科资深教授，博士生导师。本文系论坛大会主题发言提纲）

网络文学参评“茅奖”之反思

网络文学是不是文学，是怎样的一种文学，人们所秉持的基本参照系大都是亘古积淀的精英文学传统，即以纸张等物质媒介承载的所谓纯文学，大而化之也称传统文学。在当今文坛，由中国作家协会组织的“茅盾文学奖”（简称“茅奖”）评选活动，无疑是彰显这一文学话语权的最受关注的事件之一。为检视我国网络文学创作成果，给这一新生文学以平等竞争的机会，近两届的茅奖评选对网络文学敞开大门，允许已出版完结本的网络小说申报参评。这不仅让网络文学有机会参与国家级文学大奖的角逐，也让我们得以在一个比较的视域中来审视网络文学的品相和发展路向。

一

源自技术丛林和山野草根的网络文学，无论是历史成长期还是艺术经验积累，与历时数千年的传统文学相比，显然不在一个量级。网络文学在我国出现不足20年[①]，而茅奖所代表的文学传统和创作经验已传承了两千多年，这种“20年对2000年”的比拼，胜负一开始便失去悬念。笔者关注网络文学研究多年，又有幸担任近两届茅奖评委，阅读了参评的网络小说，并见证了茅奖评审过程，对这两种文学的“同台竞技”特别有感触。2011年第八届茅奖评选时，首度接纳网络文学作品参与评选，由新浪网、起点中文网、中文在线网等提交的7部网络小说进入了评审程序，它们分别是王海鸰的《成长》、菜刀姓李的《遍地狼烟》、顾坚的《青果》、郑彦英的《从呼吸到呻吟》、关中土的《中国脊梁》、宋丽晅的《办公室风声》和容三惠的《刀子嘴与金凤凰》等，结果除3部小说（《从呼吸到呻吟》《遍地狼烟》《青果》）在第一轮投票中冲进前80名并就此止步外，其余均名落孙山，仅仅是在那届176部参评作品名录上露了一下脸而已。2015年8月举行第九届茅奖评选时，又有半壁江中文网、中文在线、晋江文学城等网站申报了5部网络小说[②]参评，结果比上一届更惨：这5部作品没有一部冲过第一轮，全部“牺牲在起跑线上”，十分惨淡地结束了这次悲壮的沦陷。

网络小说落选茅奖，结局虽在意料之中，但其中涉及的问题值得反思。有人开始质疑，网络小说是否真的差到只配在茅奖评审中扮演“陪绑”的尴尬角色，如果真是这样，压根儿就不该来凑这个热闹。抑或茅奖评委是否对网络文学怀有偏见，未能公正地看待网络小说，而有意将其先入为主地做了边缘化处理。类似的质疑多有误解。其

① 汉语网络文学于1992年诞生于北美留学生之手。网络文学挺进中国本土是在1997年，其标志有三：一是1997年11月美籍华人朱威廉在上海创办了我国第一个大型原创性文学网站“榕树下”；二是第一部原创长篇网络小说（痞子蔡的《第一次的亲密接触》）出现在1997年；三是2008年我国首次举办的“网络文学十年盘点”活动是从1997年算起的，再次确认了我国的网络文学元年。

② 参评第九届茅盾文学奖的5部网络小说分别为张巍的《太太万岁》、尚建国的《文化商人》、却却的《战长沙》、欧阳乾的《江湖凶猛》和疯丢子的《战起1938》。

实，在笔者看来，网络小说参评茅奖出局，其根本原因还是实力不及，并非是有什么偏见。并且，让网络文学参评茅奖（或鲁迅文学奖，或其他各类主流文学奖项），无论对中国文坛的整体建设，还是对网络文学自身发展，都是有意义的，并且不可小觑。这个意义至少有两点。

首先，网络小说亮相茅奖评审，让“另类”的网络文学有了与传统文学“平等参评”的名分，也有利于展现中国文坛的整体风貌。网络文学自诞生以来，一方面由于它发表的“零门槛”和观念的“草根性”受到广大文学网友的追捧，迅速成长为一支不可小觑的文学新军，其百万计的写手群体、千万计的“粉丝”声威、数以亿计的关注度和阅读受众，以及恒河沙数般的原创作品，[①] 从整体上改变着我国文学的发展格局，甚至从某种程度上说，另辟蹊径地弥补甚至拯救了日渐边缘化的传统文学；另一方面，它又由于粗粝、肤浅、随心所欲、唯娱乐化和唯利是图等种种弊端而备受诟病，以致有人说，文学就是文学，没有什么网络文学，或者说它有“网络”而无“文学”，或有“文学”而没有“文学性”。在这样的文学语境中，中国作家协会积极推进网络文学与传统文学的互动交流，促进线上线下文学的有机结合，吸纳网络文学参评茅盾文学奖就是其中的重要举措之一。这种参评，不仅是对网络文学“文学”身份的接纳、认可和肯定，还体

---

① 中国互联网络信息中心（CNNIC）2015 年 7 月 22 日发布的《第 36 次湖南网络统计报告》显示，截至 2015 年 6 月底，我国网民规模达到 6.68 亿人，网络文学用户 2.85 亿人，网民的网络文学使用率为 42.6%；手机网民 5.94 亿人，手机网络文学用户 2.49 亿人，手机网民的文学使用率为 42%。在这 2.85 亿文学网民中，有超过 2000 万人上网写作，约 200 万人成为网站注册写手，通过网络写作获得经济收入的已达 10 万人，职业或半职业写作人群超过 3 万人，文学网站及移动平台每天的文学阅读超过 10 亿人次，在线作品日更新超过 2 亿字节，一个大型网站原创作品的日更新量可达数千万甚至上亿汉字。如盛大文学麾下的几家在线中文写作平台（2015 年与创世中文网合并组建为阅文集团），累计发布的作品就已超过 730 亿汉字。如果把所有网络文学作品（包括手机文学、博客微博和微信等自媒体文学）累积起来，其总量将是一个天文数字，堪称世界文学史上的一大奇观。

现了对当下多元文学格局的一种注解，保证了一个国家级文学大奖面对整个文坛遴选的公正和公平。老作家陈村多年前就曾说，“文学有关人的心灵，从来可以从各个道口进入”，“有人一口咬定网上的文学作品都是垃圾，那是精神错乱，我们应该怜悯他。有人说网上的作品才是文学，那是理想。我看到的情形，站得远一些说，网上网下作品的好坏比例大体是一样的，都有佳作和劣作，都离伟大的作品较远”。[①] 是的，英雄不问出处，文学作品从来都是以艺术品质论高低，而不在于它是出自普通网民之手还是来自传统作家笔下，是纸质出版的还是网络首发的，评判其价值只能用一把尺子来衡量，就是文学的尺度、艺术审美的尺度，而不是其他。当然，由于参评茅奖作品的特殊要求：必须是在持有互联网出版许可证的重点文学网站发表，并且经过正式出版的作品，导致一批优秀的在线阅读的网络小说无法参评；还有，茅奖作品不仅代表当今中国文学的主流和精英，还更加倾向于现实主义精神的作品，这也使得大量的以玄幻、武侠为特色的类型化小说难以参评，而类型小说往往是网络小说的主打和精华，所以那些网络“大神”如唐家三少、南派三叔、天蚕土豆、流潋紫、辰东、猫腻、血红、梦入神机、天下归元等人的作品大都没有参评茅奖的机缘，这只能期待国家为网络文学另行设置评奖模式，当然这是另外一个话题了。

网络小说参评茅奖的另一层意义在于，通过检视两种文学的品相和质地，获得一次与传统精英文学同台交手的机会，从而找到所长所短，正视自己的差距。笔者这样说，并不意味着只有网络文学才有差距，传统文学永远胜人一筹，没有“短板”。尽管尚处于成长期的网络文学在总体上还不足以与传统文学的优秀作品相抗衡，但细品之，

---

① 陈村为《网络之星丛书》所写的序，花城出版社 2000 年版。

网络作品依然有许多可圈可点之处。仅就这两届参评茅奖的网络小说而言，它们可能不是最具代表性的网络小说，甚至也不是最好的网络小说，但这些作品依然值得重视和尊重。如参评第八届茅奖的网络小说《遍地狼烟》，写了一个少年枪王成长为一名优秀的狙击手抗击日寇，并在部队成长为杀敌英雄的故事。该作品充满传奇色彩的英雄人物、生动曲折的故事情节、成长型主题所体现的生命价值和社会历史意蕴，乃至生动传神的语言表达等，在诸多方面都不输给传统文学甚至同期申报的传统小说，该小说网络付费阅读超过三千万人次，改编的电影和电视连续剧也取得不俗的市场票房和收视率。第九届申报的5部网络小说亦各有千秋，其中，张巍的《太太万岁》细腻地描写了职场女性的爱情、婚姻和事业，故事感人，字字含情；尚建国的《文化商人》将一个文化公司的成长历程与一个文化学者的沉沦与蜕变结合起来，商场与情场交织的故事设置精巧，引人入胜；却却的《战长沙》通过一个家族的兵燹之灾展示长沙抗战的焚城、血战和陷落的历史，文字绵密而细腻；疯丢子的《战起1938》描写一个华裔少女横跨欧洲大陆的惊心动魄的二战之旅，通过战争写人性，写灵魂的挣扎，颇具艺术的感染力；而欧阳乾的《江湖凶猛》最具网络小说特征：简洁、可读性强、故事推进快，通过区明、区风、晏五、马腾等几个江湖拳师的命运，勾勒出一座历史古城几十年的沧桑变迁。但是，这些网络小说在评审中落败，并非只是“与茅奖的评价标准不匹配”那么简单。与荣膺茅奖的那些作品相比，网络小说在尊重读者、营造阅读快感、简洁明快的叙事方式、新奇的想象力等方面，常常让传统小说家所不及，但从总的艺术品相上看，网络文学的差距还是客观存在的，并且十分明显。找出这些差距，正是我们讨论这一问题的价值所在。

二

网络文学在连续两届的茅奖评选中败北，绝不仅仅是在文学比拼的荣誉上输给了某一个奖项，在这比拼、落选的背后，昭示的恰恰是网络文学与传统文学的落差，这一落差已超出某一作品的高低优劣，而是蕴含着两大文学阵营的不同特点和品相差异。

作为一支文学新军，网络文学如同所有新生事物一样，稚嫩、粗疏却又充满生机，不规范、不成熟但极具成长性与可塑性，它就像是一个在山野田间赤裸双脚恣意奔跑的懵懂少年，姿态不太优美却充满活力，初出茅庐并充满幻想。是的，网络有高手，天才在民间，谁能说这只“丑小鸭”不会变成“白天鹅”呢？有了茅奖这样一个高标准的参照系，审视尚处于草创期的网络文学，为其“揭短”或找漏，对于它未来的健康成长显然不是一件坏事。

譬如，在作品发表机制上，与传统文学作品相比，网络文学的发布缺少严格的“把关人”的遴选审定环节，使得网络作品良莠不齐，整体质量不高依然是它的第一道“软肋”。这与茅奖所要求的“思想性与艺术性有机统一”“中国作风和中国气派”“深刻的思想内涵”与“艺术的探索与创新”等标准，无疑会有较大差距。文学素养参差不齐的创作者，自由临屏、不受约束并敢于突破旧制的创作心态，无限广阔、海纳百川的虚拟空间和无远弗届、触点延伸的技术支持等，让网络创作拥有无限自由的同时也被“自由”所累，因为在“自由”的旗帜下聚集的不是掌握文学的必然而赢得艺术自由的勇士，而是一群拖着丈八长矛呼啸而来却战斗力稀薄的“堂吉诃德”。我们看到，网络签约写手以百万计，但能以文学成就（不是商业成功或“粉丝”数量）扬名立万的则寥若晨星；网络创作有着“大跃进”式的高产，日写万字从不“断更”的写手不乏其人，[①] 一个网站一天即可收到数千篇原创作品，累计作品可达百亿汉字，[②] 但让网站自矜、并能让人们记住的，更多的是海量增长的作品数量，而不是某一作品沉甸甸的文学分量或足以传之后世的艺术质量。颇有意思的是，就在第九届茅奖会评前夕，笔者参加了中国作协组织的“2015 年第一、第二季度中国网络小说排行榜”的评选，评委会需从经网友票选的 53 部网络小说中评选出精品榜 10 部、新书榜 10 部予以表彰，结果，因为许多作品的过于冗长在短期内根本没法完整阅读，又由于一些作品未经把关而即写即发，显得粗糙芜杂，甚至有言语不顺、错别字等传统出版物不常见的情形，评委们要从中找出真正的“精品”十分困难，只能从“网络写作”的特殊语境中“矮子里面挑将军”了，这种“沙里淘金”的甄别与茅奖“从珍珠中挑选夜明珠”的评审感受是颇为不同的。

另外，在功能作用的取向上，网络文学与传统文学的选择重心大有不同。传统文学注重作品介入社会、干预生活、影响人生的深度与强度，推崇文学“载道经国”“有补于世”“劝善惩恶”的社会职能，或净化心灵、探幽人性的普适价值。如王蒙的《这边风景》获奖的评语是：“反映了汉、维两族人民在特殊的历史背景下的真实生活，以及两族人民的相互理解与友爱共处，带有历史沉重的分量”，对格非

---

① 著名网络写手唐家三少曾连续 86 个月每天持续写作，并在网上更新，从未间断，一天写 9000 到 1 万字，一年写 300 万字，365 天不休息，每天都更新，并为此申请了吉尼斯世界纪录。

② 如原盛大文学麾下的几家在线中文写作平台，累计发布的作品已超过 730 亿汉字。创立于 2002 年的起点中文网，每天有超过 3 亿的 PV 流量，注册用户数超过 3000 万人，每天保持 8000 万字以上的作品更新。女性文学网站晋江文学城，已储藏在线作品 65 万部，日均页面浏览量 1 亿人次，该网站简介写道：“拥有注册用户 700 万，注册作者 50 万，签约作者 12000 人，其中有出版著作的达到 3000 人。并以每天近 1 万新用户注册，每天 750 部新作品诞生，每天 2 本新书被成功代理出版的速度飞速增长着。”（http：// www. jjwxc. net/aboutus）。

《江南三部曲》的评价则是："用具有穿透力的思考和叙事呈现了一个世纪以来中国社会内在精神的衍变轨迹。"[①] 其所肯定的首先是作品的社会历史意义。网络文学走的是一条"娱乐化—泛娱乐化"的发展之路。早期的网络作品就是"玩"出来的，这似乎回到了"艺术即游戏"的文学萌芽时代。例如，痞子蔡写《第一次的亲密接触》是为了调剂水利专业博士学业生活的枯燥，李寻欢写《迷失在网络中的爱情》是用上网写故事打发一个个寂寞而漫长的夜晚，安妮宝贝的《告别薇安》是要安顿一颗敏感而漂泊的心，而宁财神创作《武林外传》就是要将无厘头的狂欢打造成为一场游戏的盛宴。尽管网络作品题材多样，风格迥异，但"娱乐"一直是它不变的主题，是一个写手征战网络、俘获读者心灵的利器。娱乐化的功能取向让网络文学开辟了亲近大众的渠道，也无意间放低了文学作为"文学"而应有的高度，遮蔽了文学应有的品格。那些颇具人气的网络小说，如《赵赶驴电梯奇遇记》《哈哈，大学》《史上第一混乱》等，网络点击率很高，但评价并不高，过度娱乐化对作品深度的消解可能是这类作品的一个普遍症结。另有一些网络小说如《悟空传》《天堂向左，深圳往右》《明朝那些事儿》《后宫·甄嬛传》等，同样具有很强的娱乐性，但在评价上能叫好又叫座，正在于它们能在注重娱乐性的同时还能"寓教于乐"，从而避免了过度娱乐的偏颇。从"娱乐化"走向"泛娱乐化"，是网络文学商业化的必然结果。所谓"泛娱乐化"，指的是基于互联网与移动互联网的多领域共生性，将一个网络作品进行 IP（intellectual property，知识产权）开发，以打造"粉丝经济"，打通文学与游戏、动漫、影视、戏剧等多个大众文化领域，形成互动娱乐产品，如本次申报的网络小说《战长沙》，就是一部被改编成同名电视连续剧的作

① 对王蒙《这边风景》、格非《江南三部曲》的评价见中国作家网（http://www.chinawriter.com.cn/）。

品。现在，许多网络作家在创作时，首先考虑的已经不是文学，而是文学之后的影视或游戏，因为这两者娱乐性更强，受众面更广，经济效益更高，IP 开发价值更大。当网络文学已经变成其他文化形态的副产品，文学从外在的社会文化的边缘走向了自我放逐，文学的重心已经不在“文学”而在别处，此时若还要求网络文学发挥如茅奖小说一般的功能作用，只能是一种良好的愿望。

还有一个明显的差异是文学着眼点不同。传统文学创作是以作家为中心的，作家是文学的策源地、作品的原创者、读者的崇拜对象，也是传媒的聚焦中心；网络文学则从创作动机上把着眼点从作家移向读者，形成了“以读者为中心”的创作导向，这就颠覆了传统文学根深蒂固的意识精英和“圈子心态”，这是它积极的一面；但与此同时也形成了创作对大众阅读口味过分迁就，造成文学对市场的过度迎合，最终会让文学应有的正大气象迷失在对受众、对市场的依恋之中。网络写作为何要以读者为中心呢？网络小说《战地狼烟》（申报第八届茅奖）的作者菜刀姓李曾揭示过其中的原因：“传统文学和网络文学真正不同的地方只是在于决定作品命运的人变了：以前是编辑决定作品生死，到了网络上更多地是由读者来判定作品的命运。在某种程度上，写手由迎合编辑或者文学期刊变成了直接取悦读者。”[①] 为此有评论者说：“写手之所以这样做，完全是因为‘上帝’的身份变了——读者网民才是他们的‘上帝’，网民手中的鼠标就是上帝手中的宝盒，层出不穷的各种数码接收终端分享着网络写手‘指头上的乾坤’，而在它们的背后则仍然是传媒市场那只‘看不见的手’在起作用。”[②] 是的，网络写作“以读者为中心”是市场化的产物，是网络文

① 王觅：《网络文学：传递文学精神，提升网络文化：中国作协举办网络文学作品研讨会》，《文艺报》2012 年 7 月 13 日。

② 欧阳婷等：《网络文学的体制谱系学反思》，《文艺理论研究》2014 年第 1 期。

学产业化的必然结果。与传统文学“纯美”的品格相比，网络文学不过是技术文化市场的一个产品，是文化企业产业化经营的一个对象和文化资本保值增值的一个载体。在市场法则中，赢得读者才能赢得市场，有点击率才有商业效益，而点击率高的作品立马会成为一个有价值的IP进入交易市场，实现版权转让后的“全媒体”经营，形成一个作品的“长尾效益”，打造出一个效益丰盈的产业链。网络小说作为这个产业链上游的一环，其文学的、审美的、人文的价值已经不是IP开发商所要权衡的主要元素，而作品的故事性、奇异性、娱乐的代入感、视听改编的可观赏性等，才是首先需要考虑的因素。《杜拉拉升职记》《裸婚时代》《步步惊心》《后宫·甄嬛传》《盗墓笔记》《诛仙》《致我们终将逝去的青春》《古剑奇谭》《何以笙箫默》《花千骨》等一大批由网络小说改编的影视和游戏产品对大众娱乐市场的大范围覆盖，正是这一现象的文化结果。从文学价值的社会实现上说，“以读者为中心”的文学观是有积极意义的，它是对那种不尊重读者、不顾他人阅读感受的自我陶醉、敝帚自珍的“作者中心论”的一种反对和否定，但单纯顾及读者而忽略文学本身不啻剑走偏锋，更是缘木求鱼或舍本逐末；如果选择读者维度的目的仅在于谄媚市场、谋取利益，对于文学的健康发展无异于是南辕北辙了，因为市场化对文学的强势入侵可能遮蔽文学的精神，钝化文学的人文锋芒，甚至颠覆人类赋予文学的逻各斯原点，久而久之，网络文学失去的不仅是某一奖项，而是它存在的历史合理性。

（作者欧阳友权，中南大学文学院教授，博士生导师）

网络时代的文学变革

一　网络文学基本情况

目前，全国文学网站签约作者的人数已突破 250 万，每年产生原创长篇小说约 10 万部；文学网站日更新字数突破 2 亿汉字；总共有 4.6 亿读者通过互联网和手机、平板电脑等浏览文学网页，日浏览总量超过 20 亿人次。从创作队伍来看，一大批网络青年作者在网络创作中脱颖而出，产生了很大影响，已经成为我国文学大军中一支不可忽视的力量。

从创作人群来看，网络文学具有以下几个特点。首先，80％为 40 岁以下的年轻人，“70 后”“80 后”是主力军，“90 后”是后备军，这说明网络文学培育了中国文学的继承者，没有出现断代。其次，写作者分布广泛、遍及全国，其主体（约 80％）生活在二三线城市，这和其他领域人才的分布状况显然很不一样，它将是中国文学在未来保持旺盛发展的动力和基础。再次，年轻一代海外华文作者多数活跃在网络而非传统媒体，他们的作品具有明显的跨文化写作特征，很有可能开辟中国文学走向世界的新的路径。最后，网络写作中的佼佼者，80％为具有大专及以上学历的非文科专业人士，作者结构的多元化将为文学实现新的造血功能。更重要的是，网络文学的主流创作人群是国家体制改革走向纵深的产物，是思想多元化的产物，是文学回归民间的产物，他们以经济独立、人格独立、思想独立，展现了新一代写作群体的形象。

十七年来，网络上产生了一批有重要影响的作品，如今何在的《悟空传》，江南的《此间的少年》，萧鼎的《诛仙》，燕垒生的《天行健》，以及猫腻的《庆余年》，梦入神机的《佛本是道》等，它们都有明显脱胎于中国古典文学的痕迹。《悟空传》直接取材于《西游记》，《此间的少年》则是金庸小说的青春校园版。奇幻小说《诛仙》和《天行健》运用西方奇幻手法描述异类空间和冷兵器时代的战争，同样结合了大量东方神话元素。穿越小说《庆余年》显示出作者对古代白话小说、诗词歌赋的浓厚兴趣，甚至将《石头记》的全文搬到了虚拟空间的某一点。仙侠神话小说《佛本是道》受到《封神演义》影响，糅合了中国古代大量的神怪故事，描绘出一个独特、完整的庞大的仙佛世界系统。《后宫·甄嬛传》《步步惊心》《琅琊榜》《随波逐流之一代军师》《失恋33天》《花千骨》《芈月传》等一批女性网络文学作品大大拓宽了传统女性写作的路径。可以说，绝大多数网络文学的精神内核是东方化的、中国式的，显然，网络作家们试图在古老的文化传承中找到自己的精神源头。

二 “网络文学”具有横向发展的特征

20世纪的100年特别是后来的50年里，文学在思想上的负重前行，解决了民族精神成长的一些问题，但积压的伤痛阻碍了它在新世纪的发展。“网络文学”的出现使这一现象的改变具有了可能性。为什么这样说呢？笔者觉得“网络文学”是“横”的文学，基本上摆脱了对意识形态的依附，让文学回归到本能的状态。

文学最基本的特征是什么？是对自由心灵的表达，是伟大思想与丰富想象力的结合。而“网络文学”的特质正是“表达的高度自由”、强烈的“个性化”和非功利性。

时代造就了人的生存方式，也造就了人感知生活的方式。网络作家在现实生活中有着各种各样的身份与职业，而且绝大多数与文学无关，他们的知识结构与身份背景千差万别，他们的创作因此有着别样的风情与广阔的视野。网络文学往往以颠覆经典文本的面貌出现，在写作中以轻松、嘲讽的氛围取胜，与传统文学正儿八经的叙事、抒情，神与貌皆相去甚远。这就要求我们以全新认知面对这一文学形态。有学者提出，网络文学最鲜明的特征是“写作”与“生存”的共生状态，或者“第一生存”的体验对于“写作”呈现了最直接的意义，这与目前主流文坛的写作方式有很大不同，他们是“在生存中写作”，而目前文坛存在的职业性作家则在很大的意义上是“在写作中生存”。网络写作对于那些已经在传统媒体上占有一席之地的作家和作者，或许并不十分重要，但对于刚刚踏上写作之路的文学爱好者和业余作者来说，却是一片神圣的领域，他们在这里耕耘、播种，当然希望获得相应的收获。在这个意义上讲，网络写作给相当一批人带来了生活的乐趣和追求的方向。这个原动力其实是文学最珍贵的价值之一，也是网络文学横向发展的力量之源。

文学的游戏精神也在网络文学中得到了极大的发挥。这是一个很重要的问题。因为它在我们的传统文学那里出了问题，被卡住了。笔者不得不说，当代中国文学强调的现实主义是对伟大的“现实主义”文学精神的曲解，以致出现了“伪造”苦难，对“生存”的低俗表现等问题。文学不仅要体现民族精神和时代精神的高度，而且要与世界其他文明进行横向联系，“网络文学”在这方面显然是有优势的，它的时代特征非常明显：有自由、宽容、真实、平等的原则，有宽阔无比的向别人学习、向自我挑战的空间，有无拘无束，充分表达的民主权利。

可以拿《悟空传》来举个例子。小说的写作灵感源于古典名著《西游记》和现代港片《大话西游》。作者借用了前者的人物关系和渊源，提取了后者的叙事方式和语言，以古代西游人物演绎现代西游情节，表现现代人的思维模式和观念。以《悟空传》为题目有两重含义：第一可以解释为“关于孙悟空的传记”；第二是概括了作品的思想内涵，即“感悟虚空”。

《悟空传》将原著人物形象做了很好的时空转换，让古典名著里一心朝佛的取经师徒脱胎换骨，变成了有爱有恨有欲有求有苦有痛的“人”，巧妙地诠释了现代人的精神世界，用冷冷的幽默勾得我们大笑、深思、感动。一篇网上评论说：“我们生活在没有英雄的时代，一切神佛都被我们打破了。所以只有我们这一代会对这部作品流泪。”然而感动“我们这一代”就已经很难得了，这是多么难被感动的一代。《悟空传》的现实意义与它的神话背景完美结合，与网络世界的“虚拟的真实”相得益彰，一经贴出便获得了网友一致推崇，并引起网友竞相效仿。

《西游记》是无数中国人心中难忘的经典，但随着时代的发展，现代人更希望能看到它对现实社会的寓意所在。深刻的“西游”情节，可塑性极强的人物形象，终于使勇敢者萌发了重写“西游”的念头。首先出头的是周星驰的经典影片《大话西游》，它彻底颠覆了一个如来佛只掌遮天的世界，让人痛快不已。影片最受观众欢迎的是它的话语方式，它一度使得年轻人的语言习惯产生了欢愉的改变，引得青少年纷纷群起效仿。《西游记》和《大话西游》对《悟空传》的影响是根本性的，可以说是它的母体。《悟空传》借助原著的人物关系和“西游”主线再创作，情节与人物形象已是“天翻地覆”。它设置了多重的故事发生环境，“造”出了天界与万灵之森。表面上看神的家园天界祥和安宁，妖的老巢万灵之森充斥着阴森恐怖，但其实天界诸神的伪善与专横掩盖在神圣的表面下，构成了其虚伪奸诈的内核，与万灵之森竟有着相同的“恶”的实质。花果山是超脱的净土，是理想的天堂，是孙悟空心里永远的美丽家园，寄托着作者对纯粹美好的精神世界的追求与探寻。小说同时继承并发扬了已经深入人心的《大话西游》的典型情节和语言特色，但内容又远比其深刻丰富得多。

另外，网络文学形式的多样化，也使其成为新的文学发生、发展的策源地，它通过不断的尝试，海量的更新，产生了一些新的表现形式和手段。历史小说《明朝那些事儿》就是一个比较典型的例子，作者“当年明月”以“把历史写得好看”为原则，用通俗诙谐的语言解读明史，叙述之中加入个人评论，获得了网民的追捧，出版后也取得了很好的销售业绩。《明朝那些事儿》的写作观念和方式与传统写作存在一定的不同之处，它充分利用了网络的共生性特质和民间亲和力，产生了新的历史叙事方式。曹升的《流血的仕途》在这方面做得也不错，把历史和现实有机地结合起来去表达，这在传统文学中是行不通的，或者说是犯忌的，但要真的写好了，写妙了，写出空间来了，读者同样是能够接受的。克罗齐的“一切历史都是当代史”，以及黄仁宇的“大历史”观，也是在讲这个问题，那么我们在创作实践中如何去运用？敢不敢运用？笔者认为，网络文学是走在前面的，是符合时代精神的。我愿意为他们鼓掌！

三　网络文学折射时代审美变化

在科技创新与新的文化机制推动下，网络文学蓬勃发展，美学范畴得到自然扩展。网络文学是中国当代文学最大的变量，也是文学扩容最直接、具体的体现，而文学扩容的实质是精神扩容。近30年来中国经济保持持续增长，对外经济、文化交流空前繁荣，人的精神世界也随之发生了翻天覆地的变化。在商品经济时代，社会能量的发挥必然要符合一定的商业规律。在这样的社会环境下，消费市场亟需新的推手启动文化扩容模式，网络文学显然是市场的最佳选择，因为只有它能够带动影视、动漫、网游、数字阅读等一系列文化产业的发展，从而生成新的文化产业链。因此，网络文学虽然呈现的是文学样式，实际上却扮演了多重角色，它在审美上必然要超出传统文学固有的范畴，尤其在大众性、娱乐性方面发挥着文化整合作用，也只有在这方面出色的网络文学作品才能够获得更大的社会空间。如改编成电视剧的《后宫·甄嬛传》，改编成网游的《诛仙》，改编成电影的《失恋33天》，等等。

网络文学的出现，还引发文学作品生产模式和消费模式的变化。即时更新互动、读者直接参与写作，使网络文学在创作原点上使用的助推“燃料”与传统文学有明显不同。“为读者而写作”是网络文学的生命线，一旦脱离了读者，失去了人气，即使曾经辉煌也很快就会被后来者替代，网络文学以读者取舍为标准的更新模式甚至可以说是残酷的。“你要让读者追随你，你就必须先让读者听得懂你说的话”，网络作家陈风笑的观点具有一定的代表性，“我们创作的目的不在于让作品永垂不朽，而在于拥有读者，拥有很多读者，拥有越来越多的读者！”而《山海经密码》作者阿菩的观点则相对理性，他认为，网络文学的写作是一个为读者造梦的过程，网络作者们并不要求在旧有的文学框架中，去寻求文艺理论标准下的文学性，他们所追求的是与目标读者进行顺畅的沟通，而这种顺畅沟通，也正是他们得以征服读者的最大秘密。《扶摇皇后》作者天下归元对此同样深有体会，她说，在很多时候，网文作者其实比传统作者下笔更为谨慎，因为他们直面读者，直线沟通。信息的即时反馈和大量读者的审视压力，让网文作者在涉及是非的问题上如履薄冰。

当然，网络文学的表现手法和价值观是多元化的，一定程度上超出了传统审美习惯，显示出追求另类、奇异、怪诞的当代文化特征，以及某些逆传统的特性。由于网络浩瀚如海洋，网络作家们希望自己的作品免于被淹没的命运，于是选择求新求异之路，逐步形成了网络文学创新求变的新传统。这并不让人觉得奇怪，所有新的文化样式在其诞生之初，都会有一段排他期，要允许新事物成长、变化和发展，要用长远的眼光来对待网络文学。总而言之，网络文学的审美标准是在承袭古老文化传统的基础上，紧密贴合受众文化心理与审美趣味，经过读者筛选与自我评价逐渐形成的一种价值体系。

网络作家的自身需求与市场需求相互平衡形成了新的审美特点。在创作过程中，网络作家既有宣泄、释放自己内心的需求，也有在安全的虚拟社会中求得公众认同的一面。在创作实践中，为了强化故事的未知性、符合作品超长连载的需求，很多作品的故事情节有明显编造的痕迹，实际上是作者对故事发展失控的表现。另外，由于电子商务强大的、无孔不入的覆盖力，直接影响创作主体的心理，使得创作主体的审美需求倾向于满足浅层次的倾诉和认同。

综合来看，网络文学审美特征的产生是一个复杂的过程，其中自然有不少非文学因素存在。对此，在理论批评常态的前提下，更多的应当是理解和包容，允许网络文学有一个自我调节的过程。网络文学尽管存在标新立异、哗众取宠、迎合受众的成分，但无论是在题材选择、艺术语言，还是在表现手法、文化视野，以及价值体系等方面，的确产生了大量具有时代特征的新的文学元素，特别是以网络“80后”为主体的一代人，他们的话语体系已经涉及如何鉴别文学价值的题旨，未来很可能带来文学美学标准的改变，并由此直接影响中国文学的未来发展。同时，还应该充分考虑到，网络文学经过15年爆发式增长所积聚的能量，在汇入中国社会变革的洪流之后，产生了超出文学范畴的美学意义。

四 “网络文学”与“传统文学”的差异和互补

“网络文学”与“传统文学”有很多不一样的地方，有对抗的一面也有融合的一面。目前是一个文化开放的时代，也是一个思想兼容的时代，“网络文学”与“传统文学”之间的包容和互补既是必需的也是必然的。

表现形式上的互补。如果说以纸媒为载体的传统文学是平面的，那我们可以说，网络文学是立体的。这个说法包含着两种含义：一是指作者和读者的立体交融，他们互相感知，互相交流，甚至共同创作，使网络文学的表达更加透彻有力；二是指网络技术赋予了网络文学更加完善、强大的立体表达功能，使之强化、突出、延伸了电子文学的超文本特性。

在网络上，文学作品始终不是一个成品，不需要读者的仰视和评论家的俯视，它如一股涡流，把作者和读者卷入一种动态的互动关系中。网上阅读提供给人们的，不仅是作品本身，还有一种特殊氛围。网友们在网上虽然彼此见不到面，但依然能够感觉到别人的存在。这种阅读，比起一个人独居斗室，伴着一盏孤灯静静阅读，更有人情味，也更有趣。对于写作者来说，开放互动的网络环境是永不枯竭的创作动力。网络文学的创作和阅读、作者和读者都是被放在一个由网络构建的立体维度中的，这使得它在形式上较传统文学生动得多。

网络文学作品如果失去了网络做依托而直接印刷成书，就不存在所谓网络文学了。网络文学是建立在网络基础之上的，以传播和发表媒介来命名，这也是它的特殊性之一，同时也正证明和反映了它的脆弱，如果失去特定的媒介，它将没有被讨论的意义，但这并不能作为网络文学失去其锋芒与自身特点的理由。

思想内容上的互补。传统文学的生产机制仍然是由文学期刊、文学评论家和文学史家等精英权威掌握话语权，网络文学则比较倾向于民间意识。因此，传统文学在思想内容上比较严谨，对作品的审美趣味要求比较严格，对非现实主义的作品持有谨慎怀疑的态度。而网络文学可以说是天马行空，任尔驰骋。仅小说一项就有如下形式：玄幻小说、恐怖灵异小说、新历史小说、现代讽刺小说、戏谑小说、冷幽默小说等。应该说，网络文学在艺术形式上的异彩纷呈既是其不断发展、走向成熟的表现，同时也是网络文学前进过程中的外部要求。作为隶属于文学范畴的网络文学，艺术形式的多元化是创作主体日益成熟的表现；同时，与创作主体日益成熟相对应的是，接受群体需求的日益丰富，即接受主体对客体审美价值的需求大大提高。

五　网络文学存在的问题

网络文学存在问题是有其必然性的。文学毕竟是一个浩大系统的工程，由于网络写手大都是没有受过专业训练的年轻人，过度的交互性也使作者很难静下心来深刻思考生活，严肃创作，再加上外部市场因素的影响，网络文学的作品质量很难得到保证。在创作题材方面，网络文学的视野还不够宽阔，爱情、武侠、奇幻、都市白领的奋斗历程等故事占了相当比重；在叙事方式、语言等写作技巧方面也流于单一，大量的模仿之作充斥网上；写手生活经历的简单和艺术感受力的相对低下造成作品思想深度的浅显和艺术感染力的单薄。应该说，这些现象是普遍存在的。

网络文学审美的娱乐性一直是学界比较关注的问题。无深度、平面化，追求阅读快感和阅读刺激是网络文学的主要问题之一。网络写作的多种风格和多元结构，以及追求个人价值感的认同，是一把双刃剑，它在创建个体精神的同时，容易忽略对受众的心理关怀。因此，一旦失去边界，就会因为追求娱乐性而导致创作责任的缺失，构成对网络文学发展的制约。总体上看，网络文学写手主要由都市青年组成，与传统作家相比，他们的作品时尚浅显，易读好懂，缺乏关注人类命运的意识，在艺术上和思想深度上还远未成熟，缺少深邃的社会意义、人生感悟和深层的文化积淀，缺少责任与理性。因此，网络文学目前还难以满足更多读者深层次的审美需求。这当然和网络文学追求情绪化、随意化、即兴化的创作方式有关。无拘无束、随心所欲的表达自由，这为文学回到天真、本色和诚实创造了条件，但同时也为滥用自由、膨胀个性、创作失范大开了方便之门。这个问题还需要网络文学研究者们给以更多的关注。

六　如何应对网络文学新格局

网络文学之所以能够轰轰烈烈、蓬勃发展，在于其具有历史的合理性和不可逾越性。它既和国家的经济文化发展战略血肉相连，又与广大民众的情感诉求、表达方式休戚相关。媒体革命的好处人人都在享受，但它的副作用同样难以规避。进入成熟期之后，新媒体必然要向主流价值体系回归，逐渐成为推动社会进步的力量。正如鲁迅先生关于“孩子和洗澡水”的比方一样，我们乐见网络上的文学经过跋涉和探求，日渐成熟，既勇于创新不落俗套，又持重大方有所承担，给读者创造一个充满朝气、富有时代精神的阅读环境。

但现实与想象之间仍然迢迢，我们必须加倍警惕。从理论上说，数字化时代，人有可能变身为阅读机器的零部件，一些网络小说里的人物升级模式，以及在不同章节里刻意而无谓地重复人物的行为和动作，极大地损伤了艺术审美趣味，与文学叙事所追求的表现人物的复杂性、精神高度等旨趣背道而驰。人人取而用之的手法，受众耳熟能详的语言与结构，无法产生具有独特性的作品，更罔论风格的形成。碎片化阅读模式容忍了浅阅读的滋生和存在，势必构成对新一代读者审美趣味的损伤。那么，我们应当如何应对网络文学新格局？新世纪以来，文学处在不断扩容的动态之中，理论批评却相对处于静态，并未产生相对应的变化，客观上与创作之间产生了一定的落差。因此，建构网络文学理论批评体系，帮助读者草中识珠，提醒作家任重道远，不仅仅是学术上的与时俱进，实际上也是应对新世纪文化战略课题的必然选择。

（作者马季，中国作家网副主编，中南大学兼职教授）

女性网络文学十五年嬗变史

引　子

很久以前，笔者就在北大网文课和广东网络作家高研班上讲过天下归元的《扶摇皇后》；现在，首届华语网络文学双年奖和2015年第一、第二季度中国网络小说排行榜，笔者又一次评审和推荐她的作品《凤倾天阑》。

理由都是，在这十多年里，当两性关系危机在从“争爱”到“争宠”、从“不婚”到“不爱”中导致网文潮流一次又一次地转向时，从《扶摇皇后》到《凤倾天阑》，天下归元重新“燃起了我对女子的期待”，以及对“重建两性关系”的信心——越来越多的“女坚强”和“女汉子”，越来越需要回归到“女人之所以为女人”的本质道路，并从“不信爱”到再度“信爱”——在这艰难的蜕变过程中，需要一个无比强大包容和付出骨血的男主，才可以“改变”（其实是揭露）她真正的内心。

无论是穿越的女主，还是自强的婢女，包括落魄的公主，她们的“重生”（Reborn）之路上，都有这样一个用骨血来付出的男主，才能让“女坚强”或“女汉子”重新“变”回一个女人。天下归元让我们看到了这种可能性，以及这种男人应该是什么样的。“笔者希望看见优秀的女子，在海阔天空的搏击中自由成长，可以以与男子同样的高度共同飞翔，而不是被强势的羽翼层层保护的金丝鸟，永远不知在风雨中穿行的快感，永远不懂如何去追逐自己的信仰。”无极帝对“女坚强”扶摇的爱情，容公公对“女汉子”太史阑的尊重……都是付出自己能够付出的，珍视她的骄傲、倔强、尊严，支持她而不是改变她，保护她而不是禁锢她……这就是“女人理想中的男人”。

匮乏什么，就想要什么。现实中想要而不得——没有“无极帝”这样的大男子，也没有“容公公”这样的小男人——从失望到绝望，女性需求和男性需求是相对应的：在男人们要追求“不贪不懒不随便不高傲不拜金，年轻漂亮勤劳贤惠听话”这种“物美价廉”的“完美女人”时，女人们就要在网络文学的海洋里追求那些真正能让自己之所以为女人、之所以为爱人的“完美男人”。但这，真的只是“完美男人”？不要说这个社会阴盛阳衰，不要说现今的女人太强势，要是这个男人足够强大和强势，怎么还会说女人太强权？女人应该回归，男人应该觉醒。

天下归元的系列作品让我们看到了这种回归之路：有爱情，有男人，更有自我——这，也许是女汉子们甚至是当下所有女性最好的梦想。同时，也为当下所有“残缺的男人”的自我觉醒、自觉自为、自我超越、自我实现为一个真正的男人提供了参照系。所谓“完美男人”，不过是你应该成为一个“真正的男人”，才会让女人和自己都不“残缺”。都说女人是男人最好的学校，那么从《扶摇皇后》到《凤倾天阑》，就是男人最好的两性教科书。从此出发，我们或许可以考察一下女性网络文学十多年的嬗变历程。

一　十五年网文潮流中的“W 概念股”：从争爱到争宠和争独立

When women become big business，特别是中国女性成为商业消费的轴心动力，“女性消费主义在中国崛起”“女性阅读”“性别写作”“她时代”等，制造了整个网络文学“W 概念股”强势崛起的大潮流。女性网络小说的发展趋势，其实是读者的需求在增长，在变化。重看网络文学 15 年，女性传播者和受众地位不断提高的事实，决定了网络文学的潮流走向。这种走向，笔者将其基本概括和划分为三个阶段：争爱—争庞—争独立。

第一个阶段，是争爱。像《梦回大清》《步步惊心》等作品都是。爱是唯一，爱情大过天，这还停留在浪漫言情的阶段。但《步步惊心》已经有了点变化的小端倪，就是那个女主为什么并没有拼死跟随八爷而是转向四爷的怀抱。若按以前的套路，那肯定是至死不渝的。

第二个阶段，是争宠。像《后宫·甄嬛传》。争宠是为了什么？最初的宫斗文中，有的是为了复仇，比如《凤求凰》；有的是为了生存，比如《后宫·甄嬛传》。但是，争宠争来的是什么？不就是地位和权力吗？哪怕在文中女主实则和某人有了真感情，但是作品都在明白无误地讲述一点——“皇帝的宠爱是你最佳的武器”。

第三个阶段，是争独立——争地位、争自我、争梦想。像《庶女攻略》——摆明了要争权，争地位。为了什么？权力和地位能让自己拥有话语权，能更好地实现自己梦想——哪怕只是拼尽力气，只是为了让自己的左手温暖右手，让自己能够活下来。这就是女性自我意识的觉醒，《庶女攻略》就是最好的例证。

这种演变轨迹，从《金枝欲孽》到《金枝欲孽2》的变化中可以看出来。跨越十年，这是一种对W潮流最好的总结。十年前，《金枝欲孽》还在争爱，争宠，争男人。十年后，《金枝欲孽2》不争男人，转而争地位、争梦想。爱、宠、地位和权力，上面争的这些，还都是男人给的。皇帝可以让你一夜登天，还可以立马把你零落成泥。这怎么行？在女性的自我意识已经觉醒，需要话语权的时候——穿越文中很多女主做生意就也有此中意了。2007年《何处金屋可藏娇》的女主阿娇就成功做了“城主”——女性更多地把眼光从男人身上离开，你能给我的，我自己也能给自己，这样更安心，更不用担心一夜之间全部失去。

《金枝欲孽2》其实讲的是女性基于自身的梦想，而不再是寄托在男人身上——我强大了，自然会有人依附过来。《金枝欲孽2》里面湘菱夫妇的相处之道不就是这个道理？而这，是通过利益链的操纵来实现的。《金枝欲孽2》最值得注意的，就是“信息战”——几方势力通过操纵信息和舆论等的走向、关键节点和传播，使整个利益链以有利于己方的节奏来波动。而湘菱对“舆论战”的操纵，就是“利益链”中利益的谋取。并不是单纯为了消息而传播消息，为了利益而谋取利益——话语权本身的争夺，已经成为利益链中极其重要的一环。而且，《金枝欲孽2》中还有一个很值得注意的现象是：这种舆论操纵和利益博弈，都是在中下层之间进行的——代表皇权高层的皇帝、皇后基本缺失。也就是说，整个后宫、皇朝和朝廷之间的高层博弈基本缺失。而博弈舞台的核心主角，都是在“中层”（姑奶奶、主管太监等）之间进行。因此，以这种视野和框架来看，《金枝欲孽2》中的“宫斗”也不过尔尔——囿于院子中之一角，偏居于一群小侍女小太监的争夺，再怎么精彩，也只像是关起门来看戏的一场温吞水而已。但是，这种以利益链的操纵，来争夺“女人的地位与梦想”，而不是“争宠与争爱”，却代表着女性脱离两性关系来审视自我的新意识的崛起。它可能是一股女性小说中的新潮流。

在这股潮流中,《后宫·甄嬛传》为什么会脱颖而出?不从文学性上评论,而是在同年大部分宫斗文和穿越文还都在“争爱、追爱”的时候,甄嬛已经在“争宠、争地位”。这种“先行一步”,从现在来看,是个多么大的突破!同年出版并畅销的《杜拉拉升职记》,作为从网络帖子转化为传统纸版小说的代表,也是在表达“争地位”这样一个女性新意识流的突破。

二 网文潮流中的国民心态:从不婚到不爱

文学是时代的风向标。这些网络文学潮流中的引爆点,折射的是十多年里中国人普遍经历的“国民心态”:从不婚到不爱,我们在为爱而战。

1999年,《第一次的亲密接触》,使“亲密接触”成为一个暧昧的爱情术语,网恋和QQ聊天工具也顿时掀起了多少人心里的一段“爱而不能”的哀伤。2002年左右,《成都,今夜请将我遗忘》和《毕业那年我们一起失恋》同时走红网络——“欲望和都市”“毕业和失恋”两对主题被组合在了一起。2004年至2006年,“清穿”三座大山(包括《梦回大清》和《步步惊心》)出版,重新界定女性的自我意识、两性关系以及爱之所以为爱的本质。2005年,《双面胶》以一个惨烈的结局,细腻的心理描写和彪悍的人物对话,赤裸裸地揭露了婆媳这对“天敌”的矛盾关系,引爆了“婆媳战争”小说剧潮流,相爱容易相处难的矛盾开始外化和显化。2006年《新结婚时代》在《当代》发表、影视剧热播以及引发网络讨论的传播轨迹中,阶层分化聚焦在婚姻家庭关系上,特别是两性关系上——阶层分化已经成为当前社会最大的“爱情阻力”——并产生了“新门当户对”的爱情价值观变化:

从“不嫁农村男”的“70后”由于城乡差别所带来价值观念、生活方式、消费习惯等的核心差异，转移成了“80后”女生对“凤凰水晶男”的集体妖魔化，最终转化成其真正的爱情阻力的一个流于表面的借用概念。

在这种迁移中，当前那种“80后”女生的核心需求不能被满足的焦灼与不安溢于言表：我们如何爱？如何被爱？到底是什么样的“最大阻力”横亘在我们的爱情当中？其实不是“农村男”，不是“水晶凤凰精英男”（这些都是找不到合适的形容词时借用的名称与概念），而是“我爱你，无关其他”的反面。“我爱你，无关其他”，这像是一句辩解，又像是一句谶语，将“80后”集体从2007年带入了2008年——我们正在进入“小三年”！当爱情的速度比不过飙升的房价时，“小三”也有春天？信不信，去看看《蜗居》。“70后”为什么集体成为怨妇？谁之罪？它又将“70后”从2008年下半年集体带入2009年上半年——“结婚十年，毕业十年”，我们是在婚变潮中匿名与沉沦，还是在爱拯救中执守和唯一？它将“80后”“70后”中已经、正在和即将大量涌现所谓的“甲女丁男”带入了2009年到2010年：当蚁族遇上蜗居，胜女必“剩”，丁男想婚难娶，折腾了一遍，大家身心俱乏，到底是为了什么？比如，在《甲女丁男》的故事中，笔者关心的问题是：我们为什么要结婚？为了父母，为了舆论，还是为了有个合法的居住权？是我们一直在寻找最大的麦穗而错过了？还是，我们终究是这个时代的牺牲品？（计划生育政策初期引发的生育高峰现在开始发挥作用了?）它也正继续将“60后”“70后”“80后”集体带入2011年之后——吻别前夫？前妻回家？还是自我独立？从“我们爱谁嫁谁”，蜕变成“我们为什么要结婚”，再蜕变成“我们为什么要爱”……“不婚族”变成“不爱族”，是我们集体出了问题？还是这个时代出了问题？

以点带面，让我们清晰地看到，“战争”已经在现实生活的各个领域和各个层面激烈展开了，而且，都是以“爱”的名义，但实际上却是金钱、文化等一切“爱的条件”之战。比如说，战火从“宝贝战争”“麻辣婆媳”一直烧到了“博士门”“‘85后’女嫁给房子or嫁给爱情”“爸爸去哪儿”“虎妈猫爸”……每一个网络“焦点话题”都在渲染我们不能爱也不能被爱的条件，我们越来越惶惑于爱到底是一种感情，还是一种条件。就像杜拉斯所说的，爱是需要条件的。房子、金钱、社会地位……一切来自外部的条件。因此，所有婚恋矛盾的焦虑是：我们是为条件而爱？还是为爱创造条件？除去上述的两大系列条件（金钱：门第、财富、门当户对……；文化：样貌、知识、婆媳……）之后，我们自己还能不能爱上他或者她，或者被他或她爱上？假若金钱等可以解决一切爱与被爱的条件，那么，从《牵手》《新结婚时代》《双面胶》《蜗居》《失恋33天》，为什么每一部热闹的影视或网络小说，都会让我们越来越惶惑于在不确定的时代里内心所承受的爱的不确定性、复杂性和风险性？尤其是在全民攻略、两性关系亦成为一种丛林法则的攻略时，女人之所以为女性、两性关系、爱之所以为爱的本质等浮出水面，进而愈来愈逼近两性危机的本质：到底什么，是我们爱或被爱的最大阻力？从“丝婚”“纸婚”“木婚”等“80后”独一代的婚姻墓志铭系列，再到“裸婚”“剩女”以及“不婚”题材热，“卖点”越来越诞生于她时代的自我意识和追问：在女性经济越来越独立的“她时代”，我们为什么还要跟另外一个熟悉的陌生人相濡以沫，不离不弃？

这种从“外在条件”到“内在惶惑”的追询，正在揭示我们在这个时代关于“爱”的终极问题：在这个不确定的时代里，到底是什么让我们不能爱，不能被爱，不能相爱，爱上了也不能相处，相处了也不能继续，继续了也不能永远？阻止我们相爱的最大阻力是什么？爱情最大的阻力是什么？于是，“我和你”的问题，被置换成了阻止我和你“爱或被爱”的最大阻力是什么的问题——金钱？社会地位或文化价值观？或者，就是我们自己？这不只是男女之间的核心问题，亦是所有情感、婚姻、家庭、两性以及亲子矛盾的核心问题。在恋人之间、父女之间、闺蜜之间，亲情、爱情、友情，还有对自己的感情，以及其他一切值得珍惜的感情，遇到了什么样的巨大阻力？

三　我和你：这个时代最大的问题

我们看到，女性网络小说在类型化的发展过程中，逐渐从网络文学1.0时代与《第一次的亲密接触》和《此间的少年》同时期的安妮宝贝式自我孤独和爱与被爱的幻象，到2.0时代《杜拉拉升职记》式直面现实职场政治的抗压，《梦回大清》《步步惊心》等穿越文“YY”幻想的减压，再到网络文学3.0时代从《后宫·甄嬛传》到《庶女攻略》等“把老公当老板”、拼尽全身力气去生存的法则演绎……这是一种聚焦女性自身生存难题的“闯关游戏”。

在这种游戏中，“男女关系”已经从爱中剥离，降低到了物种生存的角度。也就是说，华丽丽的爱、梦想、温暖这些“奢华的包装”，现在已经统统去掉，“男女关系”已经被简化成至简至洁的生存关系。在不婚不爱潮中，女性对男人的普遍失望，提出的也不过是这样的问题：当女性在经济、身心和社会身份认同中越来越独立时，她为什么还需要和另外一个人相濡以沫，执子之手，与之携手？至少，这还可以归结为一个“爱或不爱”的问题。

但是，在当下，这种对男人极度失望的潮流，在网络小说中“类型化”的演绎，却已经恶化成了一种“不要男人”的拷问：如果男女关系已经被简化成一种生存关系时，我们为什么还需要男人——没有男人，或许我们会生存得更好！是的，“男女关系”已经成为女人在这个世界里像男人一样要生存下去的累赘，负资产和负能量。

哪个女人“不要男人”？从《后宫·甄嬛传》到《庶女攻略》，不是也要男人出场吗——没有男人的女性小说，不叫女性小说。哦，是“不要这样的男人”。但问题是，为什么，现实生活中“不要这样的男人”的普遍失望感，会在网络小说中演绎成如此凛冽入骨的对“男女关系”的冷漠？

在笔者看来，一个女人，无论再怎么现实，都会做梦。在她做过的所有梦里，“我爱你”，无疑是最伟大的梦之一。但现在，“我爱你，与你无关”。爱，已经演绎成了女性的自我演绎和幻象——这是耽美作品在晋江雄踞半壁江山，噢，现在可以说是大半部分江山的原因。“我们相信，最纯的爱只存在于他们之间”，但是，“我们从来不会把这种幻象带入生活”！这其实是当下我们遇到的最重大的危机。我们的“关系”出了问题。我们的关系，最重要的，难道不就是我和你？是的，“我和你”出了问题！就像马克斯·韦伯所说，这世界上最亲密也最容易彼此伤害的关系，只有一种，就是“我—你”——当20世纪80年代的思想危机、90年代的文化危机，转型成为新世纪第一个十年的两性（婚恋家庭伦理）危机以及2008年到2011年以来的个人心理危机，我们能够清楚地看到，这个时代最大的问题，就是“我和你”出了问题——确切地说，是“我爱你”成了问题：亲爱的，请给我一个爱的理由，我为什么要爱你？

这种提问，正从基于男女之间的两性之“爱”，向泛情感之间的关系之“爱”——父母、姐妹淘、兄弟帮，甚或就是我自己和陌生人——“亲爱的”的延伸和渗透：亲，我为什么要爱你？所有的故事，从本质来说，都是讲人和人之间的关系。“我—你”是所有社会关系中最基本和最稳定的关系。当这个基本的横梁开始倾斜时，大厦中所有

“关系”的危机都开始暴露出来。

这种关系危机的本质是什么？失序！在这种社会关系的变化中，最为显著的，就是在失序中所带来的时空安全感的消失。“我—你”原本两点成一线，在亲疏远近的距离中，有一定的秩序和规范，让我们处于一种“安全感”的时空里。但是，失序打乱了时空的秩序和规范，让我们彼此之间不再拥有安全感。

这是当下“男女关系”恶化的根本，也是当下“我—你”及其他社会关系失序的根本。为什么会发生这种情况？一个最重要的原因，就在于从个人到世界的事务越来越“宏大”（大到我们无力驾驭）时，地球村却越来越缩小，我们的生存空间越来越逼仄，就连我们自己，都要像站在针尖上“舞蹈”一样，如何能够再容纳另一人的“闯入”？连曾被我们期望的最亲密的人，都被视为我们狭小空间的“侵入者”，何况那些真正的“外来者”？因此，当下中国社会问题的核心，其实就可以被描述为这么一句简单至极的话：当外来者闯入我们越来越狭小的空间时，我们的生存利益受到威胁，彼此的身份认同受到挑战，就为既定的所有的社会关系带来了“失序”危机，以及重建“新秩序”的渴求……

所以说，21世纪第一个十年至今，从全民攻略到两性攻略，深度地破坏了女人之所以为女人的本质，以及两性之间基本的秩序和规范（规矩、规则和规定）。它为“男女关系”带来了直接的“失序危机”，而网络小说/类型文学对此做出了最本能、最直接也是最有力的反映。

四　从“穿越”到“重生”：女性“自我”意识的觉醒

于是，我们鲜明地看到，网络文学中的潮流发生了细微而重大的变化。

复仇，变成了一个鲜明的主题。无论是《庶女王妃》，还是《嫡女生存》《重生之庶女心计》等，“宁可我负天下人，不要天下人负我”。——这样冷酷无情的背后，不是狠绝的本性，而是一颗因为伤痕累累而绝望的心。自我意识逐渐强大的女性，对于男人的依赖性逐渐降低、减弱甚至消失——不是我不想依赖你，是我不能，不敢。你没有什么可以让我依赖的，你更会让我一次次地失望。如果我对你怀抱希望和信任，我就会对你的背叛失望甚至绝望。

男人靠得住，母猪会上树——这句话粗糙得似乎不应该从我们优雅的女主嘴里说出来，却适用于任何一个公主王妃或者婢女洗衣妇。所以，复仇之路，无疑是网络小说里最热门的桥段。为什么呢？因为复仇之路给读者奠定了心理基础——瞧，她是被逼的（这和甄嬛有异曲同工之妙），毕竟，谁都不希望看到一个生来就腹黑的女主。“你可以做恶行，但是你心底要有善意”。重生，成了一个最好的桥段。从“穿越”到“重生”，看似雷同，实则有微妙却巨大的变化。《重生明珠》《重生之锦绣前程》《重生之黑莲花的绽放》，曾经，在晋江的VIP金榜上，前十位有三部就是直接以“重生”来命名的小说（这还不包括那么多作品名称里没有直接提“重生”，但实际也是以此为桥段的小说）“新晋榜单”上更是无数“重生”。

为什么“重生”系列一时间风头无二呢？让我们来看一看“重生”这个噱头和“穿越”到底有什么不同——同样也是让主人公重获生命，施展才华，本质却发生了根本的变化！世上有后悔药吗？有！就在这里，在重生！重生最大的密码就在于让你的人生可以“重来一遍”！“穿越”最大的意义是“重获新生”——比如《步步惊心》，就是现代的痛苦人生彻底结束，到古代重新来一回，重新认识人生，重新获得爱情。有了一个完全的新生命，可以不纠结于过往。“重生”最大的意义就是可以弥补此生的缺憾。不要死得那么冤屈——比如《美人凶猛》。在某种程度的“洞察先机”的情况下，我们可以把原本要跳进去的陷阱现在反手推给他人，把该推翻的推翻重来，要死的不是我，而是那个坏人！那所有原本算计我的人被我算计得淋漓尽致才行！总之，我要我的生活顺利美好！如果说“穿越”的好处在于“忘记过去，重新生活”，那么“重生”最大的意义就在于没有失去原本的自我，而是继续和人生轨迹相抗衡——看！我要把这天命也逆过来！

由此看来，无论是“复仇”的主题，还是“重生”的桥段，都是隐隐在表达女性内心的强大自我正在觉醒：女性的自我意识从此觉醒，自觉自为，展开了以自我为中心的历练。于是，对“自身”身心体验的关注（向内转、向下转、更加内化——生命、内心和情感），正在从对生存、生活和社会人际的视野中分离出来（相对于《后宫·甄嬛传》《庶女攻略》等宫斗文而言），正在制造新的审美接受和阅读潮流。这不但是对两性关系的逆转——像之前《裸婚》《甲女丁男》《婆媳矛盾》《凤凰男孔雀女》《蜗居》《双面胶》等网络与社会热点作品，无论如何，其轴心都还是以两性关系为轴心，来考量“女人之所以为女人”的自我身份和位置。

但是，这种趋向，随着从相爱难到相处难、结婚难，再到不婚/不爱难，越来越滑向那个拷问：现代女性越来越在经济、身体和心灵上自我和独立，为什么还要跟另外一个人相濡以沫？于是，伴随着对爱情、婚姻和家庭的失望，当下女性越来越开始把“婚姻”“爱情”和“性与金钱”（情人）当成三个不相关的问题来考虑。爱情不等于婚姻，结婚证等于房产证，情人等于性与金钱。这种潮流，开始推动女性从外部期望（如在两性关系中寻找安全感和在爱情、婚姻、金钱与性中寻找在这个不确定的时代中的确定感），在当下“朝向自身内转”——在自身的视野里寻找对爱情、自我的幻想与肯定：我们已经不相信别人能爱我，或者我能爱别人，我们也已经不再幻想。

这个社会把女性抛离了自身，随即又将她们抛向了社会和家庭，然后，再度像抛皮球一样抛回给自己：父母是亲人，老公不是亲人，孩子是自己的但不是"自己"。本来，一个女人一生中将面临三种最重要的转折：一种转折就是当女儿的时候，父母是世界上最重要的人；从恋爱到结婚的时候，老公是世界上最重要的人；到生儿育女时，孩子是世界上最重要的人。

但是，当下社会，将她们抛向了第四种转折之问：世界上最重要的人，是不是她自己？她自己的一辈子中，最重要的是不是"世界上的另一个我"（亦即她的第二人生）？从"关注自我"到"第二人生"（The Secaond Life），成为主导当下中国女性的"集体无意识"。这导致了女性网络文学潮流在当下出现一个很重要的分支：就是对自我的聚焦和关注，对纯爱的期盼，对高帅富男主的幻想，以及对"屌丝"的拒绝与排斥——亦即，是对自我小时代、小世界和小宇宙的切身关注，而对周围世界、人际关系、社会关系和整个大时代的淡漠、孤立与排斥。

同时，"第二人生"，既让她们对人生如何过，产生了反思（所以，重生当道、穿越成风）；同时，也让她们在无力驾驭社会现实生活大小事务之中，开辟了网络文学以及整个虚拟现实中的"第二人生"——网络文学中的表达、分享和阅读机制中，处处都体现着这种"她世纪：第二人生"的王道与力量：Power me，I power。

"我"就是王道。

五　从性别政治到女性"自我"身份的裂变

然而，这只是开始。

对于21世纪的中国女性来说，最重要的自我概念不是相对于男性社会而言的——虽然，女性自我的概念界定，要在男女两性的概念比较和前提框架下进行——而是相对于女性自身而言：现代女性与传统女性的决裂，现代女性阵营的分化，同一女性的变化，同种女性多元化需求的细分……比如“70后”的“W（woman）概念”和“80后”的“W概念”之迥异，就是一种“女性自身”的裂变。

所以，这15年，每一种“W新概念”的出现，都标志着女性自身需求的裂变或聚变。恰恰正是这种女性需求的裂变或聚变，导致了接下来的社会思潮、商业图景甚至是文化政治体制的变革，就像原子弹的爆炸改变了整个地球和世界一样——遑论文学创作、阅读潮流和商业出版中的W概念股！

《新结婚时代》《蜗居》《致我们终将逝去的青春》《后宫·甄嬛传》《步步惊心》《裸婚时代》《庶女攻略》《知否知否，应是绿肥红瘦》……这15年，每一部“里程碑”式的女性文学作品，在类型文学（网络阅读）、实体图书出版（传统阅读）和大众文化消费（大众商业娱乐）的梯度转移和跨界传播中，引爆某种文化现象时，无不代表着女性在个人的身心危机中寻找和确立自己在这个变化的世界中的自我意识、身份和位置，以及在两性家庭伦理危机中重建两性关系和社会关系的努力。

因此，在网络文学的W概念股中，最重要的问题不是她想要什么？而是，这一代的“她”，比起上一代的“她”——更想要什么？与“70后”相比，“80后”的她更想什么？与“85前”的她相比，“85后”的她更想要什么，“95后”的她更想要什么……

正是在这样的拷问之中，我们发现了一个女性划时代的变革：相对于“80后”前以及“70后”等女性还在“两性关系”性别政治的框架视野中，考量自身的需求，“85后”“95后”等女性，已经越来越懂得学习用女性自身代际裂变的框架视野，来寻找自我的定位……

这是网络文学中的W概念股，一个极其重要的变量指标。于是你会看到两条线的交叉演变：一是在两性视野中女性的形象、定位和认知，如“女神”“女王”“女汉子”等；二是女性自身在不同代际传统和微社群X亚文化中的自我意识、族群认同、文化建构以及对“她者”的排异界定，如“圣母苏”“白莲花”“绿茶婊”。这两条线最终融合到一起，在某些概念上，如“女汉子”，又产生了深度的裂变。比如说，由于我和你关系的恶化，每一个女生都被逼成为“女汉子”；但对“女汉子”的早期排异到后期的自我认同，成为当下网文创作潮流转折的关键。这是现实社会问题的映射。

“女汉子”，早期网络上解释为“一般行为和性格向男性靠拢的一类女性”，通常是用来形容那些外表是女性但是性格“纯爷们”的一类女人。有人还把“女汉子”归为在男人和女人之外，世界上存活的第三种人。有人很形象地把“女汉子”的英文名字称为wo-man，虽然外表上还是和女性woman没有区别，但是一条横线把wo和man隔开了，由此说明她也具备man的特点。

2013年10月，一则“女汉子新标准”在网上出台。该标准表示，只要全中则是真正的“女汉子”。也许姑娘们不会全中，但有一点是“必中”，就是“女汉子”只有男闺蜜，没有男朋友。没有男人，所以只好自己成为半个男人甚至整个男人。这是“女汉子”们最大的特点。这是早期对“女汉子”的排异，甚至是自我回避：是谁，逼我成为“女汉子”？哪个女生不希望自己被呵护被捧在掌心？谁甘愿做一个“女汉子”？女生是需要抚慰需要拥抱需要呵护的，“女汉子”则是可以支撑起半边天的——这不仅仅是女生“进化”的结果，亦是当下小男生们期望的“角色扮演”。有什么样的男人，才有什么样的女人。就像笔者十多年前评论郑钧的歌时，曾经说过，一个女人有很多种可能性（命），但是，她只有那样的运——当她在那样的时候那样的地点遇到了那样的男人，于是，她成为这样的女人。你在骨子里有可能成为一个小文青、贤妻良母、像云的女人……但那个遇到的男人，偏要让你成为“女汉子”。

这种强大的社会压力逼迫着女人依照“小女生”—“经济适用女”—“女汉子”的道路进化，而且，是不断进化。这都是男人——其实更准确地说，是男人社会——逼出来的，除非出现转折点。

六　从《扶摇皇后》到《凤倾天阑》：女性奋斗史和男性教科书

这种转折点是什么时候开始的？或许就是从天下归元的《扶摇皇后》开始。

那个抛弃了孟扶摇的男人燕惊尘说——孟扶摇你能不能争点气？能不能不要那么愚蠢？能不能不要让我因带你而难堪？这就像现实生活中男人要求“女人要入得厨房，上得厅堂”。什么时候，女人被要求要“争点气”？而另外一个男人说，你能不能再强一点？至少跟我一样强，甚至比我更强。这样，在我无法保护你的时候，你可以保护你自己的安全。

读到这里，你会突然发觉：为什么现在网文中的女主越来越强势，心越来越冷硬，越来越腹黑？传统媒体评论说甄嬛腹黑所以不适合播放，免得教坏了小孩，影响了大众的三观，应该学习大长今的善良，学《圣经》里的“要是你打我左脸，我应当把右脸也伸给你打”……

可是，现在网络小说中的女主，岂止像甄嬛那样“被欺压到极点所以奋起反抗而腹黑”？都是像《扶摇皇后》那样，恨不得打娘胎里出来就腹黑，骨子里就带着的怀疑和算计、防备和谨慎，那才叫真正的腹黑！

从2012年起，大量“重生”系列的女主，为了复仇而来，所以当然狠绝腹黑，但若是你就此断定女主们内心险恶，是个“妖女”，那就错了。这些腹黑的女主们，又有个统一的特点，就是——对仇者无情，对亲者太有情。刻薄的语言下，是善良的心，温柔的情。她不是没有情，而是被仇人和男人伤痛了心；于是，不敢相信，不敢再去信任——男人不可依靠，只有自己能信任。于是——我要强大到自己可以保护自己，还可以保护我想保护的所有人。“不能把自己的后背交给任何人，直到有一天你肯用你的后背为我挡住剑。”收敛起女子所有的柔情，所有的脆弱，所有的小女人心态；脸上的冷若冰霜，绝情绝爱，只因为曾经的那个男人的负心绝意。不想让自己再受到伤害，最好的办法就是，拒绝一切开始。

这是一种痛苦的蜕变。

15年前，就算经历再多的伤害和折磨，我们仍然相信爱，相信被爱，相信会有那么一个男人陪伴在左右，在我往前走时，他是坚强的后盾；在我后退时，他能托住我；在我需要他遮风挡雨时，他能举起一把伞；在我不需要他出现的时候，他能够隐匿在所有人都看不见但是可供我召唤的地方……什么是安全感？这就是安全感！这样的男人能给我带来所需要的安全感。

7年前，就算在生活中我们越来越怀疑爱情，质疑自己能不能爱或者被爱，我们仍然可以在穿越或架空的世界里收获爱情，所以，才有“清穿”三座大山如《步步惊心》《梦回大清》中几个阿哥围着女主团团转的模式——有很多男人爱着我，无条件爱着我。我其实也是爱他们的，只是需要筛选合不合适的条件而已。筛选到最后，我终究是可以选择一个来爱的。因为选择了一个这样的男人来爱，我最后还是会有一种归属感。

但是，现在，别说在生活里，就是在穿越、架空以及其他网文所建构的“虚拟世界”或者“第二人生”里，女生们还想不想爱，还愿不愿爱，或者就算只是被爱，都成了一个值得存疑的问题。比如，一个人无论怎么爱你，你都像一块石头矗在那里。这不是怀疑你说的是不是真的，而是压根儿就不去想这个问题。任尔东西南北风，我自咬定青山不放松。

直到山崩地裂，万箭穿心，男主角或者男配角吼出最后一句话“我真的真的真的真的……爱你”并咽下最后一口气后，女主那坚定不移的“否爱论”，才会有那么一丝丝的动摇：他真的爱我吗？但只是那么片刻的动摇而已。当山崩地裂把那个说爱她的男人埋了之后，转过身去，她照样我行我素，怀疑一切人，否定一切爱，拒绝一切情。如果再遇上一个男人说“我爱你”的时候，她依旧会用疑问的眼光深深地看他一眼，然后，凝聚全身的力气，来上这么一句：“你脑子有问题吧？”

瞧，这是网文中正在越来越清晰的“女汉子”形象：剽悍，又冷又硬，“宁可我负天下人，也不可天下人负我”，并且，越来越强——不但强过许多女生，也越来越强过男人。我都比你强了，我还要男人做什么！这跟两性关系中的社会潮流是一脉相承的：从相爱容易相处难，到结婚难，再到相爱难，不婚之后就是不爱……

这种“不爱”的“女汉子”形象在网文中越来越成型，并且，渐成一股当下的潮流：不要说我太强势，只是因为你太弱；不要怪我太强势，只是这世界在逼我，太弱就只能受欺压。一个从流行“闺蜜”到流行“男闺蜜”的时代，还有什么，是“大女人”做不得的？还有什么样的男人，能让“大女人”回归小女孩？

从《扶摇皇后》到《凤倾天阑》，天下归元给出一个颠覆性的答案：假若上述都是女汉子的“原罪”，从孟扶摇到太史阑，她彻底否定了这种原罪。不但女主的形象从“腹黑复仇型女坚强”，转向了“中性纯爷们女汉子”，就连那种情感之殇，也从男女间逼仄的爱恨情仇，转向了时间空间人间的红尘冷暖。隶属于更为广阔的人间基本面，来让自己这一颗心更为冷硬，实在地拓宽了女性网络小说的格局和气象。

而在遇到什么的男人产生什么样的运道才能让一颗冷硬的心温暖起来，让一个“女坚强”“女汉子”回到女人之所以为女人的运道上，天下归元归纳出了男人和女人同样的期望：在生活中除了这样那样的“小男人”之外，我们希望出现如“无极帝”和“容公公”那样的大小男人——我希望你强，比我更强，这样在我来不及保护你的时候，你能保护你自己。

这是多么强大宽容的心态，不拘泥于普通男人对女人的保护欲，而是视你为自身一体，你强，就是我强，能保护你，遑论你我。对自己有信心的男人，才对自己的女人有信心。对自己信任的男人，才能对自己的女人信任。就像舒婷的诗《致橡树》中说：“我如果爱你，绝不像攀援的凌霄花，借你的高枝炫耀自己……我必须是你近旁的一株木棉，作为树的形象和你站在一起。”

要知道，再强的“女汉子”，一旦进入真正的爱情，她们坚强的外表和内心也会瞬间融化。“女汉子”们坚强的内心是这个社会赋予的，是被大众锻造出来的！谁不渴望爱？谁不渴望男人的坚定和照顾？每一个“女汉子”的心里，都住着一个小女生，一个小公主。她娇媚动人，她娉娉婷婷如莲花般安静绽放。

越是匮乏，越是渴望。就像《步步惊心》里说的，“当你用背对着剑的时候，我的心门就此打开”。不是不会再相信爱，渴望爱，而是要更多的考验和猜测。女人们，越来越缺乏安全感，而男人们也在越来越多的考验中离弃。于是乎，网络小说里面的男女形象就呈现着这样的两极分化——要么很强，要么很弱，女主们还是依赖男人的帮助，但是心态变得越来越自信和强大；男主们还是对女主无怨无悔，但是心态变得越来越平和自然。

这，也许是“女汉子”们最好的梦想——有爱情，有男人，更有自我。这不比“女神”们只受别人的香火供奉更好？你的小说是不是能够写出这样的男人、女人和爱情？你在生活中能不能做到让女人回归为女人、让爱回归为爱的男人或女人？

结　语

2015 年 7 月 28 日，在中国作协会议室举办的由全国网络文学重点园地工作联席会议主办、中国作家网承办的“2015 年第一、第二季度网络小说排行榜”的评审工作会议中，笔者重点评审了《凤倾天阑》，表示笔者会力推这部作品进入精品榜。

假若让笔者来撰写评奖理由，笔者会列出三点：

第一，她塑造了一个崭新的“女汉子”形象和重启了女人之所以为女人的情感之旅。

第二，她重新界定并诠解了两性关系，比如“中性女”和“伪娘男”表面上的角色置换与实质上的情感置换，甚至，“第一次”在网文中把女主的初恋设置成了重要的男配角。

第三，她拓宽了诸多人物群雕的情感体验，比如，“绿茶婊”的爱而不得，半路母子的亲子教育，女配角与男配角不同的情感关系……

当时，邵燕君就坐在笔者身边，无限感慨地说，现在女性网络小说描写男女之情已经无法出新出彩，因此，只能在耽美作品上寻找兴奋点了。笔者随口说，男性网络小说也一样如此，从《回到明朝当王爷》到《间客》，这些网文经典中曾经让人印象深刻的女性形象以及与男主角的关系，现在若还是千人一面地出现于新的网文作品中，同样会让我们产生审美疲劳。

所以，当阅读阈值提高之后，已经接受过足够多"刺激体验"的受众，需要看到耳目一新的新形象、新情感。《失恋 33 天》当初为什么会火？不就是打擦边球式地创造了一个"人贱人爱""花贱花开"的男闺蜜吗？从某种意义上，《凤倾天阑》让笔者已经提高了不少的刺激阈值，让已经审美疲劳的视界，产生了一系列的兴奋点。或许，从天下归元的《扶摇皇后》到《凤倾天阑》，不仅仅是一部女性奋斗史，更是一部男性教科书，教你如何爱，如何被爱——尤其是在这个爱无能的时代。

这会不会是女性网络文学新一波的浪潮涌动之处？

（作者庄庸，中国青年出版社新青年读物工作室主任，副编审）

网络文学的娱乐性及爽文化建构*

考察新世纪文学的娱乐性，网络文学最有代表性。毕竟网络是一个巨大的虚拟社区，无数的网民（包括写手与粉丝）无一例外地戴上面具争先恐后地涌入，这既是网络的文化盛宴，也是网络的文学乐园。网络向大众发出了文学狂欢的邀请，把它自己变成了一个众生平等、众声喧哗的话语空间。既有"聊发少年狂"的"老夫"，也有"不知愁滋味"的"少年"；有的以播撒文字、编织故事为娱，有的以传播艳照、讲述绯闻为乐；有的以写帖为娱，有的以跟帖为乐；有的以点赞为娱，有的以拍砖为乐；有的以写为娱，有的以读为乐。"娱乐无罪、搞笑有理"，一切都是为了笑一回、乐一把。"此间乐，不思蜀"，用文学的白日梦来释放生活的沉重与现实的焦虑。文学的娱乐化既在网络中安营扎寨、潜滋暗长，也在网络中开枝散叶、欣欣向荣。

---

* 本文为国家社会科学基金一般项目《媒体化语境下新世纪文学的转型研究》（10BZW103）、浙江省社科联研究项目《媒体化语境下新世纪文学的转型研究》（2009N31）、湖南省教育厅优秀青年项目《传媒视野下新世纪文学的价值体系研究》（08B002）的研究成果。

一　网络文学的话语狂欢

作为“第二媒介时代”的主流媒介，网络代表的不仅是一种数字化生存方式，也是一种数字化审美方式。从话语建构的角度而言，网络以虚拟、匿名、自由、平等、民间的名义解放话语之后，成为多元话语的狂欢广场。语言不再是权威的专利，而是平等的交流，甚至是反抗的武器。每个人都有“说话”与“涂鸦”的权力，即所谓的“我不同意你的观点，但我坚决捍卫你说话的权利”。这样，想说就说，想说什么就说什么，什么都能说，什么都敢说，说得好是一说，说得差也是一说，这真是“这次第，怎一个‘说’字了得”。所谓的“不吐不快”，那么，能“吐”肯定就是一种“快”了，至于在自由的网络空间，能淋漓尽致地“吐”、会酣畅淋漓地“说”，当然也是网络写作最大的“快事”了。米兰·昆德拉曾想象过一个“著书癖”的时代：“著书癖在人群中泛滥，其中有政治家、出租车司机、女售货员、家庭主妇、凶手、罪犯、妓女、警长、医生和病人。所有的人都有权力冲到大街上高叫：‘我们都是作家!’”[①] 网络宣告了这种“著书癖”时代的来临，稍有文字能力的网民都敢在网络上把“作家”的标签贴在自己的头顶或被人封以“作家”的大号。可见，话语狂欢既是网络写作的主体性追求，也是网络作品的客体性存在。

语言是存在的家园。而网络文学的语言就是网络狂欢精神的直观外化，从整体上说大致有以下几个特点：一是“戏谑反讽与消解神

① ［捷］米兰·昆德拉：《笑忘录》，王东亮译，上海译文出版社 2004 年版，第 102 页。

圣”。如《明朝那些事儿》的开篇就以市井八卦的口吻介绍一个开国君主，全然没有历史典籍中的谨慎和传统文学的庄严。再如《成都，今夜请将我遗忘》里，陈重考虑如何与妻子摊牌：“然后我就应该趁热打铁，提出本次访谈的主题：宽容、克制、理解。在策略上，以攻心为上，重点进行鼓励表扬，捎带着来点批评教育，不到紧要关头决不瞪眼骂娘。”把思想教育工作的术语用在夫妻谈话中，人物的油滑跃然纸上。最后一句粗鄙的“瞪眼骂娘”完全消解了之前做作的“神圣”，越发显出这种话语体系的荒唐可笑。二是“幽默自嘲与寓庄于谐”。如《鬼吹灯》里描写主人公胡八一遇到人熊的袭击，在这千钧一发之际还不忘自嘲一把、“黑色幽默”一下：“看来我要去见马克思了，对不住了战友们，我先走一步，给你们到那边占座去了，你们有没有什么话要对革命导师说的，我一定替你们转达。……咱干革命的什么时候挑过食？小胖同志，革命的小车不倒你只管往前推啊，红旗卷翻农奴戟，黑手高悬霸王鞭，天下剩余的那三分之二受苦大众，都要靠你们去解放了，我就天天吃土豆烧牛肉去了。”这不是“战友”而是“盗友”，这不是“革命”而是“盗墓”。作品通过充斥革命口号和伟人诗词的对话，把神圣的话语和卑鄙的行径进行拼贴，用作品人物的自嘲呈现这种鸡鸣狗盗行为的可鄙可笑，从而使严肃的政治话语产生了难以名状的喜剧效果，既风趣生动又幽默横生。三是“粗鄙化与诗意化”。如网络作家慕容雪村就善于使用既粗鄙又诗意的语言去展现生活中粗俗的一面，使作品的情绪形成一种双线并行、时有交错的效果。如《天堂向左，深圳向右》中，刘元沉溺于男欢女爱，而且荒淫无度、不加节制，终于有一天发现“在他两腿之间，一个个小水泡像蓓蕾一样攒簇在一起，晶莹剔透，红艳美丽，像宝石一样闪闪地发着光”。作者用诗意的语言描写难以启齿的性病，反话正说，而且说得天花乱坠，一种悖反的话语张力充溢在作品之中，并且暗示着光鲜的生活表面之下，青春和爱情的破烂不堪，真是“金玉其外，败絮其中”，以“乱交纵欲”报复生活，最终却被“乱交纵欲”所糟蹋甚至被阉割。四是“语言修辞多元化”。网络文学的语言生于网络，有着明显的网络文化特征。比喻、双关、借代、仿词、飞白等都是网络文学中常见的修辞手法。正是修辞的多元化，使网络文学呈现着崇尚自由、特立独行、嬉笑怒骂、解构权威与戏说经典的话语特色。换言之，修辞多元化，是为了不走寻常路、不说寻常话、不做寻常事、不写寻常文。

可见，网络文学是一种悦耳悦目、悦心悦意的文字游戏与符号游戏，最大限度地追求感官与心理的愉悦与快感。作为一种新的媒介文化，其媒介的性质不可低估，它不仅改变了社会生活的物质层面，也改变了社会生活的文化层面，甚至改变了社会生活的审美层面。值得一提的是，现在的网络被严重地娱乐化、游戏化、低俗化，这样，网络文学已转向享乐主义，它注重游玩、娱乐、炫耀和快乐。借用尼尔·波兹曼的话，当今世界，“除了娱乐业没有其他行业”①。换言之，当下的网络文学，除了娱乐性就没有其他属性，毕竟无论是写作还是阅读甚至是改编，追求的都是语言的快感与欲望式狂欢。但是，恰如习近平在2014年10月15日文艺工作座谈会的讲话中所强调的：“文艺不能在市场经济大潮中迷失方向，不能在为什么人的问题上发生偏差，否则文艺就没有生命力。低俗不是通俗，欲望不代表希望，单纯感官娱乐不代表精神快乐。”②

---

① ［美］尼尔·波兹曼：《娱乐至死》，章艳译，广西师范大学出版社2004年版，第128页。

② 习近平：《文艺不能在市场经济大潮中迷失方向　不能当市场的奴隶》（http：//news. xinhuanet. com/politics/2014－10/15/c_1112838538. htm）。

二　网络文学事件的“娱乐秀”

在新世纪前十五年，网络上关于文学的事件以及关于网络文学的事件捕获了众多网民无数的“眼球”与“口水”，对此我们可以将这些事件统称为网络文学事件。网络文学作为一种审美文化，其娱乐功能无限膨胀，而其他功能如补偿、净化、认识、教育、审美等被忽视乃至摈弃的时候，网络文学就变成了一种单一的娱乐文化。事实上，我们已进入一个由商业出版、影视、网络、手机等媒体制导下的“娱乐至死”的时代。这样，原本严肃的文学事件也就蜕变成悦人耳目的感官享受。正如赵勇所说的，当媒体介入文学场，“话语权却转移到媒体记者和时评家手里，他们开始控制局面，并成为其言说主体。新闻娱乐话语对文学批评话语的入侵与掌控，意味着切入角度、行文方式、话语风格等均发生了变化，文学事件也就不可能不被并入新闻化、娱乐化的轨道之中”①。

这样，像“70后事件”“80后事件”“木子美事件”“韩白之争”“梨花体与赵丽华事件”“羊羔体与车延高事件”等文学事件就被彻底娱乐化了。换言之，就是竭力从严肃的文学论争与文学批评之中挖掘出具有娱乐形式与娱乐价值的亮点、焦点与卖点，充分利用公众的猎奇心理，把公众的视线引向低俗化、隐秘化、娱乐化的话题上来。如在“木子美事件”中，吸引公众眼球的正是被视为低俗、越轨、挑战社会基本道德规范和涉嫌侵犯他人隐私权的写实的性爱描写。木子美以暴露隐私为乐，读者以窥视他人隐私为乐。再如“韩白之争”中，

---

① 赵勇：《从文坛事件看文学场的混乱与位移》，《中华读书报》2008年10月10日。

最初争论的问题是诸如“文坛入场券”“80后作家的文学成就”，但是随着事件娱乐化的推进，媒体的目光主要集中在各方人员之间的关系上，如陆川的介入就是“儿子帮老子”，而高晓松等的参与则被解读为兄弟义气，于是原本的文学论争事件就演变为一场江湖恩怨情仇的闹剧，至于网民的关注则更像是对于街市上吵架骂街的一种围观。在“韩白之争”中，主要的文章如《“80后”的现状与未来》(白烨)、《我的声明——回应韩寒》(白烨)、《我的告别辞》(白烨)、《文坛是个屁，谁也别装逼》(韩寒)、《有些人，话糙理不糙；有些人，话不糙人糙》(韩寒)、《对世界说，什么是光明磊落》(韩寒)、《文学群殴学术造假大结局，主要代表讲话》(韩寒)、《看韩寒如何反驳韩寒》(韩寒)、《关于那场争论》(陆川)、《韩白之争背后的若干问题》(陆天明)、《准备起诉韩寒十律师函》(高晓松)等都有着浓郁的娱乐话语，如“粗口”“糙话”“揭短”“类红卫兵问题”“文革话语滥用”等。从“论争”到“论战”，像匕首、投枪式的措辞一浪高过一浪，争得激烈，战得热闹。曲终人散，白烨关闭博客、偃旗息鼓，韩寒得胜还朝、趾高气扬。

那么，网络文学事件何以被娱乐化呢？一是与传媒娱乐化的大环境有关，传媒娱乐化不仅是国际传媒的一种通则，也是传媒业的一种新时尚，更是传媒走向市场的必然结果。网络传媒将有卖点的文学事件进行新闻式报道与策划，然后再进行娱乐化深度演绎，以一热引多热，以小热促大热，环环相扣，链式生产，将文学事件进行最大化的聚焦化消费，并以此作为争夺受众和市场的法宝。二是充分考虑了受众的心理需求，是受众中心主义与读者上帝论的产物。针对物质相对充裕的现代人更需要释放压抑、摆脱压力的心理诉求，采取大众传媒与生俱来的娱乐化策略，将本来严肃的话题进行喜剧化处理，甚至将之改写成更具世俗性、趣味性的八卦故事、杂丛小语、野史轶闻等，为文学事件增添了煽情、刺激的特点。三是与新世纪以来的市场观念、消费意识、个性发展、自我张扬与“去中心化”“去束缚化”“去权威化”“草莽主义”“我是流氓我怕谁”等后现代文化密切相关。

网络文学的事件化，准确来说是一场“娱乐秀”。作家作秀，读者作秀，评论家作秀，每个人穿着形态各异的外衣争先恐后地进行着一场盛大的舞台表演，你方唱罢我登场，我登场后不退场，唯恐不被“灯光”“眼光”与“口水”聚焦。捧也好，骂也罢，只要能被聚焦就好；优也好，劣也罢，只要能被关注就好；“名垂青史”也好，“遗臭万年”也罢，只要能出名就好。但是，这中间却唯独缺席了对作品本身的关注。正如网络作家李寻欢在《边缘游戏》中所说的，“我现在终于明白，这个由游戏开始的故事终究还只是一个游戏”。对此，苏晓芳认为：“媒介与市场合谋，使文学变成一场‘秀’或只是一场‘秀’，作家、评论家等文坛中人都变成了演员，而真诚的读者也就随即变成了无聊的看客。有时看客们还会耐不住寂寞，自己冲到台上去做一回票友。所谓文坛从此变成一个你方唱罢我登场的舞台，不断上演着桥段翻新的闹剧，吸引着受众的眼球，而媒体则是那个在舞台后暗暗操纵演出的人，同时也正在偷笑着清点手头的票房收入。”①

三　快感优先与爽文化的建构

网络是一个人人可以参与的游戏平台与狂欢广场。在网络空间以及相关的虚拟社区，网民们想嬉戏就嬉戏、想玩就玩，有的甚至“玩的就是心跳”（王朔语），既有话语的狂欢，也有身体的狂放。既以自娱的方式娱乐自己，又以娱他的方式娱乐别人。既在娱乐中既释放压

---

①　苏晓芳：《网络与新世纪文学》，中国社会科学出版社2011年版，第92—93页。

力，又在娱乐中播撒活力。这也许就是为什么网络游戏、网络视频、网络文学能够与网络新闻、网络资讯并驾齐驱的原因。事实上，网络的这种游戏性直接吻合了文学说到底其实是一种文字游戏、故事迷宫与情感撒欢的本质属性，毕竟文学从一开始就有着游戏的基因与质素。关于文学产生于游戏，意大利哲学家马佐尼在《〈神曲〉的辩护》一文中认为："诗按照三种不同的观点来看，可以有三种定义，这就要把诗看作模仿，单纯的游戏，还有须受社会的功能制约的游戏。"[①]德国美学家康德认为，模仿并不是艺术产生的真正动机，在模仿冲动的背后，还有推动模仿产生的原动力，这种原动力就是游戏。德国美学家席勒明确认为，游戏是艺术生产的动因，这就是席勒名之于后世的"游戏说"。英国哲学家斯宾塞发挥了席勒的观点，认为游戏与艺术都是人剩余力量的发泄，是非功利性的生命活动；美感起源于游戏的冲动，艺术在实质上也是一种游戏。伽达默尔则认为，"艺术作品就是游戏"[②]。

就网络文学而言，它和"游戏"有着千丝万缕的联系。首先，从旨趣上看，网络写手处于一种自由、自在、自足的状态，对于一切社会当作规范的东西，他们更容易以游戏的态度来化解这些规范铁板一块的权力意识；其次，自20世纪80年代以来，文坛上的新潮、新写实、新状态、新生代纷纷粉墨登场，它们以游戏的姿态、反讽的力量冲击着文学的"为人生"的严肃面孔，这股潮流不可避免地影响着网络文学的审美取向；最后，作为超越社会、娱乐自我的有效方式，网络文学在快速的阅读和消费中以游戏的面貌出现，更能快速地在网络文本的海洋中取得让大众阅读的优先权。所以，"游戏"是网络文学

① [意]马佐尼：《〈神曲〉的辩护》，伍蠡甫编《西方文论选》(上)，上海译文出版社1979年版，第199—200页。

② 伽达默尔：《真理与方法》，上海译文出版社1992年版，第158页。

大家族的重要相似性或曰“家族性”，纵然网络文学浩如烟海，但依然可以在形态各异、类型不同的网络作品中找到具体的游戏成分。如在游戏的文本中，至少包括游戏语言、游戏修辞、游戏叙事、游戏结构等；在游戏的情趣中，至少包括游戏主题、游戏审美、游戏世界、游戏人生等。一句话，在网络文学中，游戏无处不在，既有游戏的仪式也有游戏的精神。麦克卢汉认为：“如果把游戏看作复杂社会情景的活生生的样子，游戏就可能缺乏道德上的严肃性，这一点是必须承认的。也许正是这个原因，使高度专门的工业文化迫切需要游戏，因为对许多头脑而言，它们是唯一可以理解的艺术形式。”[①] 可见，网络文学是最盛行游戏精神也最能体现游戏精神的艺术形式，是一个无边的狂欢场，它让现代人找到了一条通向游戏与狂欢的阳关大道。

这样，网络文学就必须尊重“快感机制”，秉行“快感优先”的原则。对于网络文学而言，文学性更多地体现在故事设定、情节架构、矛盾冲突、人物塑造上，而非体现在寓意象征性、叙述技巧等方面；语言更重视对话的机锋以及幽默的机趣，一般来说，只要对话漂亮，描写性的文字够表意就行，比较能容忍俗套和煽情，言简意赅、惜墨如金等传统标准在此处基本不适用。相对于“纯文学”的艺术至上的标准，网络文学的核心价值是“爽”，优秀的网络作家虽然也追求主题深刻、文化丰厚、立意高远，但这一切必须建立在“爽”的基础上，也就是对快感机制的尊重。在网文的世界里，“好看”是最大的道德，在此基础上才谈得上“好书”。一篇好的网络文学作品首先必须是“爽意浓浓”“快感不断”的故事化文本，否则无以动辄几百万字甚至上千万字的连载以吸引粉丝读者长期跟踪。正是如此，网络文学评论家邵燕君曾经一针见血地指出，网络文学受制于商业，门槛

① ［加］马歇尔·麦克卢汉：《理解媒介：论人的延伸》，何道宽译，商务印书馆2000年版，第299页。

低，只适合给读者消遣时日与轻阅读。邵燕君指出：“精英文学是‘痛’的文学，网络文学是‘快’的文学；精英文学戳出社会痛处，网络文学只能让读者发泄，暗‘爽’一把。”

（作者张邦卫、蒲永玲，张邦卫系浙江传媒学院文学院教授，蒲永玲系浙江传媒学院国际文化传播学院实验师）

微博的图文景观及其内在张力

贝尔曾写道："目前居'统治'地位的是视觉观念。声音和景象，尤其是后者，组织了美学，统率了观众。"[①] 而伯格也提出，我们如何理解所看之物的方式，既受到视觉对象和媒介方式的制约，同时也是一种自觉选择和自觉加工生产的过程。[②] 可以说，视觉文化的兴起所引发的图文景观已成为一个不容忽视的问题，相比传统的纸媒时代，在网络媒介时代，观者的自觉意识前所未有地加强了，其阅读心理与阅读期待也发生了显著变化。而微博作为一种新兴的网络媒介，其表征出来的图文景观无疑有着很好的代表性。笔者以为，以微博的图文景观为切入点，进而探讨虚拟空间中图文关系的产生和建构，将有助于我们明确图文关系的内在张力及其言说逻辑。

一　微博图文景观的表征

在众多的网络媒介中，微博以其便捷、交互、即时、跨媒体的优势迅速发展起来，成为近几年交互式网络媒介的代表之一。在这一新

---

① ［美］丹尼尔·贝尔：《资本主义文化矛盾》，赵一凡译，上海三联书店1989年版，第154页。

② 参见［英］约翰·伯格《观看之道》，戴行钺译，广西师范大学出版社2005年版，第33页。

兴的网络媒介中，图文互文表达是其突显的一道景观。虽然与传统媒介相比，微博中的图像与文字的功能并没有发生很大变化，图像还是直接作用于观者的视觉，文字的排列方式也仍是传统的线性方式，不过相对于传统媒介而言，微博的图文景观表征，特别是图文的表达方式还是有了很大的变化：图像延伸了视觉的功能，在虚拟现实中，图像甚至带有触觉等感官的全面体验，直观的具象思维也开始延伸到抽象思维层面。与图像的转变相呼应，微博中的文字形式也出现了一系列变化，文字逐渐变得形象化和符号化，甚至有些文字与图像并没有多少区别，同样可以给观者直观的感受。此外，在微博中，图像的生存空间明显占有优势，如新浪微博中，图像信息占的比重达到90%。在腾讯微博中的比重虽然不如新浪微博，但腾讯微博设有专门浏览图片的浏览范式，图片浏览范式窗口完全将图片作为浏览内容，由此也可见腾讯微博对于图像的重视。据笔者梳理，微博图文景观的具体表达可以分为以下几种类型。

以图释文型。在这类图文景观中，先以少量文字叙述核心内容，再配以图片，用以阐释文字。在以图释文型图文景观中，还有一类比较特殊的图像，即以图像来代替文字的叙述，有些微博用户为了叙述一个事件或者分享自己的亲身经历，他不是以文字来表达，而是以图片来表达，运用图片将事件串联起来，从而提供更为直观的表现，给观众多感官的享受。互动交流型。互动交流型图像主要是指微博上发布的图文信息并非原创信息，而是通过转发其他微博用户的图文信息来阐释自我的观点。互动交流图文景观并不在于展示图像和文字本身，而在于图文景观背后意义的交流互动。消费引导型。这一类型的图文景观通常出现在微博的软广告中。微博作为一个极具广告潜力的媒体，大量具有说服性目的的图像型广告存在其中，甚至某些文字的图像化设计本身就是一种广告，图像承担着消费的“包装”作用。而

且，在微博中还存在许多视觉消费说服型图像，这些图像用视觉表现包裹广告的商业消费目的，致力于说服微博用户进行网上消费。在一个眼球经济时代或者说注意力经济时代，消费的核心在于消费注意力，而微博作为一个有着广大用户群的信息交互平台，自然在商家的关注之列。消费社会强调的不仅仅在于物品的实用价值，更寻求物品的审美体验，而微博中的图像就承担着这样的包装作用，它将说服目的隐含在审美的外表下，使人们更容易接受。

继续深入下去，笔者认为，微博的图文景观反映了现代人的生活状况。在社会的现代转型中，随着现代性的展开，出现的是个体的碎片化生存。所谓现代性的碎片化，就是指现代社会的诸多方面，包括个体、世界、知识、道德，认知等，都成为碎片。在某种程度上，碎片表征着现代生活本身，对此，齐美尔曾认为，现代个体也是生活中的一个碎片。“我们总是在不同的层面间来回地循环，它们依据不同的规则，全都构成了世界总体，但从每一个平面来考察，我们的生命在任何特定的时候所获得的只是一个碎片。”[①] 由于现代生活的碎片化，个体的感知也出现了印象主义风格，现代个体不再关注社会现实的深刻内涵，也不希冀建立一种阐释现实的宏大结构体系，而是注重以主观的内在心理感悟社会生活的表面现象或现实碎片。

现代性的碎片化体现在微博图文景观上，主要表现为现代人对于文字的忽略和对于图像的“浅阅读”和“浅表达”，而这也正是微博图文景观的另一重要表征。在微博这样一个网络交互平台上，个体所表达的往往只是社会生活和个人经验的一角，文字是思绪一刹，图片是景观一瞬。图文都以碎片化的方面存在，因而更注重表达的审美体验和注意力效果。微博的这个特点也正是当下日常生活审美化的一个

① D. N. Levine，*Georg Simmel*：*On Individuality and Social Forms*，The University of Chicago Press，1971，p. 38.

很好的个案，这正如齐美尔所言，在现代性的感性主义生存中，“艺术本质上的意义在于它能够从一个现实的偶在碎片（它依赖于同现实的千丝万缕的联系）出发而构筑出一个独立自主的统一体，一个无须其他的自足的微观世界。个体存在与超个体存在之间典型的抵牾，可以被阐释为这两种因素要达到美学上令人满意的表现形象而无法妥协的抗争”[①]。现代生活中的每一个碎片都隐含着成为美的可能性，而生活的整体内蕴通过审美的方式从任何一个点上都能够得到展现。在这个意义上，微博的图文碎片化景观也是个体自我实现和自我确证的策略。由于社会的碎片化，导致人们身份认同的碎片化，才使得互动交流变得如此急需，不管是名人还是草根，人人都渴望交流和展现。微博这种全民的公共空间就显得很可贵，正是因为如此，微博才能最大限度地获得不同人群的共鸣而逐渐为人们所青睐。

我们发现，在微博的图文景观中，“重图轻文”的倾向是比较明显的。但如果我们把这一问题放到“读图时代的到来”的问题域中，微博的“重图轻文”现象实际上可以视为视觉文化时代图文战争的一个缩影。[②] 文学作为语言艺术，在人类社会的发展中曾占据着社会的主导地位，但 20 世纪以来，随着科学技术的发展，视觉文化开始取代传统的印刷文化形态，并使当代文化实现了从语言向图像的转变。海德格尔在 20 世纪 30 年代也曾宣布过一个“世界图像时代”的到来，人们开始以视觉化的方式来了解世界。艾尔雅维茨认为，“在后现代主义中，文学迅速游移至后台，而中心舞台则被视觉文化的靓丽

---

① ［德］乔治·齐美尔：《货币哲学》，陈戎女等译，华夏出版社 2002 年版，第 404 页。

② 图文关系是一个相当复杂的课题，诗画关系、语图关系、图文（文字）关系都是其应有的问题。在本文的讨论中，我们基于微博的探讨，其主要切入点和对象是图像与文字的关系。但由于文学是通过语言文字而得以建构的，文学的基本是语言文字，因此，在具体的探讨语境下，我们的研究对象也将转为广泛的文学与图像的关系。

光辉所普照。”① 可以说，当下人们的生活和文化开始依赖于视觉，大量的视觉符号占据了人们生活的空间，电子传播媒介的高度发达形成以视觉图像符号为主导的社会文化形态，使得视觉图像和形象代替语言文字符号成为文学传播的主要符号，现代文化正在脱离以语言为中心的文化，逐渐转向以图像为中心的文化形态。

在当下的读图时代语境中，图像日益凌越于文字之上，并对传统文学阅读构成了挑战。电视、电影、广告、包装设计等视觉符号逐渐覆盖了我们的生活，冲击着我们的视觉感官，视觉文化在大众消费文化中开始占据主流形态。现代性的生活方式使图像取代文字成为人们获取信息的工具，这种快速、准确、便捷的文化消费方式适合现代人快节奏的生活方式。消费社会的到来使现代社会人们的生活呈现出快节奏、娱乐化、感官化的特点，而无深度的视觉图像正好满足了大众的趣味。视觉消费的虚拟性和体验性给大众带来快感，图像的刺激性满足了受众的好奇心，一张张充满美感和视觉刺激的图像成为人们宣泄烦恼，摆脱压力的方式。而且，图像视觉符号本身作为一种信息符号，具有直观性、生动性，没有了地域、民族、语言的限制，更易被受众认知和把握。

在这个意义上，微博所体现出来的不确定性、零散性、差异性等特征，可以说都与视觉文化时代所倡导的视觉理念不谋而合，同时也可以说是后现代文化的一种表征。在后现代文化场域中，微博体现出来的碎片式、戏仿式、身份的漂移以及对传统话语权的解构等特征是十分明显的。图像在其中有着非常重要的作用，图像本身就是一种碎片式叙述。相对于文字而言，现代人们更喜欢用图像来叙述生活。后现代社会中人们的身份游离于各种符号之间，图片能更好地表征身

① ［斯洛文尼亚］阿莱斯·艾尔雅维茨：《图像时代》，胡菊兰译，吉林人民出版社2003年版，第34页。

份，表征即时的状态和环境。此外，后现代文化注重体验，以游戏的态度对待生活，相对文字而言，微博的图像体验显然更全面，而且随着媒介技术的发展，这种体验还在不断地延伸。如果说图像中也存在某种话语或权力关系，那么现代的媒介也在提供平台迎合或阐释图像的话语表达，微博是个全民平台，发布图像的不仅仅是媒介，大众更是其中的参与者，大众即时发布着自己生活中的信息，争取着自己的话语权。

至此，我们可以将微博的图文景观置于观者审美心理转变的语境中来加以考察。后现代时代，大众对于各类文化产品的审美动机，已经不像前现代文化时代的人们那样去品位，普通大众观看的动机，往往只是打发时间、游戏心理、寻找群体认同，等等。在这个层面上，显然图片相对于文字更符合大众的口味，文字需要人们的抽象思维，去想象文字的上下文语境以及线性的逻辑线索，而图片和影像则有天然的优势，不需要观者进行太多的思考，并消解了文字阅读的不确定性和模糊性。而且，在微博的审美心理中，还有一个很重要的因素，就是所谓的“迷心理”或者“控心理”。在后现代语境中，现代人渴望被关注，而微博更好地提供了这样的平台，微博中图像的现场感更能让人产生被关注的错觉，因而也备受现代人欢迎。而微博的即时性和便利性，使得人们的空闲无聊时间被填满了，每天人们在空闲时全线图片直播自己的状态，微博极其容易将人置于“被看”的角色上。

此外，媒介技术的发展也助推了微博图文景观的形成。当前，视觉技术的发展早已从手工艺图像（绘画）进入机械复制图像（影视）时代，并开启了数字拟像（数字化虚拟影像）时代。因此，技术对视觉文化的影响首先会在生产技术和生产方式上反映出来。DV 制作颠覆了传统电影生产模式，数码摄影改变了传统胶片摄影方式，数字卫星电视、网络视频、微博、微信等，使得图像的生产变得简单便捷。

新视觉技术的发展对社会结构乃至文化结构有着很大的变革作用，人人都是作者或匿名的作者使得图像由谁生产变得不重要了，技术发展正在导致巴特意义上的“作者之死”。在微博上，人们乐于上传自己拍摄和制作的图片，甚至影像。媒介技术的发展让图像有了大展身手的舞台，现在只要有手机即可拍摄照片，有电脑即可编辑图片，图片的生产变得如此简单。这似乎比构思长段文字要简单，一张现场照片所蕴含的内容，恐怕不是几百个文字所能表达的。随着未来网络拟物技术的发展，电脑模拟现实社会景观的能力越来越强，现实社会在虚拟电脑世界中也就成为一幅幅图景的直观再现，而图文战争也只会是愈演愈烈。

二 微博图文景观的内在张力

微博作为现代新兴的网络媒体之一，其表现出来的图文景观无疑具有一定的代表性，而图像的兴起以及文字的优势，也反映了更深层次的当下社会文化和审美心理的转型。可以说，微博以有限的文字内容和链接式无限的数字图像内容，为人们立体展现了一个虚拟视觉图像世界，其表征出来的图文景观在一定程度体现了当前视觉文化语境中图文关系的发展趋势。

从微博的图文景观中，我们不难发现文字与图像内在张力的关系，而这种张力也是在读图时代，图文之间的内在张力之表征。文字与图像作为人类交际、思维和表情达意的符号系统都具有再现的功能，都可以通过符号本身的特性再现现实世界。无论视觉还是听觉，图像还是语言，都是我们在生活中所借助的符号，图像与文字虽是不同的叙事系统，两者之间的张力却是显而易见的。图像以鲜明、具体的形象打动受众，给受众带来形象的直观性和视觉快感，却让受众丧失了自由想象的空间，而文字的特性正好可以弥补这一缺失，文字以其抽象性和联想性唤起受众丰富的想象，以其独特的、深层表意的功能挖掘文本的内涵。因此，图像与文字虽相异，但是两者可以相互补充、相互促进、相互发展。笔者以为，文字的抽象性与图像的形象性，文字的线性化与图像的非线性化，文字的深层表意与图像的浅层表象，文字的可说性再现与图像的可视性再现，使两者形成一种互补和互动的张力关系。

在传统的文学理论中，文字的表达，或者说以文字为符号表征的文学，是通过文字的线性符号陈列而得以呈现的。文学是一种通过语言文字媒介来实现其功能的艺术形式。文学语言在很多时候受制于理性，与个体的阅读和思考等相关，它更多运用丰富的表现手法来合理安排材料，并通过对材料的理性思考来实现其价值和功能。在线性连续性符号空间中，语言文字所建构的空间可以给读者提供更多反思和想象的可能性。就文学而言，它是由词语构成，词语与词语之间有着严密的逻辑关系，在表达上采取的是一种连续的、线性的表达方式，不同于图像的直白、浅易。文学作为一种线性接受模式，文字符号具备的张力可以使读者的思维有无限的延展性，读者可以静下心来专心地阅读文学作品，透过语言想象其传达的形象，领会作者的深层内涵。而图像作为视觉艺术，通过视觉形象这种非线性符号而得以呈现，图像或形象在很多时候受制于感性，与个体的视觉感性和体悟等相连。从对立关系来看，文字作为语言的符号，是一种线性接受的模式，侧重于时间的连续性，适合把握事物的动态过程，因此以语言为媒介的文体更适合叙事与论说。相对于文学的线性表达模式，图像的非线性模式侧重于空间性，所表现的是一种静态的景象，倾向于形象和感性层面。此外，非线性图像符号的虚指性，也使图像能对世界进行更形象化和直观化的表征，图像的本性是视觉直观，因此以图像为媒介的艺术就表现为视觉形象的客体展示，也更能吸引读者的注意力，给观者带来视觉的快感。

此外，文字与图像都具有再现的功能，都能以再现的方式表现某些内容，只不过前者是一种“可说性”再现，后者是一种“可视性”再现。语言文字的再现不能像图像那样将客体的视觉面呈现出来，词语只能被引用，但却看不见客体，而想象或隐喻克服了这种不可能性，用这种视觉再现语言，通过隐喻将形象与文本缝合，成为一种形象文本。米歇尔认为，形象、图像、空间和视觉性只能通过语言话语比喻想象出来，语言话语也要根据图像比喻和联想。[①] 在一幅画中，文字是对画中图像及所代表的意义的阐释，这种图像与文字的相辅相成使语言变成可视的了。同时用文字记录形象，也使图中所传达的精神形象成为一种可视语言。文字可将看不见的声音和信息改造成可视的图像，这种可视语言可以弥补图像与使用图像的语言之间的裂痕。

图像作为“可视性”再现，它的直观性、可视性可以给受众带来视觉冲击，满足受众的情感需求。文字作为“可说性”再现，可以通过语言表达人物内心活动，它具有发散人的思维的作用。在读图时代语境下，图像所带来的强烈的感官刺激使读者无法展开深层思考，而文字的理性因素恰巧可以弥补这种视觉文化对受众想象力和创造力的消解。此外，图像的可见性使它作为一种可视证据出现在文本中，图像可以让我们更加生动地想象过去。在不同的历史时期，图像有各种用途，曾被当作膜拜的对象或宗教崇拜的手段用来传递信息或赐予喜悦，从而使它们得以见证过去各种形式的宗教、知识、信仰、快乐等。这正如伯克所言，尽管文字也可以提供有价值的线索，但图像本

① 参见［美］W. J. T. 米歇尔《图像理论》，陈永国，胡文征译，北京大学出版社2006年版，第83页。

身却是认识过去文化中的宗教和政治生活视觉表象之力量的最佳向导。[①] 这种形象的建构正是通过模仿和再现的方式来呈现的，是对图像所要表达的文学文本的形象建构。

作为可视性的文本，图像对形象的建构是创作主体通过观察和感受外部世界的，是运用记忆、图像或语言的媒介将外部世界再现出来。由此可见，图像或文本的形成是主体对外部世界的反映和解读。在形象的建构中，文本创作存在着文本世界与现实世界的相互对应关系，文本世界与现实世界的对应性也就意味着文本必然要对现实进行模仿与再现。正是通过这种再现的形式，艺术家才能使艺术品不再以镜子似的反映个别或具体的事物，而是为这些事物创造一种内在的联系，使外部世界的事物通过图像或文字的形式展现在观者面前。正如艾布拉姆斯所说，诗人应当表现的是物质、形式、色彩、明亮、暗淡等一般的视觉特性，而人们借助于这些特性可轻易地分辨出大类——个体只是这个大类里的一员。[②] 因此，图像再现形象，主要通过模仿和再现的方式来建构视觉形象，或者利用图像的直观性和可视性表现某些主题，以涉及文本避开的问题，表达未用文字表达的内容。

作为可说性的文本，文学用语言文字进行形象再造，也就是对语言所要描绘形象的文本建构。文学建构文本，是通过语言文字的形式来呈现，比如诗的创作，人们读到诗就会联想到诗所描绘的意象，也就是说，文学用语言的形式构建了一种形象。这种形象不同于视觉的建构，它是由文字的深层表意引人深思的理性思考而形成的。相对于图像来说，它并不是直观的，而是需要运用想象来完成的，是一种形象的间接性表达。此外，文学通过形象反映现实，文学的思想体现在

---

① 参见［英］彼得·伯克《图像证史》，杨豫译，北京大学出版社 2008 年版，第 9 页。

② 参见［美］M. H. 艾布拉姆斯《镜与灯：浪漫主义文论及批评传统》，张照进译，北京大学出版社 1989 年版，第 53 页。

形象中，其形象是经作家的概括、集中，用文字的形式在作品中重新创造出来的。文学作品所塑造的虽然只是形象，但这一形象却包含了丰富的概念。文学是语言的艺术，语言是文学的第一要素，文学借语言来塑造、描写艺术，艺术家的构思过程是从语言中提炼准确、鲜明、生动、形象化的语言过程。文学作为语言的艺术，就意味着文字是非感官的感受，非具象的形象。由于不具有物理形象的直观性与真切感，文学所展示的形象仅仅是一种喻象。

文学作用于感官的间接性、表现形态的虚幻性成为它的缺陷，但也正是由于文学不具有物理形象的真切感和直接性，才不受物理规律的局限，才能提供更广阔的审美想象空间。文学的语言艺术不仅可以通过人物的行动、独白、对话等展示人物的内心世界，也可以直接剖析人物的内心活动，揭示人物的心灵。而且，一切艺术的构思都需要文学的想象介入，一切的意境也要靠文学来提升，文学丰富的精神内涵和广阔的自由想象的空间是图像永远无法替代的。文字符号所具有的张力使读者的思维有无限的延展性，使读者透过语言想象其传达的形象，领会作者的深层内涵。文字的深度性、表意性可以使观者深入了解作品的深层意义，文本往往以标题或题名等形式出现在图像中，从而把图像转变成“图像文本”，通过文字的形式帮助或影响观众对画面的理解，让观众从字面上和隐义上去解读它们。在图配文的作品形式中，视觉信息因文字而得到强化，图像文字被认为比单独的图像更能产生效果。图像与文字的相互表达，使画面和文本的再现相得益彰，这也就使作为“可说性”的文字与“可视性”的图像具有关联性与可比性。

文字作为一种线性接受模式，文字符号具有的张力使读者的思维有无限的延展性；图像作为一种非线性的模式，以形象性与直观性著称。而且，文字和图像都具有“再现”的功能，都能以再现的方式表现某些内容。基于符号学的视域，文字与图像在并存的文本体系中可以达到一种相互映衬的互文性。基于此，文字与图像当作再现实践的异质领域，具有建构形象文本与视像文本关联的可能性。此外，图像与文字也绝非简单意义上的自我指涉体，在某种意义上，形象和文本、图像和语言可以相互表达和相互言说：图像具有文学功能，而文字具有图像功能，图文的相互言说建构了二者互文表达的共同情境。

需要注意的是，在讨论语图关系时，我们也不能忽略语言与图像在再现层面的张力。这种张力，在笔者看来，可以从“言说的自我”与“被看的他者”之间的差异、讲述与展示之间的差异、“道听途说”式的文学与“目睹”式的图像之间的差异等方面具体展开。此外，这种张力也与特定的政治、文化领域内的斗争有着相当密切的关系，如话语与图像之间的权力斗争。在这个意义上，“文学遭遇图像”也可以视为话语与图像之间的复杂关系的表征，而这，也是我们在关注微博图文景观时需要注意的一个方面。

（作者杨向荣，浙江传媒学院文学院教授，博士生导师。本文原刊于《江苏社会科学》2014 年第 2 期）

新媒体文学的“复古”与新变

以互联网和手机为代表的数字新媒体广泛渗入现代生活，文学及其他各类艺术或主动或被动地纳入了新媒体的内容域。近二十年来已蔚为大观的“网络文学”和正在兴起的“手机文学”，因其大部分内容均内涵轻浅、质地粗糙而常被学院批评家轻视，但其生机勃勃迅猛传播的势头又令传统文人不安。与此同时，图像、影像时代来临，影像艺术受众大增而文学读者日渐减少，引发许多文人的惊惧，“文学衰落”甚至“文学终结”论陆续出现。持“终结论”的批评者们认为，新媒体中许多文字类作品已经不是正宗的“文学”——譬如互联网上众多网友以自由“跟帖”方式接龙写作的拼贴式小说，既没有传统文学作品的统一内在逻辑，也没有现代主义先锋作品（它们也可能刻意碎片化、缺乏逻辑）的鲜明个性和远离日常生活的超越性，这种散漫芜浅的“杂拌”，似乎不够格被称为“文学”；又譬如“多媒体”作品，将文字融合穿插在图画、视频、音乐中，这种“杂烩”式的东西无法归类于既有的任何一个艺术门类……因此，文学正在走向衰亡。

如果认为“文学”必须具备下述特质：以纯文字为载体、（通常）由唯一作者创作、追求超越现实的审美意蕴、或多或少与实用口语拉开距离，那么，新媒体文学确实不太符合近代以来人们心目中既有的“文学”概念。但是这些“不纯粹”“不规范”的现象，是征兆着文学在衰亡，还是昭示着文学（以及艺术）发展到了一个重大变革时期，这种变革之剧烈，以致近几个世纪以来深入人心的“艺术”和“文学”概念都在突破边界重塑自身？本文认为，与其说文学在衰落甚至终结，不如说它正处在一个巨大的转变过程中，而且文学不是独自在变，其他艺术门类乃至整体的艺术，都在新观念、新媒体与新科技的催动下发生着变化。

有意思的是，文学在新媒体时代发生的许多门类融合、跨界异变现象，竟与远古时期的原始艺术状态非常相似——最早的艺术并没有今天这么多的类别，“诗”起初是与“乐”“舞”融为一体的，后来才分立而为三种不同的艺术门类；而今天的电子媒介中，文学又与图画、声音、影像混融，重现了艺术门类融合的景象。远古时期，许多史诗、歌谣在部落间流传，经众口传诵增删，成为群体合创之作，无法追溯其原初作者；到了互联网时代，网络空间中的多人接龙写作、下载作品改写或续写，像是网民在一个扩大了的“部落”中合创作品。原始时代，文艺创作并无自觉的“超越性”“自律性”追求，写作活动是日常活动之一；当今的网络或手机文学的“实用化”与“交际化”，亦是将审美活动与生活活动合而为一……原始艺术彼时还处在与其他文化、现实活动混茫一体，正逐步独立和形成自身内部门类的时段，而新媒体文学出现上述种种貌似“返祖”的现象，也许正说明文艺重新进入了一个混融多种文化元素、熔铸“艺术”新概念和“文学”新形态的时期？

一　新媒体文学的跨界异变现象

（一）门类融合与感知聚合

新媒体文学的一个显著特征，是运用多媒体技术制作的图文并茂、声画兼容的超文本作品，譬如文字配乐朗诵、文字配图、文字与影像视频穿插交织，等等，形成了多种艺术门类熔于一炉的特性。有的评论家认为这种杂糅状态意味着文学的衰落，意味着纯粹的文学异化为一种自降身价的“配角”。

但是回溯到远古时期，艺术在其萌芽阶段并没有分立为今天我们熟知的众多门类，原始文学（诗歌）常常和乐、舞乃至原始戏剧混合杂糅，初民们一边舞蹈，一边奏乐，同时口中念念有词——这歌词就是最早的文学雏形。后来，经过逐步演进，文学才脱离乐、舞而独立为一个艺术门类。据李泽厚先生考证，中国古代的“礼”（巫术礼仪）与“乐”（文学艺术）是到春秋战国之际才彻底分开①，而至宋元时代可供歌唱的“词”“曲”的兴盛，是音乐与文学的重新联姻。在西方艺术史上，直至18世纪中叶，夏尔·巴图将诗、绘画、音乐、雕塑和舞蹈等统称为“艺术”，建立起一个“美的艺术”的体系，才确立了今天世人习惯的艺术门类概念。这样看来，文学在新媒体时代重新与其他艺术门类融合，也并非“反动”或“叛逆”现象。

文学从诗乐舞一体的混融状态独立出来，起初主要源于语言艺术内在发展的需求——在话语的表意能力日益发达之后，文学需要摆脱音律的束缚，专门致力于语言这一介质的审美建构。一位诗人不需要精通乐谱创作和舞蹈技术，亦可仅凭文字的精妙营构获得正式的文化地位。而到近现代，文学的长足发展则与传播技术密切相关——随着印刷术的进步，文学成为最易于复制和传播的艺术（音乐、舞蹈、戏剧等艺术在录音、录像技术尚未出现时，其传播范围远远小于文学），因此，文学在相当长的时间里是最广为大众接受的艺术。直到麦克卢汉命名的“电力时代”来临，随着影音摄录、网络传播、多媒体制作等新技术面世，图（影）文并茂、声画合一等在技术上可以轻易实

① 李泽厚：《美的历程》，广西师范大学出版社2000年版，第26页。

现，分立已久的各门艺术又获得了重新融合的可能性，而各类艺术在长期分立发展之后，发现彼此融合互渗可能会带来创意的新契机、提升表意的丰富度与新鲜感，于是，“分久必合”又成为艺术发展新趋势。

当然，在新媒体艺术中，门类融合的方式已与远古时代不同，文学除了和音乐、舞蹈这两位老朋友联手，更常常与影像和图片融为一体。这自然是因为在“读图时代”，图画和影视是最为盛行的艺术门类。当前和未来的趋向是：文学必然更多、更密切地与影像相结合。譬如，南帆教授在研究传媒、音乐与诗的关系时，注意到“MTV”这种电视节目形式，它不仅恢复了远古艺术诗、乐、舞三位一体的关系，而且，借助新型影像技术，“MTV 解除了横向组合的叙事逻辑，于是，影像拍摄的距离、角度以及影像之间的彼此衔接无不呈现了崭新的可能性。这些镜头及其特殊的剪辑制造了种种闪烁不定的意义，传统的影像解读预期被击破了。这令人联想到了诗。MTV 也许可能——或者正在——演变为影像符号的诗”[①]。

与艺术门类融合相联系，出现了审美过程中的“感知聚合”特征，这是又一个文艺的“返祖”现象——约公元前 3500 年前，原始人生活在口语文化时代，既没有文字保存彼此的谈话，也没有远距离传输话语的工具，人与人之间只能进行面对面的言语交流，言说者和聆听者必须深度参与其中，全方位地运用听、视、触等感官去领受对方的语音、表情及周围情境。当原始初民从事艺术活动如讲/听故事、载歌载舞时，他们总是在某个立体的“声觉空间”中调动一切感官参与艺术感知。到口语时代之后，艺术的发展总体来说是各种审美感官逐渐分立，多数艺术门类只专司一职——绘画、书法仅满足视觉；音

① 南帆：《技术、机械与抒情形式》，《文汇报》2007 年 3 月 25 日。

乐仅满足听觉；文学则既不能直接看见形象，也不能听见声音，是通过字符的解读诉诸“想象”。人类的审美感官在多数艺术接受活动中呈孤立分裂状态（只有在戏剧和后来的影视欣赏中，视听感官能得到较全面的结合）。就文学而言，发达的印刷术很早就促成了文学的辉煌鼎盛，使文学成为各类艺术中流传最广、受众最多的一门，但同时文学与其他艺术的分立发展，也让一代代读者看（文学的“看”是一种大脑中的内视性想象）的感受能力与听、嗅、触等感官相分离。

漫长的分裂期之后，当代新媒体提供了先进的媒介环境和技术手段，使得艺术家可以创造融汇各个门类于一体的多媒体艺术作品，提供和提升了整体的、通感式的审美经验，将人类的审美感觉重新汇聚起来。目前，新媒体已经轻松地整合了视、听感知，正在创建触觉感受（如3D影像的虚拟立体感，或是通过电子传导器远程“触摸”），在可预见的将来还有可能集成嗅觉甚至味觉感受。打造将文字与视觉图画、立体影像、声音曲调等多种感知表达方式相结合的多媒体作品，力图创造种种逼真的“在场”感，构建出让读者多感官、全身心介入的审美体验，回复到眼、耳、鼻、身各种感觉要素全面参与的审美情境。有学者认为这是人类审美史上的进步，它将促进人们的审美感官进一步丰富发展；也有批评家觉得这对于文学审美是一种侵略、并将导致人们过分沉溺于感性快感而疏于通过纯文字进行抽象玄思。后文将再做细评。

（二）集体创作与无限改写

远古时代，尤其是口语时代，文学作品（主要是神话、歌谣）由于尚不能形诸文字并刻写于书面载体上，主要靠人们口口相传得以留存。在流传过程中，一方面由于个人记忆力有限、不能确保每一次转述的精确性，另一方面时常会出现主动的“创作型转述者”对文本进行有意无意的增删、修改，因此一部作品流传到后来，已无从追溯原初作者，成为集体智慧之结晶。我们所熟知的许多古代作品如《荷马史诗》《格萨尔王传》等都是在民间流传中逐渐丰厚完善起来的精华之作。及至文字出现之后，仍时常出现类似的作品，如《诗经》中的许多民歌、《聊斋》里的大量故事……

到印刷术面世之后，集体创作的现象便日益减少，因为某个作者写下的文字可以方便地印行成文，以固定精确的形态留存于世，许多与文学创作相关的近代概念乃至体制就产生了——诸如“原作”概念、原创者、版权等，造成了近现代人们普遍接受的“一部作品只能有一个作者”（偶尔出现少数合作人）、“作者对作品拥有版权，他人不得篡改抄袭”等理念。

但是，进入互联网时代，几乎已成铁律的“作者”“版权”等制度理念受到挑战——网络是一个人人可以立即互通消息、互动合作的虚拟场所，这首先造成了任何网上作品都能被读者即时方便地评价、建议甚至改写；其次，互联网天生有一种“共享”精神，而“版权”意识相对较弱，在网站之间转发、张贴作品时对原作进行改动，于多数网民来说并没有什么忌讳，相反，如果某个转发者能非常机智地给作品添上新意妙语，获得更多点击率，会是一件很有成就感的事，而部分原创作者也欢迎、邀请网民参与合作。因此，近年来出现了各种各样“改写原著”与“合著作品”的现象，常见的如某作者在网上连载发表作品时，其他读者随时提出建议甚至直接参与片段写作（如网络小说《风中玫瑰》）；对经典文学名著进行仿写或续写（如《悟空传》对《西游记》的改写）；某网站或某知名艺术家事先确定作品主题及主要角色，邀请多人分头撰写章节片段，再融汇集结成一部完整作品（例如2006年Francis Hwang等人创作的*Ten-sided*，是一个文本的表演，其中十个作者合作性地对单一在线故事进行即兴写作。在3个月中，每个作者为一个虚拟人物写博客。这十个人物之间必须有一定联系。作者不许事先对此故事进行协商，他们只能从彼此公开的条目中获取线索）。[①] 在未来，随着技术的进步，还有可能出现人与电脑合作、作者利用软件创作等现象，印刷时代的“作者”身份将受到更大冲击。

由于文学作品在新媒体网络中上传和下载都极其便利，文本的改写、重新编辑的技术门槛也不高，理论上，未来的每一位读者都有可能对某部文学作品进行下载、增删和再创作，而经修改上传的作品还有可能再次被下载改写，以至无穷循环……这样的艺术创作与部落时代的“人人参与艺术传播和创造”的情境相似，文学生产者和接受者的身份界限日渐模糊，一个集体共创文学作品的环境重新开启。

有趣的是，集体创作的局面会使单一作者创作时的一些艺术难题变得不再艰巨（或者说，难点转移到其他方面）。譬如说，巴赫金提出的文学“复调性”创作——20 世纪中期“复调小说”理论初面世时，还是文学普遍由唯一作者创作的时代，面对“一切坚固的东西都烟消云散”的后现代多元文化态势，巴赫金提出：作者不必再固守独白姿态和一元化立场，而应在小说中展现多种文化立场，创作“众声喧哗”“复调齐鸣”的作品。今天看来，在巴赫金所推举的小说家独力进行的“复调”写作中，无论作者如何努力，终究只能凭一人之眼界、思想力去收纳包容世间之多元价值；而当文学创作过程变成一个众人参与、多方互动的活动时，眼界宽阔、意识多元、立场多样、众声齐鸣等就成为常见甚至必然之势。（当然，这种群体创作多数时候容易沦为无序的杂乱喧哗，成为难以通约的“巴别塔”式话语堆叠，但少数时候也可能出现复调和谐的佳作。如何将“众声喧嚣”协调配制为“佳音齐鸣”，有待未来的艺术家们去实践。）无论如何，巴赫金

---

① 黄鸣奋：《数码艺术潜学科群研究》，学林出版社 2014 年版，第 936 页。

曾认为“一个对艺术家说来是最大的难题——用性质不同、价值不同和相互排斥的材料构成统一完整的艺术作品”，在网络媒体时代已不再是最艰难的挑战；而他所设想的理想状态，“众多独立而互不融合的声音和意识纷呈，由许多各有充分价值的声音（声部）组成真正的复调”“不是某一个意识把其他意识作为客体加以吸收，而是若干意识的相互作用，其中任何一个意识都没有完全成为另一个意识的客体”[①]，等等，则有可能在未来的文学合作中得到天然实现。美国学者罗伯特·考克尔乐观地认为，文学将会产生“一种人性化的、情感反应的语言。这种语言将能够用一种复杂交织的、富有洞察力的方式讲述事情，或回答我们提出的问题。这种语言将是一种包含各种不同的表达情感和责任的方式的语言”[②]。假如文学达到这样的境界，就成为一种“多方对话”的互动艺术，或将造就令人耳目一新的集体智能。

（三）日常化与实用化

“艺术不等同于现实”“艺术世界应当超越日常生活”这些观念，并非自古就有；艺术活动与生活活动、艺术作品与其他工艺品的界限，也并非一向泾渭分明。在西方，虽然自柏拉图的“木匠之床”与“画家之床”之辩就开始尝试将艺术与工艺区分开来，但直到18世纪以前，哪些活动归属艺术、哪些活动属于一般工艺或生活活动，其界限仍然模糊游移。早期西方理论家们谈论的“艺术”多指诗、画或音乐，而未包括雕塑、建筑、舞蹈等门类（16世纪著名雕塑大师米开朗基罗的职业归属于佛罗伦萨的“石匠工会”，并未像今天这样被理所当然地视为艺术家）。在古代中国，较早的时候（据《周礼·考工记》

① ［苏］米哈伊尔·巴赫金：《巴赫金文论选》，佟景韩译，中国社会科学出版社1996年版，第18—20页。

② ［美］罗伯特·考克尔：《电影的形式与文化》，郭青春译，北京大学出版社2007年版，第233页。

记载），各种手工艺人只是按照工作对象的材质分为“攻木之工、攻皮之工、攻金之工”等，匠人中的杰出者并不曾另划为艺术家。后来的许多朝代中，艺术种类及其内涵也与今天不同，例如就文学而言，中国古代文学有多种文体，其中“韵文”里的诗、赋、词、曲属于我们今天认定的标准的“文学作品”，但部分“铭”（如墓志铭）、“哀”“诔”等则介于审美与实用之间，不是今人眼中的纯文学作品。

总而言之，直至近代以前，艺术创作与器具制作、艺术活动与生活活动之间并没有非常清晰的界限，艺术家和“工匠”的身份也未必有明确区分。今天世人奉为“艺术杰作”的不少前代作品，往往是我们在现代“艺术”概念形成之后，再回观历史、反向推定去认定的；在古人眼中，它们可能只是日常生活中那些技艺非常精良、形式特别工整，“值得作为样板保存、退出实用领域以供鉴赏或效法的工具或产品”①。

古代的“艺术品”并不被视为一种升华至现实世界之外、对生活做审视与反思的事物。“艺术”是何时开始承担超越俗世、反思现实之功能的？在西方，主要是在 18 世纪，首先因为近代机器大生产和资本运作，使得过去的手工艺品大部分可由生产线制造，少数机器无法生产、富于个性化和形式美的作品则上升为“艺术”，生产、创造和审美三者分离，艺术作品便与日常用品拉开了距离。另一方面，随着从夏夫兹博里经鲍姆加登到康德的“审美无利害”思想逐步成熟，“艺术世界”也与现实世界冉冉分离，成为脱离实用功利的一个更超越、更纯净、富于自律性的场域。“这是一个巨大的社会设计的组成部分”，资本市场和工业文明造成的科技理性和物欲横流需要一种相反的力量来平衡，艺术文化就被赋予了守护人性、遏制物欲的职责，

① 黄鸣奋：《互联网艺术》，文化艺术出版社 2006 年版，第 179 页。

“艺术要提升业余生活的品位，用美来克服庸俗，成为宗教消退时代的宗教，感情缺失时代的情感的寻找和制造者”[①]。

换言之，艺术走向自律、艺术与生活拉开距离，是资本主义时代文化的需要。但随着康德美学理论的深入人心，自律的、疏离现实生活的“艺术”概念于18世纪成形并广为流传，艺术与非艺术之间划出了一条刚性的边界。表现在文学领域，大量现代文学作品摒弃实用功能、疏离日常世界，追求在超拔高蹈的境界中反思现实生活、提纯审美经验。19世纪到20世纪，上述艺术理念继续渗透在文化体制中，固化了艺术教育、出版、展览、评论等各方面的体系，塑造了几代人的创作与欣赏经验。直到20世纪后期，既有体制的根深蒂固渐渐造成艺术理念与创意上的僵化，艺术的自律性、超越性消退，现代主义艺术逐渐从批判的先锋变成现存制度的默认者和拥护者，康德美学出现全面危机，各路艺术家便开始以不同的方式冲击“艺术”的边界。直到杜尚的小便池“泉”出现，以此为开端，艺术品开始与生活用品混同，艺术重新降落到生活世界中。

不过，新媒体时代文学的“生活化”“还俗”态势还需区分两种情况：一种是艺术确实回落到现实中与其他生活活动混融合一，另一种则仍然是传统艺术理念下的“另类”创新追求。[②] 许多新媒体文学作品体现为前一种情形——紧贴现实生活，兼具审美性质与现实功

① 高建平：《消费主义时代的生产主义》，《读书》2013年第3期。

② 第二种情况则复杂得多：以沃霍尔的《布里洛盒子》这类作品为例，作者并非简单地把艺术活动融合于生活活动，而仍是想通过惊世骇俗的行为在“艺术圈”引起关注。康德之后艺术的“生活化”或“俗化”，既可以说是对康德以来现代艺术超越日常生活之趋向的反拨，同时也可以说是自康德以来现代艺术极力创新之趋向的延续——这两种看上去似乎矛盾的诉求以奇特的方式融合起来。在康德美学时期，艺术一面努力与俗常生活划清界限，一面极力追求独创性、先锋性，原创性和新异感前所未有地成为艺术家们渴求之物，但当“高雅”“深刻”等向度上的创新可能性几乎都被试验过之后，复归日常、重返世俗也成为“创意”的一种来源，给人带来耳目一新之感。新媒体文学中也存在着这类作品，以“低俗”为手段，但“求俗”只是原来“雅文化”下求“创新”路径上生出的另类分支。这类作品虽然显得“俗”，但并不实用，与前一类具备现实功利性的作品不同。

用。譬如网络上、手机上出现许多文字类作品（QQ空间日志、博客文章、网络小说、微博和微信短文，等等），既有一定的文采意蕴，同时又具备实用性：它们或是兼具美文特征与实务记录功能的个人日志，或是发泄情绪舒缓抑郁的微博微信短句，或是消磨闲暇打发时间的笑话奇闻，或是亲朋好友联络互动的文字来往，或是展示个人风采塑造自我形象的自述小品……在这样的写作中，文学书写与生活活动融会混合了。而对于这类作品的写作者来说，笔下所言不需要超逸、反思、省悟、批判现实生活，而只是自我记录、自我调节（情绪）、自我娱乐、自我推广的生活方式之一。对于读者而言，如果与写作者并不相熟，可以从审美角度观赏窥视一下“他人的生活”；如果作者是自己的亲朋好友，则常读其文还可起到加强联络促进情谊的现实功用。

（四）自由的抒情言志

今天，人们用电脑向互联网上传作品、通过手机发送短文，都非常快捷、自由，文字瞬间即可到达世界各地的接收者面前。新媒体的传播方式从根本上颠覆了传统文学的多种制度：作品审核、刊物级别、印刷数量、发行渠道等，任何人创作的任何作品，只要不触犯某些文化底线和政治禁区，就可以随时发表在网络上，供无数人点击赏阅。这“似乎返回到了文学的原始状态：人人都可以无拘无束地利用文学形式抒情言志，或者叙述种种白日梦。……废除了经典体系派生的种种规则，包括作家的身份。众多的声音一拥而上，坦然地踞守自己的一方空间”[①]。这也就是从麦克卢汉到米勒都乐见其成的景象：传播技术帮助现代人“回返部落之根”，借助最新的电子媒介，每个人都可以与地球村这个大部落中的任何人分享自己的情感、见闻、思想。而自从互联网问世以来，有不少草根写手、非知名作家通过网络

① 南帆：《大众文学的历史含义》，《文艺理论研究》2001年第4期。

自由上传自己的作品，获得网民的喜欢并得到广泛转发，迅速成名。譬如众所周知的中文网络早期小说《第一次的亲密接触》，作者蔡志恒本是一位水利专业博士研究生，无意间上传自己的业余作品便获疯狂转载；又如2012年国内出版的优秀小说《繁花》，作者金宇澄（《上海文学》编辑）起初并没打算正式写一部小说，只是在“弄堂网”用上海方言与网友聊天讲故事，连载多段后在网上深受好评，才将沪语改为普通话结集出版。

但是，自由发表的情况也不见得总是那么乐观。审核机制的废弛，好处是人人都可以发言，从前无法登上文学舞台的草根、新手也能有公布作品的一方天地。但新媒体环境下的“部落”与远古时代的原始部落却有很大差异：如果以互联网覆盖范围为边界，这个“部落”已囊括了全球大多数国家的人，这是一个过于庞大的集体。远古原始部落一般几十人到百来人，基本可以实现一人说话，全体聆听；而今天网络传媒终端的人口基数如此巨大，发言者又如此众多，电子传媒网络中迅速充满了海量的个人作品，其丰富度是此前所有时代无法比拟的，浩如烟海的文学作品使得受众根本无力遍览。与轻松无碍的发表机制伴生的是受众注意力的稀缺，虽然理论上每个人都可以写作并发言，但大多数声音都难以获得听众，大量作品如昙花一现，湮没在众声喧哗之中。

另外，缺少审核机制，使得任何一种水准的文学作品都可以直接推送到读者面前，良莠不齐、泥沙俱下。批评家常常认为新媒体文学的作者们不如传统文学家那样严谨、深刻、富于才情，这一方面是因为许多网络写手素质不高、心态浮躁，另一方面则与作品发布的低门槛、发表无（少）审核有关——印刷时代，一部文学作品的发表或出版，须经过编辑、出版社的严格审阅，知识精英和专业人员把持着传媒关口，因此大量粗糙、低俗、幼稚的作品不会进入读者视野（虽然同时会产生知识权力带来的不平等问题）。从这个角度看，应该说印刷时代并非没有粗俗劣质的作品，只是那些文字没有机会获得进入传播渠道；新媒体文学中并非没有精致优秀的作品，但更多粗糙劣质的文章亦在媒体上喧嚣涌流。

目前来看，主流文学仍以纸媒、出版社为主要渠道发表作品，但大多在纸媒发表后也会将作品张贴到互联网上，以扩大受众面；而在新媒体上受到欢迎的写手，则会在网下寻求发表于纸媒或出版书籍——亦即仍会寻求传统发表机制的认同，而更多质量不高的作品则在网络中自生自灭。

二　未来文学与未来艺术

文学在新媒体时代出现上述颠覆传统、不合常规的现象，既不是简单的“复古”，也不是简单的“创新”。由于上述种种特征都与远古时代艺术和其他人类文化活动混沌不分、“艺术”概念与制度尚未成型时期的特点相似，可以说文学（乃至艺术）是在漫长的发展变迁之后，再次来到了一个消融边界、汇聚各种文化元素、重新定义自身和确立规范的时期。那么，未来的文学将从当前的混融状态走向何处？虽不能全面推断，但根据可见的态势分析，未来文学可能会出现下述几种走势。

（一）多媒体艺术与“新感性”生成

当新传媒技术提供了多种可能性，让“多媒体”作品能够汇集文字、图画、音乐、视频等各门类于一体，而且这样的作品在未来将继续蔚为大观时，文学到底需不需要坚持纯文字写作、维护单一感官感受的创作/接收方式，成为令许多人犹豫难决的问题——目前看来，文学家或评论家们有两种态度：一种是乐观积极地投入创作实践，主动把文字与其他艺术表现手法（动画、音乐、影像、舞蹈等）结合起来，并把这种结合视为“文学以强劲的态势入侵其他领域……文学正在以前所未有的姿态化整为零地融入其他领域，而整个社会也情不自禁地以文学来装饰自己”[①]。另一种则认为文学与其他艺术的结合是一种“被吞并”，是文学堕落或失意的征象。因为传统的文学仅以纯字符激发读者的想象，没有任何直接饱满的感官感受，这使得文学意象可以停留在一种模糊不定、意趣蕴藉的境界，能够保证想象和阐释的丰富性，能趋向超感官的高远玄思。因此，一些文学家以悲壮的姿态宣誓守卫文学语言的单一性、纯粹性。

这两种态度的有趣对比，或可启发我们更宽容平和地看待艺术门类的融合——固然有不少多媒体作品品味不高、只以炫目的感性声色夺人眼球，但也有一些高超的艺术家，能将文字精密玄妙的表达与影像的鲜活生动、音乐的丝丝入扣、绘画的曼妙形色等结合起来，创造出优质作品，用丰富的手法去表达丰富的世界。本文认为，文学吸纳其他艺术方式而趋向“感知聚合”，并不意味着文学必然堕落或消亡，感知聚合本身应该是一个中性现象，由此形成的作品或优或劣，仍由其内质、意趣决定。至于是否要“捍卫”纯文字的文学创作，从文化体制上看应该无须担忧，无论“影像文化”多么发达，未来的世界也不会严酷到不允许纯文字作品存在。只是未来的一代代年轻受众将在越来越多的图画、影像、多媒体艺术环境中成长，他们的审美感知方式、感官协调能力渐渐与前人不同，大部分青少年更习惯于用图像思维去感受和理解事物，而解读文字、领悟抽象玄思的能力或会减退。从文字印刷时代进入图像、影像时代，必然是一个割舍与开掘并存的

① 张军：《文学创意与新媒体文学》，《南方论丛》2011 年第 3 期。

转折期，传统艺术的一些优势不得不止步甚至萎退，而另一些领域的新趋势兴盛起来……未来或将只有少数个体仍然对文字这一介质保留敏锐的感受力，这类“少数派”将把纯文学的接力棒传承下去。

无论如何，多种门类相融、图文声影并茂的艺术作品将会是未来的主流，而这将塑造出人类审美的“新感性”。乐观地看，这种“新感性”将比印刷时代的审美感性更丰富、复杂，更具深度领悟力。

曾经在很长的时间里，“感性”在美学领域被视为低级的、只能感知作品肤浅表象的认知能力，而深度意蕴或抽象哲理则由理性去把握。由此推演出一种观念，就是“文学”的表意能力（尤其是表达深邃玄奥意义的能力）优于其他艺术，因为其他艺术都是主要靠感官去看、听、触的，唯有文字这种介质不能由感官直接感知，它能够表达许多抽象、玄妙的理念。例如就视觉艺术与文学对比而言，传统西方文化“一直把口语当作知识实践的最高形式，而把视觉再现形式看作对于理念的第二等的图解”①。亦即认为最高深的知识只有用文字方能表述和传达，图像则很难具备深度，只能充当附属的具象注释。这一根深蒂固的观念使得视听艺术一直被视为低等艺术。但是，尽管视听艺术确实难以充分表征许多文字传述的抽象观念，但图像与声音也有别样自身独擅的领域，能够传达其他艺术难以企及的妙境。应该说，每一门艺术（文学、绘画、音乐、舞蹈、戏剧等）都有其独特的艺术符号与表意体系，能够表征其他门类的艺术难以达致的意蕴或境界，各种艺术之间只存在着各自特长的差异，而不存在表述能力、内涵深度的高下之分。当我们凝望达·芬奇的绘画，细赏米开朗基罗的雕塑，聆听柴可夫斯基的音乐，观摩伊莎多拉·邓肯的舞蹈时，往往深受感动、流连忘返，从中得到的感悟，并不见得比阅读文学作品

---

① ［美］尼古拉斯·米尔佐夫：《视觉文化导论》，倪伟译，江苏人民出版社 2006 年版，第 7 页。

浅少。

鉴于此，20世纪美学开始为“感性”及感性艺术平反，米尔佐夫就认为，视觉艺术也颇具深度：“观看（看、凝视、瞥见、观察、监视，以及视觉快感）与各种阅读形式（解读、解码、阐释等）一样，也可能是一个深邃的问题，而‘视觉经验’或‘视觉识别力’并不能在文本模式中获得充分的解释。”① 现象学哲学家梅洛-庞蒂则在创立其“知觉现象学”时指出，过去西方理性主义哲学将感觉与知觉贬为低级认知能力的理论非常片面，视听感觉并非只能感受事物的表面特征，感性也如理性一样，能够感知有深度的内容。再者，过去的美学总是把人的感性与理性分成两个互相分立、前后递进的过程，但事实上两者之间并不存在繁复的中介，智性并非在感性之后才开始运作，世界在人的知觉中就已经开始产生意义，最深沉的“我思”总要被含纳在具体生存的“我在”之中，“意义与符号、知觉的形式与物质，应该从一开始就是并行不悖的，知觉的物质应‘蕴含着其形式’”②。

在未来，“有深度的感性”将是新艺术探索和培养的重要审美素质。多媒体艺术家们将进一步致力于将各种艺术更密切地整合起来，并尝试更多的表意方式——从门类上看，传统文学、戏剧、绘画、音乐、舞蹈、影像等都有可能融为一体；从感官感受看，视、听、触乃至嗅、味觉都会被纳入审美感知；从媒介方式上看，电视、计算机、掌上电脑、手机、眼镜乃至电子植入器等都能成为接收终端……总而言之，调动多感官、通过多媒介营造高精密度的身临其境感是未来艺术的趋势，力图“将文本、意象与声音整合进入同一个系统……人类

① ［美］尼古拉斯·米尔佐夫：《视觉文化导论》，倪伟译，江苏人民出版社2006年版，第7页。

② ［法］梅洛-庞蒂：《知觉的首要地位及其哲学结论》，王东亮译，生活·读书·新知三联书店2002年版，第11页。

心灵的不同向度重新结合起来”[①]。未来人们的审美感知能力将在艺术的多方探索发展中得到新的锻造，与世界建立起更丰富深刻的感性关系。

（二）从“深度模式”到“广度模式”

近年来大多数批判新媒体文学的文章，必定会提到它们常常缺乏“深度”，缺少对社会人生的深刻挖掘，但很少有论者注意到，新媒体文学可能在另一个向度——“广度”上有所成就，它们展现出广阔的时空视野，涵纳了丰富多样的知识现象。新媒体文学对传统文学形成了“广度文化对深度文化的挑战、数据库艺术对叙事艺术的挑战”[②]。今天的作者们使用电脑在线写作时，随时可以借助互联网上巨大丰富的数据库，查询成千上万前人的艺术作品、科学知识、学术文章等。从理论上讲，网上数据库中全人类的智慧、知识都可信手拈来，而许多新作品便因此呈现出广博的信息量、巨大的时空跨度、复杂的表达方式。新媒体和互联网培育着善用搜索引擎的机智，催生着从信息流中择取、连缀、化用前人智慧的技能。“人们与其说是重视某个艺术单元的原创性，还不如说是重视若干可资利用的现成物之间关系的创新性。……互联网艺术更为看重不同特性的信息彼此整合以及与之相联系的文体间性、媒体间性、作品间性的价值；更多关心如何使人们通过探索多脉络文本来理解社会生活的复杂性。”[③] 不少新媒体文学作品可能确实放弃了“深度”的追求，但它们展现的宽宏视野、奇幻想象、繁复线索、多变时空等，却也可能是传统文学作品难以具备的。

如果说，康德美学观念下文学的“创造性”主要是指主题深刻、

① ［美］曼纽尔·卡斯特：《网络社会的崛起》，夏铸九等译，社会科学文献出版社2006年版，第309页。

② 黄鸣奋：《互联网艺术》，文化艺术出版社2006年版，第8页。

③ 同上书，第143页。

情节新颖、语言独特等，新媒体文学的“创造性”则可能常常体现于在多样事物之间建立新鲜奇特、异想天开的“关系”——有时一部作品中出现的单个典故、传说、人物是一般读者熟知的（例如今何在的《悟空传》，就是对《西游记》的戏仿改写），但是作者或借古喻今、暗讽时弊，或旧题新说、颠覆传统，通过将旧经典与新时势巧妙地结合起来，构成种种意想不到的新鲜效果。此类“关系”的搭建，也显示一个人联想能力、讽喻能力的高度，其中亦有“独创”成分。

早在20世纪中叶，T. S. 艾略特在讨论文学创作问题时就提到：几千年来多如繁星的前辈文学作品，会直接或间接地给当代作家以影响。如果把整个文学史比作一张缀满珠玉的大网，那么每部当代作品都在折射着某些前代作品的光芒，无数古今作品互相辉映，成为人类文学的灿烂大观。[①] 艾略特的理论主要聚焦于历史传承上“影响的焦虑”，认为当代作家已很难写出完全独创的作品。新媒体时代文学更剧烈的“互文性”首先也源于此种焦虑——由于互联网资源库的无比巨大与搜索功能的极端便捷，甚至未经过长期专业学习的普通人也可以就一个专题即时查询到大量信息、快速积累起相关知识，那么一位文学作者提笔创作时，前代作品对他的影响和笼罩无疑更为沉重和难以突破。当代作家要写出主题、内容方面完全独创的作品，已是极为困难的事。这种情势在一定程度上导致艺术家把“创意”努力转向别的方面——例如，去发现新颖的“关系”：为讽喻新时事巧妙地借用旧经典、寻找已知史料之间未被发觉的隐秘关联、把学科差别很大的知识勾连融会于一体……这就形成了新媒体文学较少在某个单一向度上向纵深处挖掘，而热衷于跳跃在海量信息之间、在跨度巨大的材料中寻找新奇关联的趋向。这种趋向，可以说是文学创作从追求“深度

---

① 参见［美］T. S. 艾略特《传统与个人才能》，载《艾略特文学论文集》，李赋宁译，百花洲文艺出版社1994年版，第3页。

模式”向“广度模式”转化。当然，发现和创建“关系”的能力也有高下之分：优秀的作品能够成功熔炼多维时空、多种学科、多样手法于一炉，令人感佩于作者的知识面、想象力与统摄材料的能力；较低等的作品则仅限于“脑筋急转弯”式的小聪明，借助电脑的强大信息功能用取巧的方式写作。

随着信息技术的不断发展，电脑将能够储藏更巨量的资料，理论上，人类创建的所有知识可能最终都会被输入电子信息库。而今天的人们越来越不去刻意记忆很多已成定论的知识，因为“随时可以用电脑搜索”。“博闻强记”是过去许多文学家追求的能力，现在则似乎不太有人重视它了，电子媒介时代，人们开始将部分大脑功能让渡给电脑，由它们去储存和记忆信息。未来艺术创作的常见方式之一，是在电子屏幕上铺开各种信息（与主题相关的基本常识、艺术先例、经典范式等，未来艺术家在这些基础信息方面将处于共同起点），然后考虑如何关联和编织它们。对大部分平庸的写手来说，只借助既成信息、二手经验来缀成作品，这会造成智力的惰性和艺术体验的肤浅化；而优秀艺术家则将在更高层次上展开智力、想象力、联想能力、表达能力等的竞争。

（三）“液态”文本与多元解读

由于新媒体时代的文学在创作方式、文本形态、接受方式等诸方面都发生着巨大的变化，未来的文学将越来越体现出与传统艺术作品迥异的特征——传统文学通常由一位作者（偶尔有极少数合写人）创作，未来文学可能由多位在线作者群体写作；传统作品通常有固定的、唯一的版本，未来文学作品则更具开放性，初始作者或后来参与者可以不断改写或增删文本；传统文学作品的常规接受方式是按字句顺序从头至尾阅读，未来文学文本中可能含有大量超链接，或设置多种情节走向选择项，导致一个作品可以用多种路径及方式解读……这些状况将导致未来文艺作品在很多方面都呈现“不确定”状态，从作品创意到文本形成再到审美接受，所有环节都有可能变成流动、可塑、多元的，主要表现在下述三方面。

第一，集体创作与无限改写。如前文所述，新媒体的联网功能允许多人群体在网上共同创作一部作品，常见的方式有跟帖接龙写作、设定共同主题或主要人物后分段写作、多人递交素材后由主力作者整合成文、下载他人作品进行改写，等等。这打破了长久以来“唯一作者”的惯例，而这种合作书写的方式将越来越常见（英语世界讨论新媒体文学的语汇中已不时出现“co-writer”一词）——除了部分创作群体是一开始就约定合作以外，更多的“作者”也许是看到某个在线作品之后产生灵感，于是下载进行改写、续写。所以，从共时性方面看，一部网上作品在写作“进行时”阶段可能会唤起大量“合写者”的兴趣，在线创作群体不断扩大，为作品注入新鲜丰富的创意；从历时性方面看，一部令人兴味盎然的作品在流传过程中有可能遇到不断的改写、续写，添补“外传”“前传”等，文本无限延展永不凝固。

第二，超链接文本。未来的文学作品中，相当部分会以“超文本”形式构建自身，即在一份文本中通过超链接的方式，将不同空间的文字、图像、音乐、视频等组织在一起。这里的“不同空间”，可能是同一网站，可能是不同网站，甚至可能是不同媒体（如电脑网页转手机页面、手机页面转电视屏幕等）。理论上，所有能够通过联网方式串联在一起的艺术或非艺术元素，都可能被“超链接”整合到同一作品中。通过点击不同的链接，欣赏作品变成一种“航行”，穿梭跳跃在各式各样的文字、影像、声响中，获得丰富多样的感知体验。同时，具有复杂链接设置的文本，还可能造就多元化的解读路径，这就涉及下一个问题。

第三，开放式作品和多元解读路径。过去，某位作家写出一部作品并发表后，该作品就以正式刊发时的文本为“唯一正版”，除了作者本人有权修订外，大多数作品都不允许再有变化。所以传统作品常呈现为封闭性结局，文本字句的排列也只有唯一形式，所有读者都潜在地被要求按唯一的方式（从头到尾）去阅读全文。未来的新媒体文学作品却将具有越来越强的开放性。开放性一方面来源于上文所述的“群体作者”无限续写、改写造成文本永无终结的可能，另一方面则体现为文学文本可能被设置为多种阅读路径、多种情节走向、多种阅读顺序、多种段落组合方式，等等。作者主动在文本进行过程中设置或预留选择余地，让渡部分权力给读者，让他们有条件选取不同的路径、不同的链接方式去阅读，每个人的抉择都可能形成该作品一次独特的元素拼接，每一次阅读都形成一个新的个性化文本。文本在与读者的持续互动中成为不断重构的对象。

假如把前述三种状况全部置于一个想象的作品上，就会发现它将呈现为极不确定的状态：从创作过程看，它总是未完成、待修改、无边界的；从作品文本看，它总是可经由多种链接、多元选项而拼接为不同样态的；从接受环节看，它总是可能被积极主动的读者重新设计、重新配置的……传统艺术观念中的单一作者、固定文本、被动接受等模式（制度）受到全面挑战。这种想象虽然略为极端，但目前已在新媒体上出现端倪：“中国文学网”上《特别的新年夜》《魔界风云》《弓箭手的故事》，“榕树下”网站里《仲夏夜情人》等，都是初始作者与读者以互动方式合作而成的超文本小说。未来艺术的流动性和开放性将越来越强，越来越多的文学作品将只是“液态性”的半成品，等待着每一次被阅读时从混沌互动的多重性中定制自身。

（四）由技入道与由道返技

我们也许应该注意到“科技”在当代文学演变中扮演的重要角

色——就目前来看，媒体技术以迅猛之势日新月异地发展，其速度远远超过了过去任何一个时代。例如将声音、影像嵌入文学文本，将诗歌字句在电脑屏幕上转换为图画或乐音等艺术实验，都是传统文学家无从想象的，是在现代媒介技术启发下出现的新形式。这导致许多前沿艺术家热衷于去尝试“新技术能造就什么艺术作品”。大致上，艺术家对待新媒体技术的方式主要有两种：“一种是走技术之路，将自己对于互联网的兴趣与理解由物理层提升到信息层，然后再呈现在文化层”，这种方式可以命名为“由技入道”，多发生于紧密跟踪技术发展的先锋艺术家，甚至本来身份并非艺术家的科技人员，他们因接触或发现了某种新技术，兴致勃勃地将其运用到审美创作中。另一种方式则是“走艺术之路，从文化层形成立意，再寻找适合表现其立意的信息服务，其次才是与具体的网络设施挂钩”①。这种方式则可命名为“由道返技”。

传统美学往往重“道”而轻“技”，仅有炫目技巧的新潮作品一般不获好评。但是今天“技术”在艺术领域的重要性与古典时代不同，它们日益强悍地存在于人们的视野里，令人无法漠视——有时，如果不具备一定的技术知识或硬件设备，一位“守旧”的作家甚至会看不懂或无法观看同行的作品。当今科技以超乎普通人想象的速度发展，导致从技术发明到艺术创造之间的转换环节越来越少，某些新技术可能直接导致一类艺术创意的产生，“技”与“道”的界限日益消融。

我们能看到不少艺术家做出了新颖而富有美感的“技”与“艺”结合的尝试：例如墨西哥艺术家坎迪亚尼创作的《音境五变奏与一暂停》(*Five Variations of Phonic Circumstances and a Pause*)，借助计

① 黄鸣奋：《互联网艺术》，文化艺术出版社2006年版，第288页。

算机声音技术，让噪音、口语、朗读、叙事、呢喃、私语、音乐等渐次出现和互相转变：把人说话的声音变为风琴声、电子音乐声，或是将麦克风收纳的朗读声转换成字符，由一台织布机“织印”在巨大的白布上……这是利用技术把文学话语具象化（由技入道）的一次新鲜实验。另一位“由道返技”的土耳其艺术家埃古旺以卡尔维诺的小说《看不见的城市》为蓝本，选择了三个城市——埃古旺的出生地安卡拉、居住地伊斯坦布尔，以及希望生活于其间的伦敦，用超文本将它们融合成一座新城——塞拉，制作了作品《塞拉，记忆之城》（*Zaira，City of Memories*），这是先有文学意象，再寻求技术实现的尝试。而加拿大肯考迪亚大学的学者兼诗人戴恩斯在网上发表诗歌时，将诗句转换为与文字相呼应的三维视觉影像，同时呈现。他认为诗歌是一种记忆的建筑、音响与图像的建筑：“如果诗歌不是在感觉之内交织情感而形成的纹理的世界，那又是什么呢？阅读诗歌时，人们穿越情感的空间。……我想让我的空间允许虚拟建筑与用户情感之间的对话，穿透用户的记忆，强迫他以自己的情感为周边的虚拟空间编织纹理。我想创造既是物理又是诗歌的、既是虚拟的又是文学的、既存在于空间又为心灵所塑造的建筑。”①“诗歌是情感的殿堂”“诗歌是记忆的建筑”这类表述过去我们也常常听到，但都是在比喻意义上、仅仅作为一种修辞手法来领会，而戴恩斯把这种比喻切切实实地以三维电子图像予以实现，将抽象的诗性思维与贴切的视觉呈现联结起来，是一个很有意义的艺术实践……平心而论，利用新技术实验创新并不是坏事，需要担心和批判的是仅以眼花缭乱的技术试验为终极目的、追求“各领风骚三五天”的浮躁风气。对新技术的实验能打开更多艺术创造的可能性，催生新鲜多样的审美创意。如果艺术家们在习得多

① 黄鸣奋：《互联网艺术》，文化艺术出版社2006年版，第237页。

种先进技术之后，利用它们来拓展深远的艺术意境、挖掘丰富的审美内蕴，则艺术生态仍然是健康的。

结　语

文学（以及整个艺术）在新媒体时代的种种变化——边界消融、颠覆成规、元素重组、吐故纳新——其前奏可以说从20世纪前半叶康德美学出现危机时就开始了。直到今天，“艺术是什么”“艺术的边界何在”等问题仍无定论（而且看来短期内也不会有，或者说，有一套稳定公认的艺术概念与审美规则的年代是否还会重临，恐未可期）。20世纪的后现代文化和21世纪的数字新媒体叠加成一口巨大的坩埚，从不同的方向上（观念和技术）作用于艺术，重新混融人类文化的多样元素，冶炼新的审美理念、制度、规则……

从本雅明的《机械复制时代的艺术作品》面世至今，出现了许多对印刷文化时代之行将逝去表达叹惋追怀的文章，在一些简单、情绪化的批评文字中，新媒体文学与传统文学被置入浅薄/深刻、感官刺激/深度内涵、商业追求/精英品位等二元对立的关系中。这类批评首先往往过于简单粗率（因为多媒体艺术中也有不少富有内涵、具备深度的精品），其次，客观地看，要求一个新时代的理念与技术既开拓广阔的审美空间、同时又保留旧时代艺术文化的所有优点，这往往是不可能的。一种新的创意空间打开时，可能会阻滞或关闭了另一些可能性。比如，对于文学来说，当多媒体技术将图片与音像嵌合到文学文本中，效果是加强了空间、即时、感官体验，但流失了时间感、缩小了想象空间；当文学意象变得可听、可视甚至可触、可嗅，读者的所有感官都加入艺术审美时，结果是强化了感知觉的鲜活体验，但弱化（忽视）了抽象玄思；当互联网允许多人在线合写文学作品时，可能会大大增加文本的丰富度和多元性，但艺术的个性色彩和深刻性被削弱……简言之，鱼与熊掌不可兼得。好在人类文化对艺术创造有相当的宽容度，一般来说，没有哪种艺术门类、审美形式不被允许存在，只是每个时代的主流会变化更替。在审美取向、风格技法等的抉择方面，艺术家有较大的自由度——喜欢传统风格、单一介质的艺术家尽可以坚守古典风范，保存文化遗风；爱好技术冒险、喜欢先锋实验的艺术家也可以紧随新媒体新科技的发展，去尝试多种多样的创意。人类文化在其发展历程中渐次打开和收拢着不同的审美可能性，艺术家当以开放的心态穿行其间，去尝试创建各种各样美好的艺术景观。

（作者钟丽茜，浙江传媒学院文学院教授）

网络小说的幻想范式及价值取向*

这是网络文学的大幻想时代。当世纪之交，欧美、日本等大量幻想作品（包括小说、影视、动漫及游戏等）进入中国市场，开启了网络文学的玄幻、奇幻、科幻等小说类型时，当穿越、架空、重生这些幻想手法运用于多种类型的小说创作时，即可基本判定，网络文学进入一个幻想时代，或可言之，网络文学就是幻想文学。幻想是思维方式，也是一种艺术表现。将幻想理解为虚构范式，意味着幻想已成为网络小说创作普遍奉行的法式和规约，或者说，它是众多类型小说创作的公分母。当下网络小说无论在故事架构、背景设定以及人物创想上，还是在穿越、架空和重生等手法的运用上，都显示出幻想范式的功能性存在。它使网络小说的文本有其基本稳定的模态和比较明晰的意义指向。

网络文学的幻想，更多地偏重臆想，即所谓“YY”。在一定意义上，“YY”与“YY”小说就是幻想和网络小说的代名词。这个有些怪异的词，难免会让一部分人抵触或反感。但是为什么穿越会成为网络小说最为畅销的一种创作类型？为什么历史小说的背景设定也可以架空？为什么重生的谎言也能迷惑大众读者？甚而为什么会有“YY

* 本文为教育部人文社科基金项目“文学转型背景下亚文学生产与消费研究”（12YJA751015）阶段性成果。

无罪，幻想有理”这句网络宣言？这些都需要我们深入作品内部去考量。幻想作为基本的虚构方式，在小说文本形态建构和意义建设中的功能及效应，它究竟是网络文学创作的高地还是文学梦想失落的陷阱？这自然不是可以是非立判的问题，因为我们面对的是泥沙俱下的大众化文学。对此一味地否定批判或放任自流，不如让位于披沙拣金、引领示范。网络文学更多地需要我们站在大众文化立场上去打量里面发生的故事和传奇。

一　时间机器与穿越者的故事

时间，是存在方式，也是存在本身。我们触摸不到，把握不定，但却有一种机器，可以替人类操控时间。这台机器一直存在于人们的幻想中，如时间旅行家，乘着时间机器，来到公元 802701 年的地球，发现地球上的人分为两类（英国威尔斯的小说《时间机器》）。超人发现自己最心爱的人由于自己的不慎惨死，愤怒地冲上天空，以超光速飞行，扰乱时空结构，迫使时间倒转，死去的爱人也神奇地复活（美国电影《超人》）。这类时光交错的故事如今发展成为时下最为流行的穿越小说。

穿越可以说是“YY”的核心秘籍，凭着穿越，“YY”才能大行其道。虽然一切都可以臆想，但臆想本身并不是通天的法则。臆想的支点便在穿越，这就是，穿越为白日梦构想注入了内在的合理机制。不妨将网络穿越小说《回到明朝当王爷》（月关，2008 年）与金庸的《鹿鼎记》做一比较。这部小说可以算得上是一部网络版的《鹿鼎记》。在武侠小说中，金庸开了“YY”先河，他将韦小宝写得既不“武”也不“侠”，却万事通灵。韦小宝的法宝就是投药洒水、坑蒙拐骗。就凭这些下品末技，韦小宝能处处化险为夷，一路顺风顺水。既是皇上的心腹，又是反清天地会的舵主，最后忠义两难全，携得众多美人归。与《鹿鼎记》相比，《回到明朝当王爷》的杨凌有着韦小宝一样的幸运，得着皇上的恩宠，财富滚滚而来，美女尽拥怀中，官职不断上升，大有一人之下万人之上的显赫和荣耀。如果说，韦小宝靠的是不上台面的技法行走于江湖和朝堂之中，是金庸武侠小说中的一个怪胎，那杨凌凭的就是一个“穿越”，一路亨通，实在是穿越小说中再正常不过的人物。没有穿越，像韦小宝那样的美梦，多少让人觉得不可思议；而有了穿越，白日梦就有了合理性解释。因而，穿越也就成了“YY”最便捷的入门路径，故《回到明朝当王爷》一问世，便引发了“同类名小说”的跟风。《回到汉朝当诸侯》《回到民国当大帅》《回到过去当明星》等竞相涌现，如法炮制。似乎只需一次穿越，便万事大吉，美梦成真。

其实，与其说穿越使白日梦构想有其合理之处，不如说穿越本身就是一个美丽的谎言。但为什么人们愿意沉溺其中？这是因为，穿越编织的白日梦具有很强的“代入感”，激发了读者的“YY”效应。所谓代入，就是读者因对小说中的穿越者有强烈的情感投射，在意识深处，把自身化作穿越者进入作品中，去经历或体验穿越者的所作所为，去分享穿越者的成功。穿越小说的代入感，来自穿越者的现代身份、地位及其所拥有的知识、技能等，都是那些坐在电脑前的读者们不难具备的。进而言之，穿越“代入”的是当代人的精神状态、思想情感和欲望梦想。如果说，“梦是一种愿望的达成。它可以算作是一种清醒状态的精神活动的延续”[①]，那就不难理解，小说中那些带有梦幻色彩的内容何以触动人心。2002年中华杨的《中华再起》是国内第

① ［奥］弗洛伊德：《梦的解析》，丹宁译，国际文化出版公司1998年版，第35页。

一部成功的网络历史穿越小说。小说中两位现代军人穿越到晚清，凭借现代武器装备和作战观念，带领革命武装，建立了强大的新中华。这种强国之梦也可视作新世纪以来“大国战略”意识的映照。这部小说的成功，引发了军事历史题材小说的创作热潮。其后，穿越小说开始大攀“科技树”，开矿炼钢、办学办报、造枪造船等纷纷进入小说。应该说，此两类主题的穿越历史小说，蕴含着一百多年来，中国从保守落后走向开放富强的民族振兴之路上，沉淀在中国人内心深处的“集体无意识”，也是网络幻想小说中最动人的华章。

与男性小说中广泛的穿越内容和主题相比，女性穿越小说则更多地关注情感世界。如被称为“清穿”三座大山的《梦回大清》《步步惊心》《瑶华》，以爱情斗争为主线，细腻地展露了女性的内心世界和情感生活。如果说爱情是千年不变的题材，那又如何将当下人的情感和价值取向“代入”进穿越小说？“反言情的言情模式”① 的提出，从整体上概括了穿越小说中女性爱情观的现实转向。这也表明，“YY”即使面对爱情，也不是完全不食人间烟火的幻想。事实上，正是在宅斗、宫斗等情节展开中，阴险狠毒的心理、不择手段的手法、步步经营的攻略以及最终的成功，才是让读者“YY”过瘾之处，或许这也是今天职场女性能够得到爱情洗礼和职业升迁的秘籍吧。

总之，“回到过去”模式，显现了当今中国穿越小说的幻想指向。与西方科幻艺术作品穿越到未来不同，中国的网络文学基本都是穿向过去，从先秦到晚清、到民国，可谓无所不穿。“一切历史都是当代史”，克罗齐的名言或许能透视穿越小说在当下兴盛的原因。如果我们把穿越看作历史书写的一种形式，那就可以认为，穿越小说实质上

① 邵燕君：《在“异托邦”里建构“个人另类选择”幻象空间》，《文艺研究》2012 年第 4 期。

是当下对历史的发言或历史对当下的言说。透过那些穿越者的故事，我们看到的是当代人在历史空间营造的梦想乐园。现实与欲望联姻，当下与历史邂逅，时间机器的意义亦在于此。

二 “平行世界”：异时空的畅想

假如可以乘着时间机器，在时空中穿行，那就会由此产生多个世界与现在的世界相对应。问题是，如果人们已到了未来世界或回到过去，那现在的世界还存在吗？为了解决这个问题，科幻小说家想出了“平行世界”一说，即人们乘坐时间机器回到了古代或未来，就是到了一个与现在世界相对的“平行世界”。网络文学中称“平行世界”为“异时空”。广义地理解，幻想小说中展现的所有幻想世界，都是相对于现实世界的“异时空”，也就是 J. R. R. 托尔金所说的“第二世界”。主要指向由中西方幻想文化元素如神话、魔法等构成的异世大陆，或由星际银河或数字化构成的宇宙世界。此两类异世界与现实世界相距遥远，有相对封闭的空间，有自足的运行体系和关系法则。而网络文学中所谓的“异时空”，特指由架空历史而创造的某个莫须有时代或具有特定历史背景的某一时代，诸如《异时空—中华再起》《异时空之抗日》《异时空情恋之清水漪澜》等小说中的“异时空”。它也许没有异世大陆那样的神秘，也没有星际宇宙那样的高远，但却让人在亦真亦幻中，遐想那介于“第一世界”（现实世界）与“第二世界”之间的别样精彩。

这个“异时空”之特别，全然在于架空所造。作为一种创作手法，架空早已有之。架空即凭空架构，亦为虚构、杜撰。如《封神演义》在鲁迅看来，“似志在演义，而侈谈神怪，什九虚构，实不过假商周之争，自写幻想，较之《水浒》固失之架空，方《西游》又逊其雄肆，固迄今未有以鼎足视之者也”[①]。网络小说中的所谓“架空”，有其特定的含义和所指。它不是一般的虚构和想象，而是通过对某一历史时代的改装，虚拟一个特定的历史时空。在架空历史小说中，异时空或是完全虚拟的架空世界，小说所写的背景不是历史上真实存在的时代，所写的人物、事件亦无历史踪迹，纯属子虚乌有，如《楚氏春秋》写的并非是历史上的“春秋”，而是虚构一个南齐、东吴、西秦、北赵天下四分而治的时代；或是以某一历史时期为背景，但作者又架空历史，通过幻想创造了另一时空，这一时空与历史保持若即若离的联系。网络小说中此类异时空居多。

按照“平行世界”假说，“生命似乎是由许多视窗组成的，真实的生活不过是其中的一个视窗而已”[②]。幻想就是打开“异时空”的视窗。它让我们看到，一个商业的三国是怎样实行经济战略和技术革新，走上天下统一、国家昌盛之路的（《商业三国》）；一个大学毕业生，竟然成了明武帝，在这个不属于他的世界里创下了不世功勋，成就一代霸业（《新明史》）；一个现代香港社会的职业杀手，是怎样以一己之力与日寇和土匪血战，从山区杀到乡村，又从乡村杀到北平的故事（《一个人的抗日》）。异时空与历史相交，历史可以架空，这实在是一个奇妙的悖论。本文无意探讨历史如何书写的问题，也不论历史本来就是文本化的历史，“小说是一种历史的再现形式，而历史同样不过是一种虚构形式”[③]。我们要关注的是，幻想何以向历史渗入？该怎样理解架空、历史与异时空之间的关系？这里我们借用沃尔夫冈·伊瑟尔的“现实、虚构与想象”三元合一的理论来解释。伊瑟尔

① 鲁迅：《中国小说史略》，上海古籍出版社 2006 年版，第 107 页。

② 段伟文：《网络空间的伦理反思》，江苏人民出版社 2002 年版，第 57 页。

③ ［美］海登·怀特：《话语的转义》，董立河译，大象出版社 2011 年版，第 130 页。

认为，现实、虚构与想象之三元合一的关系是文学文本存在的基础。现实转化为文本必然是一个虚构化的行为，这一行为离不开想象。想象本来没有具体的固定形式，它以一种瞬息万变的方式把握对象。但它一旦被纳入文本之中，就开始受虚构的控制。“因为，虚构化行为是受主体引导和控制的行为，它赋予想象一种明晰的格式塔，这种格式塔不同于狂想、臆测、白日梦以及日常生活引起的形形色色的胡思乱想。”① 即受虚构引导的想象，或多或少地分享了对象的现实性或真实性，尽管想象永远不可能等同于现实。基于这样的认识，伊瑟尔得出结论：“其一是，虚构化行为再造的现实是指向现实却又能超越现实自身的；其二是，无边的想象反倒被诱入某种形式之中。这两种情况都存在着越界现象：现实栅栏被虚构拆毁，而想象的野马被圈入形式的栅栏，结果，文本的真实性中包含着想象的色彩，而想象反过来也包含着真实的成分。”② 没有比这段话更有助于说明架空、历史与异时空三者之间关系的了。这就是，架空（虚构）既拆毁了现实（历史），又以“异时空”（想象）的形式，再造了现实（文本化的“历史”），这三者统一于小说文本之中。

尽管“异时空”本身就是一个带有虚假意味的招牌，读者压根就不会相信那个商业三国的存在，更不会相信历史上还有那个励精图治的明武帝，自然也不会相信一个人有多大的抗日力量，但是，当作者将历史发展的可能性置入异时空构想中，以及在想象的镜像中补偿历史的遗憾时，人们却宁愿接受文本展现的“真实”。“虽然文本世界并非真实的世界，但读者却把它想象为一个‘仿佛’如此的真实世界。在此，读者显然接受了文本的引导。这个‘仿佛’结构就如同一个触

---

① ［德］沃尔夫冈·伊瑟尔：《虚构与想象：文学人类学疆界》，陈定家等译，吉林人民出版社 2011 年版，第 3 页。

② 同上。

发器，它激活了读者的想象力，使他或她对文本世界产生无尽的遐想。”[①] 当读者徜徉在钢铁雄狮、大炮巨舰的“历史”空间时，畅想于强军强国、争霸天下的梦境时，也就进入了想象的格式塔。在异时空的名义下，小说自由地畅想，尽情地“YY”，对历史不再那么奉若神明，不再那么照着历史的脚印亦步亦趋，也不再因囿于知识而困在历史的牢笼里缩手缩脚。异时空，给我们展示了当代网络历史小说的幻想异彩。

三　幻象人生：自我的迷失与重构

“假如上天再给你一次机会，你会怎样来过？”《重生传说》(2004) 以主人公将时光倒流至20年前，借助先知优势，将人生重新来过的故事，开启了都市重生文的大门。之后，《重生之官路商途》《重生之官道》《重生之超级富豪》《重生之笑对人生》等接踵而至，上演了一场场人生梦幻大戏，也提供了一种人物范型。

重生作为一种幻想手法，与穿越有相通之处。不同之处在于，穿越强调个人与时代的特定关系，重生则主要指向个体生命自身，它仅是假借人的重新转世和投胎，对自我进行重新规划和改造，以满足某种人生愿望和理想。重生联结的是两种不同的生命样态，一种是自发的现实人生，一种是自觉的梦想人生。前者在小说中基本被省去，但又以先知先觉的人生经验作用于后者。表面上，重生彰显的是个人理想化的人生图景，是对自我身份的重新认同。实际上这个自我也仅是一个幻象而已，或者说已被重生解构。因为重生在将人生幻象推上前

① ［德］沃尔夫冈·伊瑟尔：《虚构与想象：文学人类学疆界》，陈定家等译，吉林人民出版社2011年版，第17页。

台之时，它否定或遮蔽了自我存在的现实性。《重生传说》中有一句话："明明每个人随时都有悔棋的机会，为什么只有在如此彻底的重来前提下才懂得反省自己的错误呢?"[①] 实际上，人生没有后悔药。无论重生之前还是其后，自我都不完整。《重生传说》中哪一个周行文才是自己？如果重生前已不存在，那分明以记忆的形式活在重生后，否则，几岁的孩子能那么老道，其凭什么胜出他人？如果重生后是现实愿望的达成，那毕竟又是虚幻的，到头来如梦一场。故自我因重生失落在虚幻与现实之间。虚幻与现实，颇类似于庄周梦蝶，不知周之梦为蝴蝶欤，还是蝴蝶之梦为周欤？如此，重生的自我就是在虚幻与现实间打造的一个幻象。

如果说重生文中的那个自我幻象还有现实的投影，那么修真小说中的"真人"则完全超越了凡俗人生，在极度膨胀的欲望追求中将"自我"发散殆尽。修真小说划归在网络仙侠小说类型门户下，修真者也成了现代仙侠形象的代言者。仙侠小说作为一种类型，在网络文学中异军突起，其势头超过武侠，除了后人自觉无法超过金庸等前辈所创造的武侠小说艺术高度而转向其他创作之外，其原因还在于，在幻想面前，仙侠的修身境界早已盖过武侠的高武力量。即使是郭靖的"降龙十八掌"、杨过的"黯然销魂掌"，也会在张小凡的神奇"烧火棍"（《诛仙》中的主角）面前黯然失色，或被周青（《佛本是道》中的主角）那几句极为简单的咒语吹得烟消云散。如果说，武侠还具有英雄的气质，那在幻想时代，仙侠却失去诸如《七侠五义》《蜀山剑侠传》中传统的侠义风采，而转为修真一族。所谓修真，亦为修道，本是道教术语，指的是学道修行，求得"真我""本我"的修炼方式及过程。道门常将修道有成的高人称为"真人"或"高真"。当然修

① 周行文：《重生传说》第 116 章（http：//free. qidian. com/Free/ShowBook. aspx? bookid=19188）。

真小说并非是道教法术的演绎，而是借修真创造虚幻和神奇的艺术境界，并表达一种人生哲学。修真成仙或许不是目的，起码《佛本是道》中的周青是这样。在成仙、成圣、与其他圣人的斗争中，周青建立了自己的哲学："我之所求，随心所欲，奈何？没有强大的实力，一切都是空谈，从今往后，我定当掠夺一切，以提升实力，什么道德仁义，什么大道都见鬼去吧，只要我力量够强，我就是道，我就是天！"[①] 在他看来，什么神、魔、仙、佛，都是虚幻无比的东西，唯有那永恒的力量，才是根本。显然，周青的"得道"成就了他那个无比膨胀的自我。说到底，周青的人生哲学是争霸的哲学。回望修真小说，或者是玄幻、奇幻类的小说，异世大陆、魔法世界的空间想象，无非给笔下人物创造了一个更自由的欲望空间，无论是周青，还是张小凡，在唯我独尊的追求中，早已将自我放逐在现实之外。故《诛仙》中写到身入魔界的张小凡已不是原来的张小凡，易名鬼厉，此颇有意味。所幸的是在小说结尾其又回归于现实的平凡人生，与相爱之人编织另一幅田园生活图景。

网络小说中的仙侠，更多地朝向"仙"气，背离了"侠"义。而失去了"侠"，也就抽去了人格建构中的核心要素，如网络游戏中的"元素英雄"一样。元素英雄是战士的身体与野兽的身体以及能量，根据战斗需要而进行的自由任意的组合。这个"空心人"式的英雄无须成长的经过，无须思想、情感、道义等支配，仅靠力量取胜。从接受者角度来讲，这类元素化、空心化的英雄或仙侠，或许更投合那些被西方动漫英雄营养喂大的年轻一代胃口。但是，无论从幻想手法来说，还是从人物塑造而言，仙侠和英雄都不应该是空心的，或被极度的欲望填满。人类精神主体在自我迷失之后，必须要重构一个新的自

① 梦入神机：《佛本是道》第1章（http：//msn. qidian. com/ReadBook. aspx？bookid=53234）。

我。《间客》（猫腻，2010 年）中许乐的出场，给文学作品的英雄空间增加了一抹亮色。

《间客》以星际宇宙为时空架构，但这不过是一个伪星际背景。在作者猫腻看来，这是“一本个人英雄主义的武侠小说”。何谓武侠？何谓英雄？他给出的解释是，“所谓武侠就是以武道达成自己所认为的侠义之行，所谓英雄就是坚定认为自己所做的是正确的，然后不顾面前有怎样的艰难险阻，怎样的鲜血淋漓，都会无比坚定地走下去”[①]。作者正是按这样的观念，将许乐打造为一个传统道德意义上的英雄。尽管他有着超凡的运动体能，有对数字芯片的悟性和神通，以及对机甲天赋的掌控能力，颇具超级英雄的范儿。但是，面对文明掩盖下的种种黑暗，许乐更显出道德英雄的本色，用他的话说，“我就按照这些人类道德要求的法子去做事儿……我怕死，也不是什么正义使者、四有青年，我只是一个按照自己的喜恶，道德的鞭子生存，以寻求人生快乐的家伙。……这不是无私而是最大的自私”[②]。如何理解这个自私？当他看到朋友们受迫害、受侮辱时，当他身陷联邦所谓“第一宪章”光辉下看到那一幕幕的黑暗和丑恶时，他的挺身而出和无所畏惧，或许不是出自“该出手时就出手”的英雄本能，而是他无法逃脱道德对自我的制约。所谓道德，就是他认为是正确的事情。“我主观意识上没有犯错，那么我就不需要为此承担任何后果，这是一种极端自我、极端强大，可以说极端自私却又非常令人惊叹的精神强度，只有臭且硬的石头才能为之。”[③] 许乐，这个东林石头，就是以令人惊叹的精神强度捍卫了自我的生存权利、道德权利。比起《佛本

---

① 猫腻：《〈间客〉后记》（http：//free. qidian. com/Free/ChapterList. aspx？bookid=1223147）。

② 猫腻：《间客》第 4 卷第 46 章（http：//free. qidian. com/Free/ChapterList. aspx？bookid=1223147）。

③ 猫腻：《〈间客〉后记》（http：//free. qidian. com/Free/ChapterList. aspx？bookid=1223147）。

是道》的周青追求的至尊和自大，许乐的自我权利和责任意识更带有英雄主义色彩，更具有道德情怀，虽然仍局限于个人英雄主义的框架。从他这里，我们看到了一个真实的具体的自我意识在人类精神主体人格建构中的力量。

结　语

幻想作为网络文学的虚构范式，折射了文学审美取向在当下的发展变化。当代中国文学虽然呈现一个包容的态势，大众文学与严肃文学、现实主义文学与后现代文学共存，但以大众文化为主要支持的网络文学，更多地受到后现代文化思潮的影响：无所畏惧地反叛和颠覆传统，解构文学经典；大胆创造，恣意幻想，以轻松幽默、调侃戏谑等书写风格娱乐大众。从文学接受而言，较之于真实的再现，超越现实的艺术表现更适应青年一代读者的审美需求。即使面对历史小说，他们或许更宁愿接受一部穿越历史小说，而非史实性很强的历史人物传记。这是因为，在一个社会生活日常化和世俗化的时代，人们对真理和知识等态度已有所改变。用海德格尔的观点来说，“这一空间决定了人们对什么都信以为真。……并不存在于某种我们的实践与之相符的终极现实”①。如果说，“只是被‘信以为真’的东西才构成现实的存在。正是这种在不同历史时期特定文化中被‘信以为真’的东西中，展示了特定存在的历史性和现实性”②。那么对网络文学而言，幻想作为一种虚构范式，就是真实历史的投影和现实社会的反观，其现实性表现为读者对幻想的屈从和沉迷。“信以为真”让我们超越现实

① 潘德荣：《西方诠释学史》，北京大学出版社2013年版，第322页。

② 同上书，第321页。

去领会幻想的价值和意义。在现实主义文学风光不再强劲的今天，网络文学的幻想范式表达了一种文学审美趣味，或者说，这是网络文学创作的时代选择。

（作者葛娟，浙江传媒学院文学院副教授）

怀旧还是意淫：女性网络小说中的仿古典小说创作倾向

女性网络作家在创作古代架空背景的小说时，大量借鉴中国传统小说的语言与写法，这种倾向已经十分常见。前两年很火爆的宫斗小说《后宫·甄嬛传》，就大量采用《红楼梦》的日常语言与描写，作者流潋紫也宣称《红楼梦》是其文学写作的启蒙之作，《后宫·甄嬛传》“是一部向《红楼梦》致敬之作”①。“起点女生网”上历史点击率最高的小说《庶女攻略》，从其情节人物的设置，到其中详细考究的吃穿用度的描写也处处可以看到模仿明清小说的痕迹。还有像扫雪煮酒、秋李子这些知名网络写手的作品，则明显受到《三言二拍》等拟话本小说的影响。然而，如果乐观地以为，网文界自觉承担起了传承中国古典小说的重任，那显然是非常不切实际的。女性网络作家们对古典元素的利用，无论其形式多么华丽精致，内容却贫瘠空洞，充其量是一种伪古典的语体和叙事。

一 怀旧的表象：向古典小说致敬

比较两性作家的以古代为背景的网文作品，会发现两者之间明显的区别。男性作家的作品以历史题材居多，在语言运用时，或不拘泥

① 东方卫视专访流潋紫：《释疑〈后宫·甄嬛传〉三大争议》（http：//ent. news. cn）。

于历史背景，在叙述中大量使用现当代流行词汇、俏皮话，以方便读者更快进入历史现场。譬如《明朝那些事儿》中："虽说在那万恶的旧社会，国家允许一夫多妻，娶个小妾也不会涉及包二奶问题，但这也要看具体情况，戚继光深知，如果让老婆知道了，那是要出大事的，所以他严密封锁了消息，这些事情都是他瞒着老婆干的。但纸毕竟包不住火，三个女人还有那个活蹦乱跳的孩子，你当老婆是白内障不成?"[①] 或采用古典式的语言，尤其是人物的对话文白夹杂，让读者更有历史感，如《新宋》一文。这篇小说写现代历史系学生石越穿越北宋改变历史，虽不乏现代语言的调侃和乱入，但其主要的写作语言，尤其是人物的对话文绉绉的，颇有古人的味道。

女性作家的作品，我们可以称之为世情题材，展示的是社会家庭间财产、婚姻、子嗣、立身处世的问题。大多数的作品背景设定为穿越架空，语言采用明清范儿的现代白话体，模仿对象以《红楼梦》为主。譬如以下的语例[②]：

> 十一娘换了衣裳出来，大太太那边的珊瑚来了。琥珀正陪着说话。看见十一娘，珊瑚上前行了礼，笑道："十一小姐，奴婢来求您给个恩典。"
>
> （吱吱《庶女攻略》）
>
> "嫂子真是好福气，膝下这么多孙子孙女承欢，哪像我只得这两个罢了。这四个孙女都是金玉一般的人，也不知道除了咱们家，谁能再得一个去。"
>
> （府天《冠盖满京华》）
>
> 于老夫人笑着一脸慈爱，对文怡摆摆手："原是丫头们糊涂

① 当年明月：《明朝那些事儿》第四部，中国友谊出版公司2007年版，第259页。
② 所采用语例均出自起点女生网、晋江文学城站点所发表的小说原文。

了，哪里是你的错？”又骂身边的大丫头：“你们是怎么管教小丫头们的？惯得她们连人都认不得了！”大丫头们忙请罪，又走到一边骂小丫头们：“九小姐前几天才来过，你们难道不认得？又把那劳什子拿出来做什么?!”小丫头们不敢辩解，低头认罪，待退到外头，才相互抱怨：“平日里来打秋风求老太太的太太奶奶少爷小姐哪里少了？谁不是磕头磕得欢欢喜喜的？老太太也没说什么，今儿偏改了规矩！”

（柳依华《生于望族》）

熟读《红楼梦》的人，看到这些语例，能明显感受到网文作家的模仿。粗略整理，便能发现这些网文中常用的红楼语汇，例如：小（浪）蹄子、白担了虚名、左不过、过了明路、求个恩典、真真的、仔细、难为你、移了性情，等等。因此，如果不考虑人物情节的差异性，读者几乎看不到这些网络小说独特的个性风格，声口相似，语气相仿，连词汇也是相同的，如复制品一般。

有些小说写的是市井、官场生活，则明显以话本小说为模仿对象，叙述语言紧凑，白描较多，夹杂着不少说书套语，作者的主观议论、解释性话语比较明显。如：

狄员外自然想像当年小陈哥考中秀才时那样作兴一番，却被儿子拦住了，说要准备明年春天再考个进士要紧，喜酒略迟些摆才好。狄员外升级做狄老太爷，自然拿儿子的话当圣旨一般，歇了那些风光想头。

（扫雪煮酒《明朝五好家庭》）

这杜家虽说长子做官，三儿子经商，但祖辈在这南京住的日子不短，祖辈都是勤谨持家，故此到杜老爹的时候，家里也有千亩良田，再加上长子中了进士，老爹夫妇都有了封诰，三儿子在南京开的绸布庄，家里不愁吃穿，人都把他老爹两字隐去，称他杜员外。

（秋李子《地主婆们的快乐生活》）

由于作者采用的还是现代白话，因此随着故事的逐渐展开，场面描写、对话描写的增多，这些小说的语言也逐渐向“红楼体”靠拢。

不管写的是深宅大院里的勾心斗角，还是庙堂市井里的人情冷暖，都不免要涉及日常生活、风俗节庆的描绘，例如妆容、看戏、酒宴、诗会、笄礼、进香，等等。对这些细节的描写，写手们一面闭门造车、天马行空，一面则从明清世情小说尤其是《红楼梦》中抄录、仿造、化用。像贾府吃饭看戏的场面、各房器物的摆设、元妃省亲后的礼单、大观园中的诗会都成为网文写作的必备场景，这样的例子数不胜数。

不仅如此，明清小说中常见的人物设置、出场方式也在网文中频频采用，譬如下面《庶女攻略》中的这一段：

就有笑语声从门外传来：“我来迟了，贵客休怪。”话音一落，一群丫鬟、媳妇簇拥着个二十五六岁的少妇人走了进来。她身段婀娜，穿了件大红蝶穿花遍地金褙子，梳了桃心髻，正插一枝赤金满池娇分心，右边偏戴一朵大西洋珠翠叶嵌的宝花，柳眉杏眼，粉黛略施，神采奕奕，爽利干练。

熟悉《红楼梦》的人一看就知道，这一段明显袭用了王熙凤出场的描写。人物的语言、打扮甚至只稍稍做了改动。

女性网络写手们成为明清白话世情小说的拥趸，一方面说明了白话世情小说本身的巨大成功和艺术魅力，另一方面似乎也体现了一种怀旧意识，那就是世情小说尤其是《红楼梦》里所充分展现的古代生活在某种程度上就是现代女性所憧憬的。穿越古代，回到过去，像古人那样生活，不正是对旧日时光的一种迷恋和追忆吗？这种迷恋与追忆在物欲横流的当今世界显得如此珍贵，在网络小说中更突显了它巨大的审美价值。“怀旧是一种丧失与位移，但也是个人与自己的想象的浪漫纠葛。怀旧只能够存在于距离遥远的关系之中”[①]。作为没有真正在古代生活过的现代人，如何怀旧，除了想象，也只有借助于传统的世情小说来还原历史现场了。

二　怀旧的实质：一场虚幻的白日梦

尽管散发着追忆怀旧的惑人气息，但正如斯维特兰娜·博伊姆所说，“从更广泛的意义上看，怀旧是对于现代的时间概念、历史和进步的时间概念的叛逆。怀旧意欲抹掉历史，把历史变成私人的或者集体的神话，像访问空间那样访问时间，拒绝屈服于折磨着人类境遇的时间之不可逆转性”[②]。网络写手们在小说中所创造的世界并不是真正的古代时空，他们拒绝真实的历史，而是把过去的时空当成是任由私人意识出入的想象空间，随意制造一则不改意淫本质的古代神话。

明清世情小说中鲜活的生活气息、个性化的语言特点根植于真实的历史土壤，它摹写的是社会人生的实况。周汝昌先生曾撰写过一篇很精彩的文章《〈红楼梦〉与满俗》[③]，在这篇文章中，他谈到了很多小说中很有意思的语言现象，认为这正是满俗的体现。比如满人称人不冠姓，以名为“领称”，故而有政老爷、琏二爷、宝二爷、宝姑娘

① ［美］斯维特兰娜·博伊姆：《怀旧的未来》，杨德友译，译林出版社2010年版，第2页。

② 同上书，第4页。

③ 周汝昌：《周汝昌梦解红楼》，漓江出版社2005年版，第143页。

的称呼。汉人则最重名讳，有表字后，呼名为大不敬之表现，因而有“林姑娘”而非“黛姑娘”，书中出现的是林黛玉的全名。满人对表亲中的兄弟姊妹之间，只称哥哥、兄弟、姐姐、妹妹，故而书中只有与二哥哥、林妹妹这样的称呼。对待奴仆下人的态度和规矩，满俗更有其特点，即虽等级名分不许混，但尊老念幼不同一般，故而书中写赵嬷嬷、赖嬷嬷，年轻主子绝无座位，她们却都赐坐。贾蓉称赖大为赖爷爷，迎春甚至有话：只有嬷嬷说我的，没有我说嬷嬷的。这在汉人家是不可想象的。网络写手们在拟写红楼体的时候却并没有思考过这些问题。许多小说照搬奴大欺主的情节，具体细节与《红楼梦》相似，或者比《红楼梦》更突出，显然是不符合历史事实的。虽然小说可以把背景设定为架空以免去许多考证的烦琐，但这不能否认，将这种语体移植入小说中无异于东施效颦。

缺乏对真实的体验也使得这种语言词汇的袭用或者改造显得不伦不类。如《红楼梦》中王熙凤出场的原话是“我来迟了，不曾迎接远客”。语气平缓，稍显歉意。《庶女攻略》徐三夫人的出场改为“我来迟了，贵客休怪”。古汉语中，“休”虽然可以理解为不要，但语气强硬，有禁止劝阻之意。既然是贵客临门，偏偏要用命令的口吻告诫对方，岂不是很奇怪？虽然写手们试图通过移植语体来宣告这是一场对历史与传统文化的书写，但结果反而突显了他们在历史和知识上的无知。

小说的情节内容则像是一场意淫下的美梦。女性作家的世情小说，描写的是古代女性作家对于社会家庭间财产、婚姻、子嗣、立身处世的思考，实际上宣泄的是当下女性生活中普遍存在的焦虑，为爱情、为生育、为职业、金钱和家庭等种种现代生活中突出的难题寻求一个想象中的解决方式，但这种解决方式出现在网文中则往往表现得虚幻而不合时宜。

小说中的女主人公开始她们的古代征程时往往有一个起点，或为穿越或为重生。作为一个心智已经成熟、三观已经形成的女性，在所谓的前世，一般是失败的。或苦于生活的重担，或经历过婚姻的失败，甚至是血的教训。在重新开始的时候，她的人生只有一个目标，就是成功。这个成功往往是全面的胜利：婚姻美满，子孙满堂、奴婢成群、家财万贯。总之，是实现了利益的最大化。当然，如果能够随随便便成功，小说也就失去了可看性。作者们会给她们的成功之路设置许多障碍，比如贫困、孤独、恶奴、宅斗等，女主人公一路“升级打怪”，使出浑身解数，最终走向人生的巅峰。《庶女攻略》的文案是这么写的：“身处锦缎珠翠之间，她只是一个地位卑微的庶女，却掺和进了庞大的家族阴谋，为了改变自身的环境，不得不兵来将挡水来土掩，她只能步步为营，好好‘PK’，总而言之，就是一部庶女奋斗史！”庶女十一娘，充分运用职场的生存规则，斗恶奴、斗姐妹、斗家长，斗姨娘，最终成为侯府后院的主宰。《明朝五好家庭》中女主人公的成功更为显赫，白素素和自己的老公一起穿越到明朝，从一穷二白开始，开作坊、考科举、斗公婆、斗小三、下南洋，甚至为了躲避战乱，成功地在琉球开辟了庞大的事业王国。在现实生活中无法或者较难完成的理想，在作者金手指的帮助下，统统都可以在小说中实现。按照网络作家秋李子在文案中的话说，她的《地主婆们的快乐生活》就是“一个用话本小说语言描写的小地主婆的生活，是我‘YY’了很久的故事”。

有意思的是，有不少作者有意识地让女主遭受挫折，“虐心虐身”，以求“真实”，但往往会招致读者的反对，而理由也让人啼笑皆非：如果不能过上好的生活，那还要穿越（重生）干什么？现实已经够苦了，为什么不能写一篇“甜”的文？订阅量一下降，罢看的声音一出，写手们立马让主角过上风风光光的顺利生活。网络世情小说最终沦为披着古典小说的外衣、做着欲望白日梦的意淫小说。仿古典世情小说的产生不仅是作者造梦的结果，也是读者宣泄压力纾解欲望的需要。

三　网络世情小说应该向古典小说学些什么？

网络世情小说通过今天发达的传播媒介及影视剧的改编赢得了较大的影响，但是毋庸讳言，其创作基本上处于对传统形式自发的模仿，还没有意识到世情小说应有的内涵与价值。除了基本的写作技巧，网络世情小说还应该向古典小说学些什么？

明清世情小说所取得的巨大成就，除了让网络写手们津津乐道的日常细节描写，就是对于世情小说的本质和价值的深刻理解。

世情小说的本质，在于合情合理地展现生活的样貌。清代作者天花才子在其世情小说《快心编·凡例》中说："是编皆从世情上写来，件件逼真。""编中点染世态人情，如澄水鉴形，丝毫无遁。"清代评论家刘廷玑《在园杂志》评价《金瓶梅》也说："若深切人情世务，无如《金瓶梅》，真称奇书。"《红楼梦》作为一部背景架空的小说，其中内容也"皆是近情近理必有之事，必有之言"。脂砚斋曾这样点评过其中的器物描写。《红楼梦》第三回描写王夫人房内景物，三次提到"半旧"的摆设，脂砚斋认为"此处则一色旧的，可知前正室中亦非家常之用度也。可笑近之小说中，不论何处，则曰商彝周鼎、绣帷珠帘、孔雀屏、芙蓉褥等字眼……试思俗稗官用富贵字眼者，悉皆庄农之一流也。盖彼实未身经目睹，所言皆在情理之外也"[①]。对于古代人的生活，今人不可能有真实的体验，因而一切皆靠想象而成。但

① 脂砚斋：《脂砚斋全评石头记》，东方出版社 2006 年版，第 41—42 页。

即便都是虚构，小说也应建立在合情合理的基础之上。用情和理去规范天马行空的想象，随心所欲不逾矩，才是小说的艺术魅力所在。

世情小说的价值，也不仅是描写生活的样貌，展现人情百态，还要有一种“寄意于时俗”的内在精神。《红楼梦》确实向我们揭开了温情脉脉面纱后面封建家庭里的激烈矛盾和斗争，写了众多女性的青春生命和美的被毁灭，但同时也透过这些对封建社会和文化进行了深刻反思，对人生的价值做了追根问底的思考。《金瓶梅》呢，“不在于一般的描摹，而是着意在暴露”[①]，它在写着大量宅斗情节的同时再现了社会各种丑恶的现象，对当时资本主义萌芽时期人性的纵欲和毁灭做了鞭笞。这些小说在描写中确实有让人诟病的地方，但它们做到了寄寓深意以警醒世人的目的，有一种对现实的观照和批判，而不是去歌颂、粉饰封建社会的美好。而现在大多数网络世情小说却很少做到这一点。网络女性写手们的仿古典创作倾向，确确实实带着怀旧的情绪和色彩。但是，必须指出的是，“怀旧的危险在于它倾向于混淆实际的家园和想象中的家园。在极端的个案中，可能制造一个幻觉的家园，为了它有人会准备死去或者杀人。没有得到反思的怀旧会制造出魔怪”[②]。这些网络世情小说往往在不断强调封建社会的等级、名分、长幼、男女等关系的礼法与习俗，最让人匪夷所思的是，这些穿越的女主角虽然接受过现代文明的教育，但到了古代，却成为封建等级制度、礼法制度最大的维护者，并充分利用这些枷锁来保障自我的利益。很多写手也写到了人性之险恶，封建婚姻之荒谬，但在意淫的笔调中，小说的主人公也依然要通过丧失道德底线来实现人生理想。例如在《后宫·甄嬛传》中，宫里的女子，为了争夺宠爱和权势明争暗斗，全无道德底线。甄嬛用权谋的手段，以“无心的狠”最终登上后

① 袁行霈：《中国文学史》第四卷，高等教育出版社 2005 年版，第 144 页。

② 同上。

宫权力的巅峰，展现的是人性的黑暗。但是小说的批判性何在？它似乎有意向人们传达一种思想，只有坚持丑恶的人性，才是抵御社会黑暗的最好武器。当网络世情小说在否定了现代文明中所强调的美的人性、道德和理想，坚持封建社会的价值观念时，小说自然也失去了它本身的价值和意义。

中国传统文化、中国古典小说确实是我们当代网络小说创作的素材宝库，也是应该努力学习的榜样。但是如果仅仅把传统小说的语言、叙事方式、情节内容当成利用的对象而缺少一种对现实的关照和审美的批判，那显然，无论其语言外在有多么形似，充其量也不过是一种伪古典小说语体和叙事。

（作者谢群，浙江传媒学院文学院副教授）

作者与读者视域下的网络玄幻小说及其反思

近些年，互联网的迅速普及降低了文学写作和发表的门槛，让大众获得了更多参与文学创作和阅读的机会，从而带动了网络文学的繁荣。而以萧鼎的《诛仙》、天蚕土豆的《斗破苍穹》、风凌天下的《异世邪君》、唐家三少的《酒神》和《天珠变》等为代表的网络玄幻小说更是网络文学的主力军之一。各大网络文学网站的玄幻类小说数量和读者也呈迅猛增长。与其他例如都市、历史、科幻等类型的小说相比，玄幻小说的最大特点在于幻想的无边际无门槛。它可以不需现实生活或历史史实等框架，直接按照自己的幻想创造一个新的世界，这个世界的所有规则、框架结构都是按照自己的意念构想的，只要自成体系即可。可以轻易地从无到有，可以不需要很多现实生活与其他各类知识，真正的低门槛，只要会写字会想象就可以创作。束缚少了就可以随心所欲，天马行空，而且往往读起来痛快淋漓，十分刺激。但同时它也有极大的包容性，可以把传统武侠、历史、科幻等类型的小说因素包含在内，可以直接挪用或改写现实、历史框架运用于小说中，现实生活的知识和经验也可以穿插于其中，而且往往是优秀作品不可缺少的一环。这种进可攻退可守的先天优势让玄幻小说不得不成为网络文学中最耀眼的存在。在本文中，笔者拟从作者与读者视域及其相互关系来分析它们对网络玄幻小说发生发展以及未来趋势的制约。

一

在现代社会中，网络文学正蓬勃发展，与之相应的是越来越多的人加入了网络写手的行列，网络作者的队伍越来越庞大，支撑起庞大的网络文学市场，他们进入这一领域的原因各有不同，或是纯粹的兴趣，或是金钱的诱惑，或是追寻时代的潮流，但综而观之，其背后主要是以下两个原因。

首先是基于本我的宣泄。网络写手创造网络玄幻小说最开始的主要原因还是出于他们自己的心理宣泄的需要。弗洛伊德认为人格的构造可分为“本我、自我和超我”，“本我”是人格中最原始、最模糊和最不易把握的部分，“是一个未知的，潜意识的心理本我”[①]；而“超我”是理想的我，是一切道德准则的代表。中国由于其长期的历史和社会发展的特殊性，整个社会所倡导“超我”即道德化的自我，长期压抑并控制着“本我”。网络玄幻小说的作者为了解除这种压抑选择在自己的作品中构筑了一个和现实的第一世界相反的“第二世界”，讲述在这个超现实时空中具有超现实超自然能力和情感的主角们的传奇经历，这是一个可以与现实的第一世界彻底颠倒的时空，它是个不受自然规律、现代社会理性和法则制约的幻想世界。网络玄幻小说之所以风行的最根本原因就在于此。因为人们日常生活的现实时空——第一世界，是一个严肃而等级森严的世界；在如今的法制社会中，个

① ［奥］弗洛伊德：《弗洛伊德心理哲学》，杨韶刚等译，九州出版社2003年版，第14页。

人所有的行为都被规定束缚着，而在幻想出来的狂欢态的“第二世界”里，一切都可以和第一世界相反，人们尽情地戏弄第一世界里一切严肃与崇高的东西，在虚拟情境中瓦解官方的严肃性这一外部表征，亦成为平民大众保留话语反抗权的外部表征。这个虚幻的世界，让大众在其中可以自由畅想，摆脱世俗的现实日常生活的桎梏和拘束，直接宣泄自己的欲望和理想。互联网因其具有的隐匿身份的特点，使得长期被压抑的本我和自我在这个平台上得到释放，而网络玄幻小说的自由性与开放性也让作者可以尽情释放自己的压力，展示自己的才华，以此自娱也娱人。

其次是在娱乐文化环境中张扬个性。玄幻小说的创作者多是在改革开放后的新时代成长起来的。改革开放后市场经济的繁荣，以娱乐为中心的消费文化开始兴盛，在以经济建设为中心的目标下整个社会风气悄然转变，压抑已久的民众精神和个性逐步得到释放。经济和科技的发展使人们工作更加省时省力，人们的生活方式也开始走向更高更多的物质消费与享受，娱乐从传统观念的原罪化走向现代的无罪化。“在过去，满足违禁的欲望令人产生负罪感。在今天，如果未能得到欢乐，就会降低人们的自尊心。”[①] 在这种环境下长大的青少年对生活的休闲娱乐态度是其基本价值取向。他们沉溺在以娱乐为中心的消费文化中，追求新奇多变的表象和自身的感官刺激，通过强化对物质享乐欲望的刺激和金钱至上的原则，遮蔽、消解文化本应有的深层内涵，使文化趋向平庸化、平面化，失去了其本真的庄重性和严肃性。对生活的娱乐心理碰上经长期现实生活压抑状态解禁归来的宣泄心理，让网络小说作者的作品中多了一种张扬个性的狂热。掺杂了消费娱乐心理的宣泄往往具有一种鲜明的反叛性，来抵制崇高，消解神

① ［美］丹尼尔·贝尔：《资本主义文化矛盾》，赵一凡等译，生活·读书·新知三联书店 1989 年版，第 119 页。

圣，从语言到世界观人生观都力图和传统拉开距离，如还在更新的玄幻小说《异世邪君》在书籍介绍中写道："世间毁誉，世人冷眼，与我何干？我自淡然一笑；以吾本性，快意恩仇，以吾本心，遨游世间，我命由我不由天！"[①] 一种凌厉的气势扑面而来，这正是在现实生活中被压抑后的个性的张扬宣泄，是对现实生活感到无奈后在虚幻世界里的反向投影。

二

朱光潜曾经说过："有什么样的作者便有什么样的读者，有什么样的读者也便有什么样的作者。"[②] 在市场经济的体制下，网络玄幻小说一开始就与市场与读者的需求分不开。无论是电脑或手机上的付费阅读、排行榜月票支持，还是将网络作品转化为现实的纸质出版物，读者在其中的作用越来越大，现在的网络玄幻小说也正在由单纯的作者宣泄转向以读者需要为中心。平面性、娱乐性、快捷性也由此而生。而且，由于互联网本身的特性，作者和读者之间很容易进行双向交流，他们的意见可以直接反映给作者，对作品的最终形成起到前所未有的作用，读者的地位上升。

玄幻小说之所以风行，背后有着深厚的读者基础。德国文艺理论家姚斯认为，读者的接受状况对于文学作品的存在而言是第一位的决定因素，决定着作家的成功与否和作品的价值。作家的创作活动必须依赖于读者的期待视野。他认为，"作家在开始创作之前，

① 风凌天下：《异世邪君》（http：//www.qidian.com/Book/1524659.aspx）。

② 朱光潜：《朱光潜全集》，转引自黄健《京派文学批评研究》，上海三联书店 2002 年版，第 193 页。

必须预测读者的期待视野，要琢磨怎样使自己将来的文本对读者产生吸引力，得到读者的理解和接受。总之，要根据读者的期待视野进行自己的创作构思”[①]。在这一方面，网络玄幻小说无疑可以成为典范，扎根读者——特别是青少年文化，是玄幻小说得以流行的直接动力。

随着整个社会的急剧发展，本土精英文化逐渐退场和大众娱乐文化兴起的趋势越来越明朗。国外各种文化开始进入国人的视野，而中国的文化也在与世界各国文化的交流中碰撞、融合，革故鼎新。网络玄幻小说正是在中国传统神话和中国传统武侠文化的基础上吸收如西方奇幻小说、电影、日本动漫等外国文化因素而产生的。现代社会电脑技术的发展极大地扩展了现代电影的表现空间，各种奇幻电影漂洋过海地来到中国，同时网络游戏文化也开始席卷中国，中国本土已经具备了产生和接受玄幻小说的土壤。在这种中西方因素融合的社会文化中成长起来的读者热切地期待本土能够产生同样带有无边际幻想和精神纵欲倾向的作品，青少年读者群在这种环境下形成了平面化、娱乐化的审美要求。这种不同于以往获取知识或者寻求人生意义的期待视野让作者的创作也随之变化，而玄幻小说的作者就正好迎合了这种变化，于是不可阻挡地发展壮大。

此外，网络玄幻小说的读者多半是随着互联网成长起来的新一代。正值人生上升阶段的青少年在某种程度上还不是很成熟。理想和现实的差距、社会中的黑暗和不平等让现代社会的人们产生了人类童年时期面对不可支配的自然力的类似感受，“他的内心骚动反而更为强烈了，而且在实在找不到正常的宣泄和升华的渠道时，他就会以一种逆反的心理做激烈的反抗和变态的发泄，以获得暂时的心理平

---

① 刘纲纪：《现代西方美学》，湖北人民出版社 1993 年版，第 645 页。

衡”[1]。当自己的一腔抱负和理想撞到了现实冰冷的墙壁，人们的意志就开始动摇，开始怀疑自己的能力。“在信仰缺失的时代，青少年同样面临着普遍意义上的迷茫与失落。在这种背景下，玄幻小说为青少年呈现出一个另类的奇异世界。”[2] 而在网络玄幻小说这种纯粹依靠幻想建构出来的狂欢形态的“第二世界”里，一切都和第一世界相反，人们尽情地戏弄第一世界里一切严肃与崇高的东西，在虚拟情境中嘲讽、反叛、瓦解官方的权威性，而互联网这一虚拟的平台，为大家的狂欢提供了一个天然的“广场”，作者的宣泄也是他们的宣泄。他们开始转向这一个虚幻的世界寻求精神的安慰。

富有激情的他们往往有极强的好奇心、丰富的想象力，总是紧随着生活的潮流和风向，而网络玄幻小说中所构建的那个虚无缥缈的世界正好符合他们的口味，处于青春期的他们又天然有着叛逆、渴望独立、不羁的性格，而网络玄幻小说中那些出身低微却又能成就大业、自掌正义的主人公正是他们这些性格的最佳代表，平民出身的主人公通过努力和运气获得的成功让他们非常容易有一种强烈的代入感，他们在这个世界里获得虚拟的成功，寻求自我安慰，寻找失落的自信心，缓解现代快节奏社会的压力。德国著名的幻想文学家米夏埃尔·恩德认为：“幻想文学的目的就是为了恢复人性。”[3] 于是这种新生的网络玄幻小说作为人们欲望的一种载体，充满了对感官刺激与享乐的沉迷，对血腥暴力的崇拜，对强大力量的追求，对除暴安良的狂热祈望。所以往往许多玄幻小说的主人公基本上都处于社会底层，这样低的设置可以让大众更易代入作品，与作者一同在这个玄幻的世界里幻想、狂欢。而且此类作品基本上都是一种成长小说，描写主人公通过

---

① 梅新林：《仙话：神人之间的魔幻世界》，上海三联书店 1992 年版，第 217 页。
② 盖博：《中国玄幻小说热潮现象的多元解析》，《出版科学》2006 年第 5 期。
③ 彭懿：《西方现代幻想文学论》，少年儿童出版社 1997 年版，第 336 页。

各种机遇以及自身的修炼一步步强大起来，能够将以前那些看似不可战胜的存在踩在脚底下。这种以个人力量决定世界走向的想法固然一方面是中国传统表现出的英雄崇拜情结，将自己的命运和希望寄托在这种传奇的英雄上；但另一方面自掌正义的欲望，正是人类不满现实中自己的无力，所以在精神世界中将这种无力转化为对个人力量的狂热崇拜，他们需要在这个世界里获得力量来肯定自己，以忘却、冲淡现实世界中的无力感。

三

"美国当代文艺学家 M. H. 艾布拉姆斯在《镜与灯——浪漫主义文论及批评传统》一书中提出了文学四要素的著名观点，他认为文学作为一种文化活动总是由作品、作家、世界、读者等四个要素组成的"①，文学活动就是这四要素之间相互的流动与反馈的过程。传统的文学作品的传播以纸为承载方式，一旦固定下来，就具有较强的稳定性与封闭性，在某种意义上可以说与作者脱离了关系，作者与读者之间的交流受到时空的阻挡；而现代网络社会所给予的不仅仅是作者的无门槛，提高了读者的地位，它另一个显著的特点是提供了较传统文学更方便更快捷的交流平台，它的这种交互性使读者和作者之间的双向互动不再受时间和地点的限制了，这对于文学来说，是一个重大的突破。

在互联网上，作者和读者都享有充分的自由，作者可以尽情张扬自己的个性，内容、构思、文体不限，其文风或优雅或爽利或故作粗

---

① 童庆炳：《文学理论教程》，高等教育出版社 2004 年版，第 5 页。

鄙或犀利，可以随心所欲，而且不管是诋毁还是赞扬他们都可以按自己的心意将作品创作出来，公布于互联网上；同样，读者也享有选择的自由，在浩如烟海的电子作品中他们可以根据各自的喜好选择不同作者的作品，而且网络小说往往是在连载中就与读者见面了，并不像传统的作品至少一本完结了才会与读者见面，再加上互联网的特性，读者与作者沟通的便捷，以及市场因素的介入，使读者在网络玄幻小说创作过程中的作用越来越大，读者可以影响、干涉作品的发展脉络、人物命运，甚至作者的写作方法等，读者发挥作用的途径也更多了。

最常见的途径是读者用手中的推荐票和书评留言来直接或间接地与作者沟通。不少网站有开辟专门的书评区，有社区，有俱乐部，如在起点中文网站上的“唐门/唐家三少后援会”，其他的还有群众自发建立的QQ群，在这些平台上作者与读者、读者与读者间都可以自由交流，轻松实现一对一、一对多、多对多的交流讨论。而且其中不乏精辟的见解。如在《异世邪君》的书评区中读者“丑而偏帅”发表的书评《没看明白君大杀手爱情观的请进!》：“最近有一大部分人认为君大杀手的爱情观写的实在太假！把自己写成爱情智商低下的小白，是大多数人都不赞成的！理由是……既然你前世懂得事情这么多，难道仅仅情感这点不通吗？风铃在刚刚的新章节中解释说，为了达到武道巅峰而忽略爱情，请问这点讲得通吗？大家认为君大杀手如今对君家的感情如何？……试问，如此一个感情细腻的杀手，爱情智商会低吗？虽然亲情与爱情有区别，但至少从人本质上解释是说不通君杀手爱情智商低下了!”在这个帖子中“丑而偏帅”先概括了其他读者提出的疑问，后说出作者的解释直接提出质疑，实现了“读者—作者—读者”这样一个循环，而这个帖子后面有很多人回复，观点不尽一致，而另一篇书评《黑翼逆羽之邪君情节看法解析，三帖合一强势围观》更能说明这种良好的互动氛围："给风铃的一些建议：1. 明确网络快餐小说的属性，情节是应该一松一弛，但是太拖拉加水就有点不好了……支线故事纵然可以让读者更贴近书中的时代背景，丰富故事的脉络，但是多了反而不美……而在银城之战尊者试探之后的情节，我个人愚见，可以换一个方式写，比如常规的侦察，守城战，城破以后的巷战，然后穿插高端实力对战的描写，然后再描写敌方尊者在突破后的君莫邪夫妻手中吃瘪的失态，感叹一下，最后双方停战休整，约定在剑锋下最终决战。这么写固然不是风铃的风格，但是这么写就更有史诗战争那种波澜壮阔和悲壮激烈，然后可以描写一下玄兽兵种，还有攻城战，战术战之类的，明显就比现在的情节要更恢宏大气，才不至在开头描写玄兽轰轰烈烈而来，天下震慑，后面完全没有那种让读者虚荣心得到满足的感觉，显得十分虎头蛇尾。"这里讨论的已经涉及写法布局了，不是简单的情感性的评价，有一定的专业技巧性。可见在互联网这个平台上，作者和读者都在不断进步，取长补短。

除了这种框架人物设置写法技巧上的交流，读者还以另外一种形式参与创作——身份或名字代入。因为上述各种交流平台的存在，有些读者和作者在网上非常熟悉，经过交流后，在一些作品中有些作者会将其中的某些人物的名称设置为读者的网名或者是商量后的名字。对于作者而言，这样可以加强与读者的联系，获得更多的支持与关注；对于读者而言，这比一般的看小说更有代入感。如在唐家三少的《天珠变》第六十九章"强大的小巫女（上）"结尾处作者留言："第一更，重要人物小巫女出场啦，大家期待一下吧。昨天小巫女同学还向我抱怨，她本人一米七九，我才写她一米六……内容需要。嘿嘿。"总之，通过各种途径，作者读者双方在沟通中彼此增加了解，作者根据读者的需要和反馈相应地调整作品。实际意义上，一部作品不单单是作者一个人的成果，而且是双方互动沟通的结果，它的身上也打上了广大读者的烙印。这个“共同的孩子”，不但是作者宣泄情感张扬个性的精神世界，也是读者按自身想象和愿景影响、选择的一个自由翱翔的精神世界。

随着作者和读者双向交流的加深，以及市场经济因素的影响，目前的网络写手也逐渐面临一个问题：在艺术追求与功利性两极间徘徊的网络文学将如何自处？当下的网络玄幻小说在市场经济的作用下已经不再是当初单纯的自由叙事，很多写手由当初的兴趣开始转向挣钱谋生，网络写手的独立性渐消，开始向职业化转化。许多网站的驻站签约作者年薪不菲，除了网站小说的收入外，还有纸质出版物和影视改编作品或改编成网络游戏的收入，如萧鼎的《诛仙》，纸质作品的销量已突破百万册，改编成的网络游戏也十分火爆。而《异世邪君》还在连载中就已经开始改编成网络游戏。这种成功者的高收入刺激了更多以挣钱为目的的写手加入，一时间泥沙俱下。而要成功，除了作品写得好，最主要的还是要取悦读者，即使是成名作家也不例外。如唐家三少、番茄等每次更新一章后几乎都会在开头或者结尾处拉票冲榜，得到票后会在书评区或者作品中感谢读者。有读者有推荐票，作者便可能获得高收入，于是许多作者一味向读者妥协。大众的欣赏水平参差不齐，因而使得本来就带有消遣性快餐性的网络玄幻小说在金钱的作用下变得更加媚俗，最终失去作者的独立性。

网络玄幻小说面临的这些问题，首先还是市场经济作用下的必然，符合它自身发展的规律。传统的文学作品面世要经过专业人士的严格把关，而网络文学门槛低，在迅猛发展的同时也必然会让一些比较差的作品混进来；而且如前文所说的玄幻小说自由的无边际性，使网络玄幻小说可以比其他种类的网络小说更少依赖即成的现实生活和历史框架。但真正优秀的作品必然要受到作者自身修养阅历积淀的制约，网络读者与作者的青年化现象非常明显，缺乏积淀就必然会制约网络玄幻小说的发展。而且，许多作者看见哪一类作品受读者欢迎，便蜂拥而至地写同一类作品，致使作品雷同、题材重复的“撞车”事件时有发生。此外，网站的签约作者为了抢市场，为了挣钱，往往是一部作品接一部作品地写，根本没有空隙时间沉淀和反思，如唐家三少的《酒神》结尾部分和《天珠变》前半部分就是同时上传。在这种无缝隙的时间大作战下，作者整天在家里更新小说，没有其他的职业不断开阔视野，即使是幻想也不是无边的幻想。一个人几年内没有新的元素加入而一直在幻想，一旦积淀用光，自己写的作品可能就会出现雷同和“撞车”现象。除此之外，网络玄幻小说还有一大特点是长。基本上都是“鸿篇巨制”，动不动就上百万字，固然有些是情节发展需要，而很大一部分原因还是为了挣钱，字数越多钱越多，因而在文中增加许多无聊的口水话和对白。而有些作品在作者江郎才尽之后就完全变成了换地图式的“升级游戏”，使主角每到一个新的地方就开始练功升级，看得读者兴趣缺乏，最后没写完就不了了之了，这样的“半截作品”很多。

其次，还是因为体制的不健全，传统文学有专门的评价监督机制，有许多专业的评论家，有专业的评价体制，而网络玄幻小说的评价体制目前只有读者的推荐票和点击榜。虽然较以前的作品而言读者的地位大大地提高了，但过犹不及，这种单一的评价机制必然会导致作品的媚俗和题材的重复。读者和作者借助互联网进行的这种直面沟通互动为文学带来活力的同时也不可避免地带有缺点，那就是缺乏专业、正确的引导和评价体制。目前真正专业的评价人士因为种种原因一直未曾正式长期介入网络玄幻小说的评价机制，这样的结果就导致虽然有些读者可能鉴赏水平比较高，但大部分还是停留在感性评价阶段，对作品感觉止步于快餐式的阅读，没有明显漏洞就感觉不出优劣。这么多作品需要专业的文学批评人士进行筛选，而且专业的文学批评对提升作者写作水平的帮助也更大。许多作者虽然写了不止一部作品，但水平一直在原地踏步。除了读者的反馈这种评价机制外，我们需要逐步建立完善的多元评价机制，这样才有利于网络玄幻小说的健康发展。

（作者曾莹，浙江传媒学院文学院讲师）

第二编
网络文学产业与文化研究

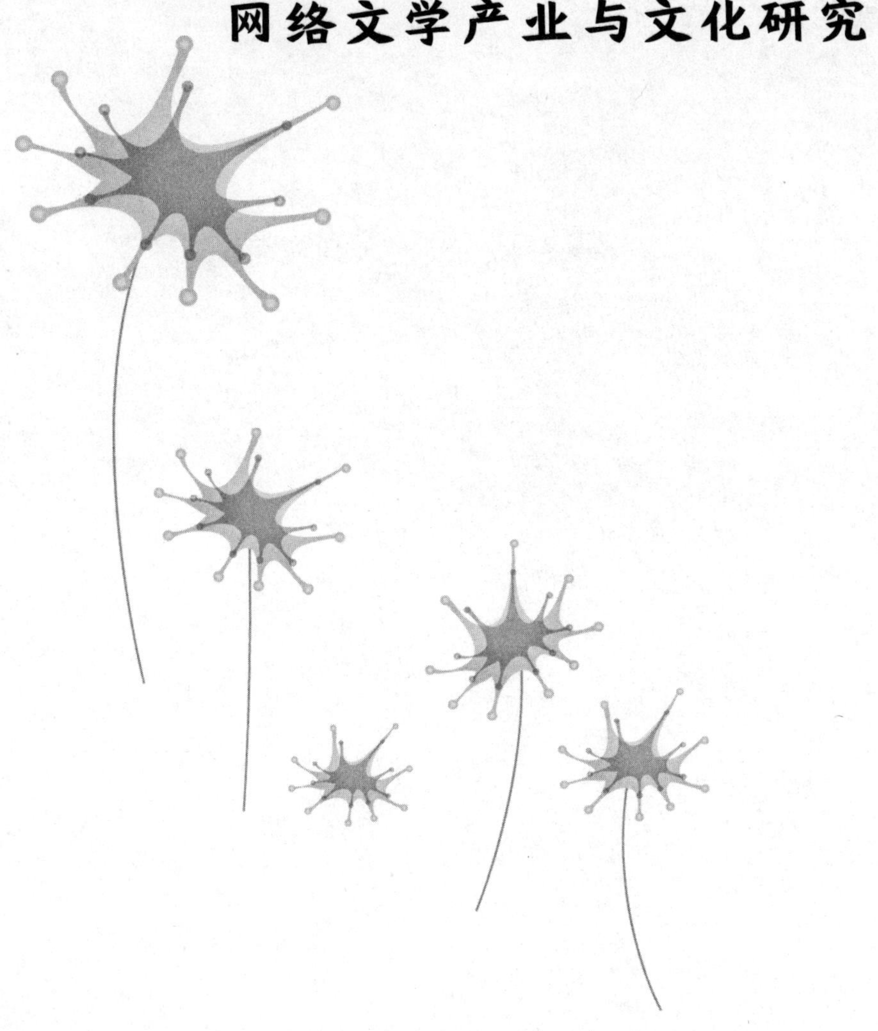

技术进步中的艺术处境

艺术与技术是一个古老的问题了。记得《庄子·养生主》中记载了庖丁所做的精妙的解牛表演。对于这种表演，梁惠王赞叹说："技盖至此乎?"庖丁回答说："臣之所好者道也，进乎技矣。"这是说，在生产中的技术性追求，到达了一定的程度，就有了一种仅仅靠技术不能解释，或者人们不愿意仅仅用技术来解释的东西，这种东西可以叫作"道"，叫作"神"，或者其他什么名字。这种"道"与"神"，也许就离我们所说的"艺术"不太远了。

"艺术"一词来源于"艺"和"术"。"艺"字的旧写法是"埶"，像手执树种在土里。后来，这个字写成了"蓺"和"藝"，一般被当成才能。周代讲"六艺"，也不脱这一含义，指用各种操作性的活动来进行教育。"术"字的旧写法是"術"，意思是"邑中道路"，后引申为"手段""策略"，以及"方术"的意思。"艺术"的连缀，在古代也出现过，但意义与今天不同。

在欧洲，艺术与技术两个词从词源上讲，是联系在一起的。Art这个词来源于古印欧语系的词根 ar，意思是"将东西结合在一起"，由此形成了拉丁语的 ars，即 skill，是技能、技艺的意思。由此形成古法语的 art，以及英语的 art，都保有 skill 的含义，这个意思直到今天仍然存在。"技术"这个词的英语 technical，technology，都来源于希腊语的 tékhnē，可追溯到印欧语系的词根 tek-，意思是 shape 和 make，即“构形”或“制造”。

许多学者引用这样的词源，证明“艺术”即“技术”。他们试图论证这样的观点：艺术性就是技艺精良。艺术总是与“做”“制作”“生产”有关。“艺术”不是“审美”。“审美”是感觉、认知、接受，而“艺术”是做，是以生产某种事物为目的的活动。但是，并非所有的“做”“制作”“生产”都是艺术。只有“做”得好，“操作熟练”“制作精良”，才具有艺术性。如果我们到皇室贵族的旧宅参观，会看到许多过去的能工巧匠的产品，例如金银首饰器皿。这些都是高妙的技能的展示，也被我们当成艺术品。在生活中，到处都有艺术。优秀的工匠，如木匠、铁匠、泥瓦匠，三百六十行，行行出状元。这些状元郎们，就成了艺术家。我们还说，领导是一门艺术，当领导像弹钢琴，十个指头有轻有重。这些都是“艺术”这个词的恰当的用法。我们对于“艺术”这个词的理解，不能完全脱离这些用法。

然而，从另外一个方面看，现代艺术概念，源于“the fine arts”的体系的提出。这个概念最早由夏尔·巴图（Charlse Bateux）提出。这个词被翻译成“美的艺术”，后来也简化为“艺术”。这个概念将不同的、高等的、美的艺术放在一道。这时，艺术家就不再是工匠。所谓现代艺术体系，指的正是这个意思。这种结合，后来由于《百科全书》派的采纳而被广泛接受，到了康德写作《判断力批判》时，已经成了一个既成的事实。这种艺术与美、趣味、灵感、天才等概念联系在一起，成为与依赖技术而形成的工艺完全不同的东西。

由于这种集合，以及在不同的艺术门类之间寻找共同性，并将之认定为艺术性的努力，形成了大写字母 A 开头的 Art 概念。这一概念试图将 Art 与 art 区分开来。大写字母 A 开头的艺术，是说艺术不再只是技术。它有一种 auro，即灵韵，像是凡人有了灵光圈，就成了佛一样。看过电视剧《西游记》的人，都会对最后的结局印象深刻：如来佛金口一开，唐僧和孙悟空就成了佛，头上现出灵光圈，金光灿烂起来。从 art 到 Art，也有这样的效果。一种本来与技术、工艺结合在一起的 art，这时被“神化”“圣化”了。它的这种地位，是被授予的，但不是说哪一个人有这样的特权授予，而是由于一种社会性的存在。

“美的艺术”的体系的建构，大写字母 A 开头的艺术概念的形成，都致力于做一件事：区分艺术与技术，同时也是区分艺术家与工匠。这种区分非常重要，现代美学实际上就建立在这种区分的基础之上。巴图说，艺术是模仿。他这里的模仿的意思，是说艺术不同于工艺。工艺制造世界，艺术再造世界。木匠造一张床，或者任何一个工匠制造某一样实用的东西，都是在制造的世界里；而艺术家则不同，他不是造一张床，而是画一张床。所有的艺术家都有一个共同的特点，他们模仿世界的形象，造与一个与这个实用的世界不同的艺术的世界。也正是由于有了这种现代艺术观念，所有关于艺术的都是天才的作品，艺术需要灵感，艺术是情感的表现，艺术是一种独立的有机整体或小宇宙，以及种种美学的范畴。现代美学据此生长出来。

从这个意义上讲，现代美学的一个核心追求，就是证明艺术不同于技术，不同于工艺，不是日常生活。艺术的世界是另一个世界。艺术要以它与工艺的不同来显示自身的特殊价值。这种艺术与工艺的区分，并不等于艺术不要技术，或者反技术，而是说，艺术有着除了技术之外的另外的追求。中国古代绘画中的诗书画结合理想，正是画家要把自己与画匠区分开来的追求。通过这种追求，将人文的因素结合到绘画之中，以此压制技术的因素。在画评中出现的大量的对匠气、圆熟、谨细的批评，都体现出一种艺术与技术的矛盾。

古典式的艺术与技术的关系，呈现出静态的相互对立关系。这时的技术，主要包括两种，一是手工业的技能，二是对科学知识的运用。前者是经验性的，即长期操作经验的积累形成的一些只可意会，而无法言传的知识；后者是可以用某种语言或符号的形式表述出来的知识，例如几何学对于绘画和建筑，解剖学对于人体雕塑，这些成系统的知识影响着艺术家，使他们或者有意识地且创造性地使用这些知识，或者无意识地受这些知识的影响。

经验与科学知识又常常结合在一起。在中世纪，许多工匠都接触过科学，并且后来的科学家们许多也出自这些工匠。一些画家和建筑师，甚至木匠、石匠、铁匠，也受着一些实用几何学的影响。在工匠中，有着一种对科学的崇拜，并且常常将一些科学知识当成经验性技术的核心。正是在这个基础上，欧洲社会的现代转型，是以对科学的尊崇开始的。研究过意大利文艺复兴时代艺术的人，都会发现，当时的艺术家大多同时是能工巧匠。他们能作画，作雕塑，也是建筑师，甚至还能架桥修路。他们希望通过对科学知识的把握，来证明自己超越了一般的工匠。从这里发展下去，到了后来，画家将自己看作自然哲学家。他们通过科学，特别是解剖学、透视学、色彩学，证明他们是自然奥秘的揭示者。这时，艺术家成了将科学植入工艺的倡导者，他们并没有开始追求一种离开科学和技术的艺术，而是致力于采用当时最先进的科学和技术，在艺术中显示人通过科学技术武装而形成的对世界的认识。

现代技术与传统的手工艺，有着巨大的差别。现代技术建筑在科学的基础上，而不仅仅建立在经验的基础上。科学有着巨大的力量，改变着世界，也改变着人们对世界的审美趣味和审美观。在这时，艺术对技术逃离和克服，都不再成立。技术的胜利使艺术无处可逃，也对艺术构成了巨大压迫。如果说，传统的科学还仅仅是一些智者对世界的洞察，因而仅仅具备经验性，那现代科学则由于其巨大的改造力量而改变着世界，因而也改变着人们的感觉。

现代技术所造就的大生产，与原有那种对手工艺的欣赏有着根本的不同。我们对手工艺的欣赏，是对受局限的技术条件下工匠能力的欣赏。这种欣赏之中，有着一种经验性的体验。工匠能做到，我却不能做到，于是佩服。这种欣赏，以一种有限性为基础。艺术欣赏的有限性很重要，有了这种有限性，才具有可比性，由此，欣赏者与创作者就实现了沟通。听一个人唱歌，欣赏演唱者的嗓音，基础是欣赏者自己的声音，以及他所了解的人的发声条件。欣赏一幅书法作品，成为欣赏基础的，是欣赏者自己在写字实践中形成的经验，以及建立在这种经验基础上的欣赏者的书法知识和见识。经验性的实践和认识，成了艺术欣赏的基础。这种对艺术的理解，在现代技术所形成的大生产中，遭遇到了前所未有的危机。

现代生产条件，将创作与欣赏完全割裂了。生产出来的产品，以其通过对各种技术能力的充分运用，造就了新的美，这种美以线条、造型、材质、色彩所形成。这种生产的基础，是现代的社会生产分工。给欣赏者所提供的，也不是他们自己的经验可以比拟的，对创造性能力的欣赏，而逐渐沦为直接的感官刺激。无所不在的美所体现的，不再是能力、独创性，以及创作者与欣赏者通过艺术品所进行的情感交流。这时，美就失去了其本意，出现了处处皆美却不美的状况。

现代的企业竞争中，有着一种对“美力”的崇拜。美的产品在竞争中处于有利的地位，于是鼓励着生产者对美的追求，也鼓励着一种比艺术更有活力的行业，即设计业的发展。这背后潜藏着的是对技术和金钱的崇拜。当然，我们无法阻挡这种“美力”的流行，并且，随着现代大生产和竞争的激烈，这种“美力”的作用，会越来越强大。我们所要思考的是，面对无所不在的美，艺术该怎么办？艺术不能被淹没，也不能完全随波逐流。恰恰在这里，艺术与技术的差别就显示出来。艺术要针对流行的现实发言，要说出一些新的东西。

实际上，当代艺术具有了一种与18世纪的艺术类似的使命。18世纪的艺术要将自身与工艺区别开来，当代的艺术也是如此，要将自身与大生产所造的产业的艺术化，以及艺术的产业化区分开来。产业的艺术化，造成了产品利用“美”来竞争。艺术的产业化，通过大规模生产，使艺术成为面向大众的“美”的引导者。这种状况，对艺术是一种驱离，也是艺术发展的新契机。当艺术被产业逼得无所事事之时，它就在寻找自己的出路。这就是，重新建立一种与技术和产业精神不同的艺术精神，在这种精神的引导下，形成一种新的艺术，于是就有了先锋艺术。

当然，我在这里不是对所有的先锋艺术，持毫无保留的认可态度。实际上，许多先锋艺术的尝试，历史会证明是失败的。即使有一些成功的作品，也是不可复制的。它们只是一个事件、一种姿态而已。作为事件的记录，被历史保留下来，不等于它们代表了一种艺术尝试之路。在先锋艺术那里，最起码康德关于天才的论述，被证明不再适用。康德认为，天才是不遵循任何规则，但却制定规则，天才不效仿，但却被效仿。先锋艺术不但不效仿，也不被效仿。它们只是事件，通过事件推动艺术的变化发展。然而，先锋艺术所具有的对技术的自由态度，却带来了新的思路。艺术具有不同的出发点，属于另一个层面的追求，与技术没有交集。

许多当代西方马克思主义者，持一种救赎的立场。这种立场来源于“异化”的观念。马克思在早期常使用一个词——异化。他认为，资本主义社会是一个异化的社会。一个最根本的异化，是劳动的异化。劳动生产出了价值，也生产出了剩余价值。剩余价值转化为资本，资本家是资本的人格化身，资本家压迫工人。于是，是工人生产出了自己的压迫者。

由于这一最根本的“异化”，产生了一系列的“异化”观。资本主义社会的种种社会病，都是“异化”造成的。例如，机器对人的压迫，理性对人的压迫，规则对人的压迫。感性化也是一种对人的压迫。人所制造的东西，使人无法安宁。在这一切面前，人变得被动、无助，成为物、感觉、欲望的奴隶，成为“单向度的人”。这时，就出现了一种“救赎”观，认为艺术是救赎。原本，宗教是救赎。现在，审美取代宗教，于是艺术也是救赎。然而，艺术的命运不能依赖于救赎。救赎的前提是社会的病态。如果艺术是救赎，那么，艺术的繁荣，就会建立在社会病得沉重的基础之上了。

艺术与技术的关系，是一个很重要的话题，希望能继续讨论下去。笔者的想法是，艺术离不开技术，艺术又不能等同于技术。两者不应该是二元对立的关系。有一种提问是错误的：要技术还是要艺术？技术是无所不在的，是环境，是动态的现实，艺术只是存在于其中。艺术不能融化在技术之中，需要保持自身的独立性，但又不能完全持反技术的态度。

从历史的横截面看，艺术相对于技术而存在。它使用技术，但又区别于技术，有着自身的独立的追求。因此，艺术与技术保持着一种空间性、类型性，也是社会性的距离。

从历史的纵向发展看，有的艺术家紧追新技术，及时采用最新的技术。有些艺术家抗拒新技术，以对新技术的激烈反抗的姿态来强调自己的艺术性。但是，新技术的力量是不可阻挡的。反抗新技术的人，不过是选择采用过时的技术而已。因此，从时间上，艺术与技术也是有着一种距离。有的艺术家力图缩小距离，紧追新技术，有的艺术家力图拉大距离，选择老一代的技术。但是，艺术仍然要被技术拖着往前走。

有一个话题，也许超出了本文的内容，但仍想在这里赘言几句：新技术日新月异地发展，那艺术的命运如何？笔者的想法，还是持谨慎的乐观态度。艺术要不断地适应变化着的环境，但它仍将存在，在新的时代，新的技术条件下，取得新的形式。

（作者高建平，中国社会科学院文学研究所研究员，博士生导师。兼任国际美学协会主席，中华美学学会会长，中国中外文论学会会长，《文学评论》副主编，《中国文学批评》副主编，《外国美学》执行主编。此文原刊于《湘潭大学学报》2015 年第 6 期）

从中国故事到中国IP：华语网络文学的新视界和新使命

重新认识故事

在文学艺术历经20世纪的各种形式的创新和探索之后，人们多多少少疲倦于繁复的花样，对所谓的形式创新和探索表现出怀疑。反之，“故事”回到了中心。

故事，是古老的也是恒常的，它是人类的基本言说方式，是人类存放情感与思想意志的神圣容器。换言之，不是哲学也不是科学——这些引领精英、刷新认知、改造世界——但故事，是属于所有人的，天下流传、童叟平权。

也许正因为此，莫言在诺贝尔文学奖授奖的金色殿堂是以“讲故事的人”（storyteller）为题来介绍自己的：“我是一个讲故事的人。因为讲故事获得了诺贝尔文学奖。”他在演讲中回忆了母亲、家乡的说书艺人和写出了《聊斋志异》的蒲松龄，说自己的小说除了写自己的故事，剩下的就是“亲人们的故事”“村里人们的故事”“从老人口中听到过的祖先们的故事”。强烈的土地的根性力和地域文脉在莫言的叙述中缠绕融合，涵化为一棵属于中国故事家莫言的丰茂滋长的大树，立在了中国的也是世界的精神原野上。故事，在这里并非一个于“小说”或“文学”而言低一等级、自惭形秽的概念和词，当作家坦率地、朴素地、自信地说出介入世界一流文学之列的中国叙事与“故事”具有密切关系时，其实也是在激活该词汇的神秘背景和力量，刺激我们思考进入 21 世纪的中国言说的方式、角度、传统及其可能性。

在论及网络文学之前，我还想就“故事”这个话题讲一讲本雅明的一篇重要的文论《讲故事的人》，其副标题是：论尼古拉·列斯科夫。他是一位 19 世纪的俄罗斯作家，熟悉人民生活、精通民间语言，除了本雅明将他作为“讲故事的人”展开了一次精彩的关于现代文明变迁、聆听与阅读转型，其中关键的是故事传统和小说传统的分界与区别的辨析外，陀思妥耶夫斯基、高尔基、契诃夫等都曾高度评价过这个讲故事的人的价值即其重要性。高尔基就曾说过，“我和契诃夫都从列斯科夫的作品中获益良多”。

回头说本雅明的这篇文章，有论者这样概括：本雅明认为：“故事不同于小说，故事没落小说兴起，听故事和读小说的心境很不一样。”“故事，给我们生活里没有、不会有的传奇，故事里的主角跟我们如此不同，所以我们不能用自己有限的经验去设想他们，所以听故事的人用惊讶、佩服、崇拜的心情看待故事的奇特人物与奇特遭遇。”“故事在什么地方结束，标准很清楚——不再传奇了，就没有故事了。换句话说，故事结束就没有‘然后’了。‘然后’？然后就回归日常平常，就没有故事，就不属于故事的范围了。小说没有真正的结尾，故事有。故事结束后，其他日常平常的，就归小说去讲了。”（杨照《故事效应》）这些特征，用来评价今天的网络文学最合适不过了。

此外，本雅明原文中的这段话也很重要：“一个故事或明或暗地蕴含某些实用的东西。这实用有时可以是一个道德教训，另一情形则是实用性咨询，再一种则以谚语或格言呈现。无论哪种情形，讲故事者是一个对读者有所指教（另一译‘有所忠告’）的人。如果‘有所指教’今天听起来显得陈腐背时，那是因为经验的可交流性每况愈下，结果是我们对己对人都无可奉告。说到底，指教与其说是对一个问题的回答，不如说是对一个刚刚铺展的故事如何继续演绎的建议。要寻求指教得先会讲故事……编织进实际生活的教诲就是智慧。”——笔者认为，这个意思是说，口口相传、绘声绘色的故事编织着民间的生活哲理和改变现实残酷逻辑的奇妙出口，擅于讲故事的人继承了代代相传的人生经验，会很自然地在故事中呈现这些对于“实际生活的教诲”，让我们“智慧”而快乐地活下去；某些故事甚至直接作为“有所指教”的引子来出现，比如被宗教所用，佛教的“说讲”、基督教的“圣经故事”都是这个情况。

社会民主进步与文化权利的再平衡

网络文学的发展首先让我们领略的就是这样一个“故事传统”的复活。

如果说“小说家则闭门独处，小说诞生于离群索居的个人。此人已不能通过列举自身最深切的关怀来表达自己，他缺乏指教，对人亦无以教诲。写小说意味着在人生的呈现中把不可言传和交流之事推向极致。囿于生活之繁复丰盈而又要呈现这丰盈，小说显示了生命深刻的困惑。”（本雅明《讲故事的人》）那么，“讲故事的人”则处于一个开放结构当中，过去是口口相传和文人演绎相结合，那么现在则是互联网中的创作者和粉丝的实时互动，经年累月地共同完成一个长篇故事。还有，故事常常是“世代累积”的，其想象体系、故事模式、道德依据都有一个大家说、大家传、大家写的累积过程，而现在网络类型小说的互相借鉴（模仿甚至粉丝纷争中的各种抄袭事件）、读者即作者、集大成等特征同样可以看作一个互联网社会的大家说、大家传、大家写的过程。

笔者因此认为，当下的互联网生存方式，实际上是在虚拟空间（笔者在别的文章中称之为“第三自然”）中发展出了“故事”复兴的条件。它让尽可能多的普通大众绕开被传统社会精英（权力者和中产阶级）统治的“小说”审美（审查）裁判，再次回到由民间大众的“故事化”阅读、创作、传播、评价为主导的精神旨趣中去。这从整体上可以看作互联网（科技）的惠民、商业市场的赢利模式以及后现代文化的包容性的结果；简化来说，也就是社会民主进步之后文化权利的一次再分配和再思考。

既然是再分配和再思考，第一是意味着各种民间大众的情感诉求和思想意识都会通过网络文学这样的载体集中浮现出来，并且会非常充分和驳杂。事实上，网络文学 17 年来的作家作品有几次比较大的更迭，20 世纪末走红的网络作家和当下热闹的“网络作家富豪排行榜”上的人物，在年龄、想法、知识结构、价值观上都有所不同了，这一点从具体文本的阅读中可以一目了然。此外，男频女频的基本分野、各种类型所形成的分众化读者、不同阅读人群的知识和兴趣的“部落化”社交特点，都在告诉我们统称为“网络文学”的内部还有不小的区分和差异。这些都是笔者说的“充分和驳杂”的一部分。

具体举个例子来讲，发端于中国民间想象和传统文化的武侠、仙侠，以及在今天的网络文学中进一步被演变成的玄幻、修真，大的方面来看有很多相近的文化资源和审美特点，都是一种中国风格的“中国故事”。但前者更多依凭的是神话、志怪、传奇、江湖绿林和儒释道的“教诲”，经过近代民国直至现当代的“港台新武侠”和“大陆新武侠”形成了完整成熟的想象系统、故事模式和道德依据；后者，附丽了一点前者的气息、材料，但更多的是融合了国际性的 ACG

（动漫游）文化所带来的想象系统、故事模式和精神因子，其“情感的羁绊”和年轻一代作者面对世界的自我认知和价值定位，可能迥异于前者——侠义让位于力量，现实江湖门派让位于架空历史和异世大陆，无差别的家国之情让位于有限制的亲情和团队之情这一底线伦理——深刻反映了貌似玄奇不经的故事背后有着务实的历史经验和时代心理，换言之，是现实的嬗变教诲了网络小说的嬗变，网络小说的作者是最基层甚至最底层的民众，往往反映着大多数人当下的群体心理特征，因此，网络小说就是时代最敏感的神经。

再分配和再思考，还意味着交流、商量、妥协与新的合作可能。正如我们过去谈“网络民主”，最后由高层发声认为“网络民主”是社会主义民主制度和民主方式的一种良性补充，然后辅之以必要的打击网络谣言和意识形态领域斗争的厘清，健康的网络民主依然发挥着积极的作用。同样的，网络文学因其茁壮的生命力走上了历史舞台，如今进入一个必要的综合治理时期，但归根结底还是要发展它作为“中国故事”“中国想象”和笔者接着要述及的“中国 IP”的砥柱中流作用，让民间大众的故事及其想象、希望、智慧与整个民族伟大复兴的“中国梦”精神触及、依存互信。

就在 2015 年 9 月 11 日，中共中央政治局会议通过了《关于繁荣发展社会主义文艺的意见》（以下简称《意见》），其中指出：“要把创新精神贯穿创作生产全过程，高度重视和切实加强文艺理论和评论工作，大力发展网络文艺，加强文艺阵地建设，推动优秀文艺作品走出去。”这是第一次把包括网络文学在内的“网络文艺”作为一个概念，在中共中央的文件决议中正面提及。《意见》彻底呼唤着由草根萌芽、反映民间大众心理、有广泛社会影响力和多元可塑性的网络作家、作品共同参与到“把创新精神贯穿创作生产全过程”“加强文艺阵地建设”和“推动优秀文艺作品走出去”的目标与“统一战线”上来。这是对2013年习近平总书记在全国宣传思想工作会议上重点提出“网络阵地”建设以及“讲好中国故事，传播好中国声音”的水到渠成的发展。

中国故事与中国IP

文学上、政治上的诉求，对于网络文学而言必须要通过一个产业和资本运营的过程才能发挥效应，达成其时代使命。这就要求我们在讲“中国故事”的同时要完成对“中国IP”的建设，学习对一个领域问题在整体中的认识水平及其实施上的手段本领，从而制定出富有整合意义的、系统性的、发展视界的文化战略。

观察当前的网络文学产业链，从上游的内容（故事）向下游的影视、动漫、游戏等衍生是一条最常态也最有实际操作经验的路径，其核心就是“IP”。国际通行的IP（Intellectual Property，知识产权）概念要更大，不仅仅指从文字故事（小IP）向下游开发的过程，而是任意一环产业链中的文创产品都可以因为粉丝效应引领其他环节的跟进，因此是个“大IP”；甚至“新华字典”或者“世界那么大，我想去看看”这样有历史记忆和大量认知与使用人群的品牌、口号都可能成为被故事充实、完成二度开发的IP，这则是“泛IP”。从2013年开始，由于中国文化产业的刚需和资本的炒作，华语网络文学的IP价值被高度认可乃至泡沫化溢价，至今仍然是市场上方兴未艾的热点。

泡沫终将破裂，但文化市场和文化产业的客观规律指示着我们理性看待网络文学IP运营和开发的价值、意义，并及时介入其健康发展的规则制定之中。在《意见》中提出的“网络文艺”，笔者认为正是看到了网络文学IP运营和开发的现状以及未来。官方的解读表明，网络文艺，即“网络文学、网络动漫、微电影、网剧、脱口秀、段子等应该都在其列”。这个提法考虑到了当前网络文学（小 IP）大量的影视、动漫、游戏改编的影响力，也考虑到了“大 IP”和“泛 IP”的转眼即至。换言之，IP 中心时代已然到来，IP 概念已经成为中国文化产品及其产业市场的核心理念。IP，调整和重塑着写作者、接受者、产业和资本等各方面的思维与伦理。

从中国故事到中国 IP，就是一个将具体的文艺作品（故事）放到其传播和市场环境中去考察的必然延伸、必然结果，是把故事置诸社会学、经济学、传播学的系统性的“视界”，是科学发展观的一种基本运用。也因此，我们不但要向网络作家沟通和强调“理想”，也要向产业和资本沟通、强调“理想”。理想资本——注重文化产业和社会文化生态性、正能量的资本——才是中国故事最终变为“良心剧”，实现既叫好又叫座、传之世界的给力依靠。

新视界下理论评论的新使命

华语网络文学的发展当前处在一种有趣的张力效果之中。一方面，市场化大力推动了网络文学的赢利模式、产业驱动力和以 IP 为核心的网络文艺之路，但商业资本的负面效应也在催生大量的垃圾作品、拜金心态和“毁 IP”的污染化开发；另一方面，在互联网上讲好的故事、不同的故事的作者，与为生活物质资料而写作的网络作家区分开来的作者、作品，暗暗地滋长，一批并非写作金字塔底层起家的作者开始运用网站、微博、微信发表和传播他们的小说，成为“网络文学”传统概念（以大众类型小说为主流）的变量。曾经在“弄堂网”写出了《繁花》的资深文学编辑、纯文学作家金宇澄中年触网，在网络互动性写作中体验到了新的可能性，精心构造，获得了茅盾文学奖。更多地在“豆瓣”上写作然后出版图书的作者，就是标准的青年文学精英，可以预见，这些作品问鼎传统主流的文学奖项不需要太长时间待。

作为文学理论评论家的机会和任务脱颖而出。这个时机在上述两条路线上“蹲点”，探讨思索，毫无疑问是一件前沿性、建构性的工作。需要理论评论家花费宝贵的时间守候在如此一线的写作路径中，一个最重要的使命就是为华语网络文学各个维度的创作及时评价评论、创立坐标系、选择最值得称道和最富独特价值的网络经典。而在此过程中，也是一个理论评论家重新观察文学与世界关系的契机，我们可以由此破除一些因为保守的观念和习气造就的傲慢与偏见。其情形仿佛踏遍大地守候过日月星辰嬗变的人，比那些毫无经验依赖一点固定知识理解天体的决计要透彻得多。

也是在这个意义上，浙江省作家协会、浙江省网络作家协会发起了首届“华语网络文学双年奖”，承继着过往操办过“西湖·类型文学双年奖”的经验，再次邀请行家里手展开了在“中国故事”和“中国IP”背景上的作品甄别工作。就像当年的类型文学双年奖把金奖颁给了刘慈欣，银奖、铜奖则是流潋紫、猫腻等14人，他们如今都已名满天下，并多半成功地实现了故事的IP改编，拥有影响力很大的影视等衍生产品——我们同样期待这届华语网络文学双年奖的判断是精准的、专业的，富有预见性的，扛得起整个华语网络文学打开的新视界和新使命。

（作者夏烈，杭州师范大学教授，浙江网络作家协会副主席兼秘书长）

新媒体艺术的公共性表意

作为一种直接依托当代数字而出现的新的艺术形式，新媒体艺术主要指一种以“光学”媒介和电子媒介为基本语言的新艺术学科门类，具体而言，它主要意味着以影像或文字方式存在并传播于以互联网为代表的当代信息技术平台上的各种艺术作品及其艺术实践过程。历史地看，新媒体艺术的出现绝不是一种偶发的艺术事件，作为整个社会转型大背景中的一种文化面相，它的存在与发展具有远远超出其自身的社会意义。美国现代艺术史家拉塞尔曾经说过：“艺术的历史，如果叙述得当，也就是一切事物的历史。”就此而言，新媒体艺术不但是一种技术性的艺术事件或艺术性的技术事件，在其现实性上，它还是一种公共性的历史事件；从其初衷与意义效果来看，它不但是艺术领域内的现象，而且是一种关乎生活的、公共性的社会事件，是一个涉及社会生活各个领域的公共性艺术行为，它指涉了社会政治、经济、道德和文化等各个领域的价值转型与新的问题框架，蕴含着深刻的社会公共性含义。但从目前的情况来看，关于新媒体艺术的理论研究却并未注意到这一点，不少研究者或是仅仅探讨一些个案，或是梳理其发展史，或是仅仅将其研究技术化，对于它的社会性、文化性、政治性、经济性与道德性等公共性内涵则挖掘不足，以致影响了研究的进一步深化与拓展。基于这样的认识，我们认为，新媒体艺术不但是一种单纯的技术与艺术的事实，而且是一种影响深远的、事关社会生活整体的公共性文化事件，它指涉着深刻而多方面的公共性意向。

一　社会基础生活的媒介化转型

新媒体艺术是作为当代信息社会与媒介社会的美学镜像而面世的，作为一种观念领域内的文化现象，它从物质存在与精神意识的决定与被决定的关系视角反映了社会生活与经济基础的某种历史转型。换言之，当代社会之所以出现新媒体艺术，是因为新媒体艺术所由之决定和生成的当代社会本身已然在很大程度上被媒介技术所“座架”了，传统的社会关系与物质存在已经丧失了那种本真生活的直接性与素朴性，而且被很多新技术媒体建构成为一种符号性与数字化的对象化存在。经由新媒介技术的赋魅，社会生活的原初状貌已经被掩蔽或虚化，而它作为一种媒介存在的身份意识却得到强化与彰显，也就是说，构成社会生活的物质元素已经从以往的农业物件、工业器具等实物形态转变成了以数字信息与媒介符号为特征的非实物形态。作为一种性质同构的形态，这些数字信息与媒介符号日益成为社会生活的主导经验表征，在当下，它甚至直接成为总体性的社会生活本身，而在一个媒介性现实生活与社会关系的基础上，一种以反映这种社会生活的基本特征为价值诉求的新媒体艺术的出现就不但具有了合法性，而且具有了历史必然性。

在经验表征的层面上，新媒体艺术的大规模呈现意味着社会的基础关系发生了从实物形态向数字信息与媒介符号转变的历史移易。从某种意义上讲，当代社会已经出现了一种日常生活媒介化的倾向，人们所赖以存在与发展的生活过程、生活机构与生活内容都在越来越大的规模上转化为了一种媒介景象与技术符号存在，各种媒介技术、符号、装置、信息及其功能性结构已经贯穿了生活的各个领域与整个过程，“我们通过电视画面来了解伊拉克战争和中东和平进程，通过购物网站的商品展示、拓展电子商务营销，通过各种广告和电视购物来选择购物消费，通过T台走秀来把握流行与时尚，通过美容、健身和旅游来提升日常生活质量，通过电视选美和临场走秀来对抗视觉疲劳和打造偶像，通过影视媒体视觉感知来确立择偶标准，通过X光、CT、核磁共振等直观透视来诊断疾病，通过照片、可视电话、电子视频摄像头进行人际交往，通过人造主题公园来了解历史，通过影视作品来阅读文学名著，通过MTV来诠释音乐的魅力……还有卡通、画报、CD、VCD、DVD、电子游戏、数码摄影、因特网等，都对我们的生活产生着越来越大的影响”①。传统的第一产业、第二产业所赖以维系的生产原料、生产资料的配置、生产过程的控制、生产效率的提高、产品的营销策划、产品的流通消费等都必须首先并入无所不包的媒介技术与信息网络才可能最终变成现实，物质财富的控制占有已经潜在地被媒介资源的争夺占有所替代了。正是基于这样的认识，米勒在分析德里达的信息媒介论述后不无同情地赞同这样的观点，“一个划时代的文化变迁在加速，从书籍时代到超文本时代，我们已经被引入一个可怕的生活空间。这个新的电子空间，充满了电影、电视、电话、录像、传真、电子邮件、超文本以及国际互联网，彻底改变了社会组织结构：自我的、家庭的、工厂的、大学的，还有民族国家的政治”②。在政治生活方面，电视演讲、电视竞选与各种媒体形象宣传都建构了一种全新的政治关系；在文化层面，计算机网络作为一种新

① ［美］约翰·拉塞尔：《现代艺术的意义·前言》，常宁生译，中国人民大学出版社2003年版，第1页。

② ［美］希利斯·米勒：《论全球化对文学研究的影响》，《当代外国文学》1998年第1期。

的创作平台催生了各种音乐及其伴随物的生产，电子设备通过软件程序的输入既可以保存乐曲也可以创作播放音乐，计算机绘画按照事先设计的程序进行操控，可以绘制出人们所需要的各种色彩比例搭配的图画。这就意味着，技术媒介与信息数据成为当代社会最大的基础性语境与生活现实，按照比尔·盖茨的预测，“随着硬件、软件的进步，一切的一切都将数字化。我相信，今后10年图书、音乐和照片都将走向纯数字化，从作者到读者都将采用数字化方式。我以名誉保证，10年内，纸介质形式的书页媒体将被淘汰殆尽。明天的知识工作者必备一个随时可用的处理器，无论居家、办公和开会，想看信息，信息就会显示出来”[①]。它昭示人们，以前还仅仅被视为社会生活的工具论存在的媒介信息与技术符号现在成为本体论的社会生活元素，生活在媒介符号中本质上就意味着与生活处于一种共在的关系。新媒体艺术不但言说着社会生活的媒介符号化转型，而且还表征了当代社会生活与现实关系的新的合法化依据，即从价值论上为现实生活的媒介化存在提供意义依据。在一种以媒介符号与技术信息为根本问题域的语境中，任何事物要获得与时代文明形态相匹配的存在权利，就必须能被置换为某种媒介符号或信息数据的形式，否则该事物在最好的情况下可能遭遇阐释不足或意义释放大打折扣，而在最坏的情况下则可能遭到合法化的危机甚至是自我销蚀。其原因一如尼葛洛庞帝所给出的结论，“数字化生存所代表的是一种生活方式、生活态度以及每时每刻都与电脑为伍……数字化生活，将把人类带入一个后信息时代（Post-information Age）。现行社会的种种模式正在迅速转变，形成一个以‘比特’为思考基础的新格局。比特，作为信息DNA，正迅速取代原

① 转引自闵大洪《数字传媒概要》，复旦大学出版社2003年版，第7页。

子而成为人类社会的基本要素"[1]。数字信息与媒介符号不但转变为了社会生活的基础性构件，而且还从根本意义上改变了社会关系与现实存在的价值提问方式，作为这种现实基础的审美表征与身份言说，新媒体艺术显然是以媒介叙事的方式在厘清着当下历史语境的价值公约与公共诉求，从这个意义来看，新媒体艺术的公共性身份实际上就是对于当下现实生活与社会关系发生历史转型的媒介修辞学的说明与建构。

从人类文明形态的迁延序列来看，新媒体艺术通过其公共性叙事功能所表征的这种社会的媒介化或数字化转型显然具有历史的进步意义。西方学界在论述"媒介社会"时认为，数字媒介或信息媒介给社会带来了四个方面的革命意义："表达性，它们能传送范围广泛的思想和情感；记录永久性，即超越时间；迅速性，即超越空间；分布性，即能到达所有各阶级的人们……新的大众传播体现了生活各方面的变革，包括商业、政治、教育以至单纯社交行为和闲谈。"[2] 除却说明人类生活经验在技术上的进步之外，新媒体艺术所反映的这种数字化或媒介化社会转型还意味着人类对于社会本质以及自身诉求的新的认识，通过对社会所做的媒介化与数字化重构，新媒体艺术以一种新的原则阐释了生活的自由本质，在更高的意义上实现了人的本质力量的对象化以及对于人的本质力量的现实确证。

二　主体形象的媒介身份建构

作为一种公共性的社会文化事件，新媒体艺术不但从客体层面表征了社会生活基础的媒介化与数字化转型，而且从主体维度言说了人

① ［美］尼古拉斯·尼葛洛庞帝：《数字化生存》，胡泳、范海燕译，海南出版社 1997 年版，第 3—4 页。

② ［美］梅尔文·德弗勒、［美］桑德拉·鲍尔-洛基奇：《大众传播学绪论》，杜力平译，新华出版社 1990 年版，第 27 页。

类在新的历史条件下关于自我形象与身份的社会性想象。也就是说，它表达了人们对于这种新的数字化与媒介化社会关系和现实生活的看法，对于自身的价值理解，对于人与自然、人与社会、人与人以及人与自身关系的新的理解，并且它也促使人类自我发问，在新的媒介语境中，人类何为？与传统艺术相比，新媒体艺术表达了人类新的在世方式与身份命意，其核心旨归就是为人的数字化与媒介化生存建构新的表意体制、话语系统、认同机制、情感态度、经验方式与实践模式，生成一种深谙现代媒介技术及其价值本质的主体形象，从而相应地形塑一种以媒介化为特征的社会精神结构与社会心理，最终促使社会生活在更大的规模与更深的层次上实现结构性的数字化与媒介化转型。就此而言，新媒体艺术的出现既是对于现实生活的一次新的意义提问，更是在思考上述一系列问题之后对于人类新的处境与新的存在方式的一种意义提示与存在论解答。

任何一种特定的艺术形态都会通过其特定的价值内容与审美形式致力于特定主体形象的塑造，设若传统的文学艺术意在塑造具有文字释读能力与高雅审美素养的主体形象，那么当下的新媒体艺术则旨在建构具有多媒体能力素质并具备现代民主艺术观念的主体形象。基于赋型体裁的不同，生活的基本问题域、占统治地位的社会心理结构、主体形象、价值取向、认同方式、交往模式、情感态度、自我理解与想象都会发生性质上的移易。在新媒体艺术的语境中，这种基于媒介符号与数字信息而催生的人性内涵与价值信仰重构现象已经悄然成为当下人们自觉或不自觉的在手状态。米勒在一种比较的意义上认为，“我们必须承认，现在，诗歌已经很少再督导人们的生活了，不管是以不公开的还是其他别的形式。越来越少的人受到文学阅读的决定性影响。收音机、电视、电影、流行音乐，还有现在的因特网，在塑造人们的信仰和价值观以及用虚幻的世界填补人们的心灵和情感的空缺方面，正在发挥着越来越大的作用。这些年来，正是这些虚拟的现实在诱导人们的情感、行为和价值判断方面发挥着最大的述行效能，而不是严格意义上的文学世界”①。换言之，当下的社会已经因为媒介技术的全面莅临而日益成为一种媒介审美化的景观社会，媒介符号与数字信息不但重新定义了我们的周遭世界，而且成为一种人们日常生活无法规避的实践仪式与自我镜像，就像周宪所分析的，“它构造了我们的日常生活和意识形态，塑造了我们关于自己和他者的观念；它制约着我们的价值观、情感和对世界的理解……媒介文化把传播和文化凝聚成一个动力学过程，将每一个人裹挟其中。于是，媒介文化变成我们当代日常生活的仪式和景观”②。具体来说，新媒体艺术之于主体形象的公共性建构意向主要表现在两个方面，一是建构某种基于新媒介审美为价值结点的群体认同与自我认同原则，美国新媒体艺术家马格·乐芙乔依在《我的转折点》中就表征了媒介审美的价值认同叙事，故事的开始是一段Flash黑白动画，一系列的短小故事，为欣赏者营构一种告解的氛围。在主画面阶段，人们既可以解读他者的经验，也可以让渡自己的人生转折点以便他人参考。作者根据教育、健康、工作、经济、亲密关系、自我认同、家庭等问题形成特定的群体认同规则。人们可以根据自己的社会归属、性别特征、民族身份、经验与情感偏向来选择关乎自我的故事，从而建构与他者的共在关系。文本最后总结说：“我的转折点是一种新形态的群体合作，以揭露自己生命中重要转折点为基础，在将他人与自我经验连接的同时，建立了一种新的共同体。”③ 就当下的现实情况来看，新媒体艺术主要通过

① ［美］希利斯·米勒：《论文学的权威性》，国荣译，陶东风等编《文化研究》第4辑，中央编译出版社2003年版，第66页。

② 参见周宪、许均《文化与传播译丛·总序》，载波斯特《信息方式：后结构主义与社会语境》，范静晔译，商务印书馆2000年版，第2—3页。

③ 转引自周胜《新媒体艺术与美学观的变迁》，《成都大学学报》2003年第4期。

或追忆或确认或诱导不同年龄的人都固有的“青年性”身份意识来建立一种媒介审美的社群，泰普斯科特就从媒介文化与青年价值的内在关系角度论述了这种社群认同的性质，“新的青年文化正在兴起。它不仅仅涉及音乐、MTV及电影等流行文化，更广泛地说，它是一种全新的文化教育，包括社会上普遍流行的共同的行为、习惯、态度、默许符码、信念、价值、艺术、知识及社会形式等。这种新文化主要植根于身为青年与有史以来最大多数世代的经验”①。这实际上是在媒介符号的语境中以媒介审美作为相互的认同镜像而建构的关于他者与自我价值同构的身份想象，以体认自我与他人的共在关系与身份联盟。二是区隔与规训的公共界划功能，作为一种意义体制与价值秩序，新媒体艺术也以清除或区隔的方式提示着一种分类权力。一旦社会语境的基本提问方式被置换为媒介性的，就意味着一种新的主导立法原则与阐释符码的确立，即凡是不能在媒介符号语境中，并以媒介化与数字化为基本的对象化方式来实现自我本质力量最大化释放的人就可能遭遇边缘化或失语症的危险。反观目下人们日益重视自身的媒介素质的培养来看，这一情况日趋严重，当下的人们如果无缘于或者是拒绝对新媒体生活的亲近，就可能丧失生活的绝大部分领域并导致自我社会占位的失势。美国学者尼克·布朗以电视为例论述说，“电影和电视作为再现社会的主要传播媒介，对创造和确立各种社会成规与性别成规来说，是十分重要的”②。要想确立一种新的主体形象。新媒体艺术势必要行使内在的文化规训权力与区隔功能，建构属于自己特有的实践方式与情感心理结构，以确立相异于传统艺术样式的价值边界与主体表情。

---

① [美] 泰普斯科特：《数字化成长：网络世代的崛起》，陈晓开等译，东北财经大学出版社1999年版，第78页。

② [美] 尼克·布朗：《电影理论史评》，徐建生译，中国电影出版社1994年版，第149页。

不管是向内的凝聚认同还是对外的区隔排除，新媒体艺术都显示为一种身份意识异常明显的意识形态。作为一种定向性的意识形态诉求，它在摒弃既成的意义系统的同时也致力于一种新的情感心理结构的塑造，究其核心义理，是为了建构一种以现代意识与媒介素质为基本诉求的新的主体形象，诗人波德莱尔早在19世纪40年代就已认识到了这个问题的重要性，他认为生活环境将越变越快，而现代艺术的职责就在于表达我们情感的内在真实美，这种“情感的内在真实美”实际上就是一种符合历史要求与时代语境的情感意志。拉塞尔评论说，“因为有新情感，就要发掘新的意识。波德莱尔知道一切领域都将会有剧烈的调整，包括公共和私有的领域，艺术必须与它们保持一致”①。新媒体艺术正是通过媒介意识形态形构了新的媒介化的主体及其社会关系模式，为社会确立了普泛性的媒介性社会心理结构，从而理解了媒介社会的价值本质。

三　艺术政治学的媒介化命意

还在其肇始之际，新媒体艺术就因为其张扬的新锐观念性而见重于艺术界。新潮而前卫的创作技巧技法与形式装置显然是新媒体艺术最容易被人们所感知的现象经验，但是蛰伏在这种技术性面具之后的却是一种全新的艺术观念与价值命意。如果说新媒体艺术在他律的意义上显示了与社会生活本身以及人性内涵的公共性意义牵连，那么在一种自律的意义上就可以形成另一种公共性叙事，这就是囿于艺术自治领域并针对艺术本身的公共性言说。仅就游离于艺术史语境而做一

① ［美］约翰·拉塞尔：《现代艺术的意义》，常宁生译，中国人民大学出版社2003年版，第4页。

种抽象或单独的考察，新媒体艺术自然没有指涉任何相关于公共性的意向，因为这样被考察的对象只是纯粹的新媒体艺术本身，但是如果从其所产生与存在的艺术史谱系递变而言，新媒体艺术又显示出一种关乎艺术范式变革的公共性效应。在其现实性上，这种公共性效应主要表征为以否定与断裂的方式保持艺术史整体价值谱系的连续性传承，颠覆既有的艺术成规，重构文化的权力分配方式与艺术版图，解禁被压抑的话语方式，建构复调性的艺术场域及其活性审美形态。

正是得益于新媒介技术与数字信息技术对于传统艺术核心本质的介入与改写，当代语境中的艺术秩序才显示出与传统艺术秩序的价值分野。相较于传统艺术，新媒体艺术不但极大地丰富了艺术表现领域的内容，而且更加尊重当代复杂人性在艺术中的呈现，在性质上也建构了新的艺术民主、平等与自由原则。施拉姆和波特曾断言，“书籍和报纸同十八世纪欧洲启蒙运动是联系在一起的。报纸和政治小册子参与了十七世纪和十八世纪所有的政治运动和人民革命。正当人们越来越渴求知识的时候，教科书使得举办大规模公共教育成为可能。正当人们对权力的分配感到普遍不满的时候，先是新闻报纸，后来是电子媒介，使普通平民有可能了解政治和参与政治”①。生活的民主平等自由观念也撒播到了艺术的苑囿，通过对现实价值观念痕迹的映射与放大，新媒体艺术以审美镜像的方式建构了一种自身的公共性框架。一种“人人都是艺术家，人人都有权利成为艺术家”的现代艺术神话被媒介催生了，匿名写作、BBS论坛、网络跟帖、社区讨论、自由链接、零门槛的文本发表等一系列的新媒介艺术手段为人们平等表达自由的艺术观提供了开放的空间，新媒体艺术平台拒绝一切垄断，没有规则就是他们的规则，“我网故我在”是其唯一的文化宣言。马龙潜

① [美] 威尔伯·施拉姆、[美] 威廉·波特：《传播学概论》，陈亮等译，新华出版社1984年版，第18页。

对此有过精当的评述，“这是一群特殊的边缘艺术家，他们有自己的规则，在网络上多以化名出现，文风洒脱自然，思想无拘无束，天马行空，任意为之，‘仗剑行千里，微躯敢一言’”①。这种景象再造了一个巴赫金意义上的“狂欢世界”，它意味着进入新媒体艺术的话语模式的同时也开启了一种民间性的狂欢仪式，一如巴赫金所言，“狂欢节具有宇宙的性质，这是整个世界的一种特殊状态，这是人人参与的世界再生和更新”②。除却在形式上获得这样的民主平等权利以外，人们在与艺术内容的关系方面同样收获了自由言说的便利，限于传统艺术形式而不敢或无法体验到、想象到的任何自然与社会事相在新媒体艺术的表现中都不再成为问题，不同事物的逆逻辑拼接、不同观念的熔冶一炉、超越时空的互动、私人情思的公众展示、炫酷个性的肆意张扬、日常生活的微观世相等在新媒体艺术中都能自由的表达而不再被视为一种虚妄怪诞。尼葛洛庞帝在分析新媒体艺术的功能时认为，“我们已经进入了一个艺术表现方式得以更生动和更具参与性的新时代，我们将有机会以截然不同的方式，来传播和体验丰富的感官信号。这种新方式不同于读一页书，也比到卢浮宫实地游览更容易做到。互联网络将成为全世界艺术家展示作品的全球最大的美术馆，同时也是直接把艺术作品传播给人们的最佳工具”③。媒介信息技术不但传播、保存生活内容，而且在这个过程中还以媒介的参与性、大众性、民主化本质对生活内容进行再符码化，使其生成为一种新的价值系统与话语模式，具体来说就是给那种去中心、反精英的价值内容与行为方式以媒介化的审美修辞，就像南帆所指认的那样，“鼠标开启

---

① 马龙潜：《走进网络原创文学的世界》，《中华读书报》2002年4月17日。

② ［苏］米哈伊尔·巴赫金：《巴赫金文论选》，佟景韩译，中国社会科学出版社1996年版，第102页。

③ ［美］尼古拉斯·尼葛洛庞帝：《数字化生存》，胡泳、范海燕译，海南出版社1997年版，第3—4页。

了一个又一个信息门厅，让用户永无止境地游历网络的无数节点。这不仅摧毁了故事之中的人物等级，废弃了种种人为的结构，而且彻底地导致了线性逻辑的解体。于是，中心、主题、主角、线索、视角、开端与结尾、文本的边界，这些概念统统失效”①。对于新媒体艺术的接受而言，同样存在着一种逆传统而变的趋向，“点击率”的量化浏览取代质性的深度研读成为新媒体艺术的价值初衷与内在诉求。这种阅读方式不再将文本的深度意义缠绕在字里行间，以备接受者的揣摩与仔细玩味，新媒体艺术的结构方式与呈现方式直接宣示了深度阅读的累赘多余，它以现象与本质同构的机制将一切意义全数流泻在光影声色的平面上，一如人们走进超市一样自由地选择自己所需要的一切。或许这就是新媒体艺术对于艺术自身所特有的审美政治学的最佳诠释。

作为一种前卫的艺术姿态，新媒体艺术在创作时不再倚重画笔、文字等传统艺术媒介，而是利用计算机动画、数字摄影、电影胶片、电视信号传输、网络游戏程序等诸多新生科技的手段来创制作品。在媒介符号、数字技术和图像文本方面，它主要采取实验性 TV 影像片段或观念艺术图像等形式而呈现；从外在感知层面来看，它基本上是一种在场的声光电色多媒体技术装置与道具环境耦合的格局。通过这些手段，新媒体艺术不但要解构传统的艺术惯例、艺术法则与艺术秩序，更主要的还在于建构一种新的表意系统与问题表达式，就像波斯特所说的，“在信息方式下，一套新的‘语言—实践’冲击了印刷文字语境下各种面对面的原有‘语言—实践’形式”②。在这种新的“语言—实践”框架内，“怎么创造”已经超过“创造什么”而成为新媒

① 南帆：《双重视域：当代电子文化分析》，江苏人民出版社 2001 年版，第 263 页。

② Mark Poster, *The ode of Information*, Polity Pressinassoiation with BasilBlackwell, 1990, p. 1.

体艺术的优先价值考量。

不管人们是否愿意，新媒体艺术已然成为一种社会性的文化事实，它的公共性表意意味着我们必须重新审视过往的艺术存在，意识到伟大的艺术并不必须采取精英化的经典样态，它也可能处身于人类生活的任何一种媒介技术与数据装置中。而就其对象来说，除却继续保持对于雅典雕塑、佛罗伦萨绘画、威尼斯摄影和罗马建筑的理论研究热情之外，我们还应该相信艺术意味着其他更多。或许我们应该铭记拉塞尔的启示，“当艺术更新的时候，我们也必须随之而更新。我们与我们所处的时代有一种休戚相关之感，有一种与之分享和被强化的精神力量，这正是人生所应该贡献于时代的最令人满意的东西”①。

（作者李胜清，湖南科技大学人文学院教授。本文原刊于《中南大学学报》2014 年第 4 期）

① ［美］约翰·拉塞尔：《现代艺术的意义·前言》，常宁生译，中国人民大学出版社 2003 年版，第 101 页。

当前文学写作的深层问题与意蕴*

文化产业为文化发展带来了新的机制和方法，也带来了新的挑战。对文学而言也同样如此。在传统的文学研究视野中，文学的产业属性是文学保持纯洁的文学性和审美价值的天敌，因而，虽然近二十年来，文学与市场、文学与产业的关系日渐密切，而且随着文化产业概念的提出与文化产业实践的兴起，文学产业也在实践层面上取得了极大的成绩，但文学研究界对此种现象的文学意义及价值的认识仍处于较为陌生和焦虑的状态之中。作为一种新的写作形态，文学写作在价值、政治意识、动力机制等方面给文学理论与批评带来了新的问题与挑战，认识并探索这些问题对当前中国文学生态圈的建构、实践文学的教化功能、推进文学写作平衡具有重要意义。

一　摆给文学批评的一个问题：文学写作有无价值?

在传统的文学批评中，对文学价值的判断主要取决于两个要素：教化价值和文学史价值。前者主要衡量文学作品对于读者在政治、道

* 本文为国家社科基金规划课题项目《产业化进程中文艺创作的美学规制研究》(11BZW016) 阶段性成果。

德、人生观等方面的影响方向及影响力；后者主要预估文学作品能否传至后世，能否成为文学史书写的组成部分。在教化价值方面，由于文学写作主要通过自觉地遵循法律和相关规定实现其方向的正确性，但不主动追求作品在道德上的完美，倾向于书写有缺点的人物，故常常被评价为引领作用小、教化价值低。在文学史价值方面，由于文学写作类型化特征显著，对个性的追求与探索在类型化的领域内进行，故常常被以个性和唯一性为内在标准的文学史价值视为无价值的或低价值的。综合以上两个方面的原因，我们常常看到，产业化写作机制中生产的文学作品往往被人喻为快餐文学，意指其生产速度快、娱乐性强、审美价值低。言下之意便是这种文学写作没有价值。

然而，当文学市场以及从文学辐射出的电影、游戏等市场日益增长并成为当代文学中最引人注目的文化现象时，在中国经济转型与文化产业发展关系越来越密切、文化产业成为国家发展战略的有机组成部分的背景下，简单判定产业化的文学写作没有价值既不符合当前文化市场的现实，也不符合文化未来发展的需要。换言之，这样的评判除了直观地展示出产业化的文学写作的价值评判已经成为当前文学研究中的一个难题外，也折射出当前的文学批评与理论的乏力症状。为什么会这样？

我们认为，从中国现代文学批评的产生与历史看，文学批评与理论对文学实践的观察与理解不够是根本原因。当前的文学批评与理论不是把已经存在的文学实践作为一个复杂的系统来理解，而是把文学实践作为应当满足某种先在的文学理念的存在物。高高在上的简单化的理念遭遇实际发展着的复杂的文学现象之后，便产生了对当前文学写作价值的这种简单判断。

人类的各项文化实践之间构成了一个复杂的系统，文学也同样如此。观察与理解当前的文学实践，离不开现代科学的参照系，尤其是生物学的生态观。

从生态文明的视角看，生物圈是一个复杂的系统。在这个复杂的系统中，生物种类的多样性及其矛盾统一是生物圈存在、发展、平衡的重要前提。单丝不成线，独木不成林。文学种类的多样性及多种多样的文学之间的矛盾统一是文学存在的形态，也是文学圈存在、发展的前提。文学史上的经典作品可以视为是文学生态系统的历史遗迹但不可以视为文学生态系统的历史存在本身。以"历史遗迹"为标杆的文学批评建立了一个极高标准，却忽视了最低标准；建立了一个雅文学的传统，却忽视了俗文学的传统。在当前中国文学的学院批评中，对俗文学、民间文学的研究依旧处于极为弱小的阶段，对俗文学、民间文学的研究、译介成果仍旧会被不假思索地误用，比如巴赫金的"狂欢理论"是基于对欧洲俗文学、民间文学的解读建构出来的，被译为中文，进入中国文学理论话语中后，却几乎没有人在俗文学和民间文学的意义上使用，反而有不少学者把它转化为雅文学话语，这无疑损害了狂欢理论的生命力，也在不知不觉中丧失了一次正确理解种类繁多、矛盾统一的文学生态圈的机会。

在文学产业机制已经成为当前文学写作的现实制度后，在文学写作用作家富豪榜说明了自己在经济生活中的地位之后，无论是站在文学史的传承角度讨论，还是站在文学性的角度说话，都无法解释文学写作的风靡之势；再用没有价值来评价文学写作，难免会遭遇酸葡萄的讽喻。那么，产业化的文学写作究竟有没有价值？若有价值，其价值是什么？

文学写作在经济上的成功已经表明其确实是有价值的存在，至少在文化经济领域是有价值的，但其在文学领域的存在价值究竟是什么仍旧暧昧不明。文学批评理论生态与文学的现实生态之间的疏离使我们很难清晰地表述文学写作的价值。

当前的文学写作，从发端看，众多学者已经明确指出其脱胎于中国互联网刚刚兴起时免费的、抒发情志式的文学书写，民间书写的气质在文学写作的开端已经深深植入其中。文学写作在遭遇资本后，迅速与传统的俗文学及部分俗文学经典相结合，与当前文化产业中的游戏、电影、漫画等艺术形态相结合，以类型化的方式快速生产，建立了庞大的市场空间，满足了民众娱乐式阅读的心理需求。因而，我们认为：娱乐性、游戏性既是其相对于雅文学、纯文学展示出的显著特征，也是其存在的理由与价值所在，更是实施文学“寓教于乐”教化功能的现实基础。但目前我们对这一价值的理解仍旧肤浅，很多时候言不及义。因而，从理论上理解、阐释、说明这个价值，是学术研究的需要——文学需要深入透彻地理解这种新的文学现象；这也是文学产业发展的需要——黑暗中的摸索固然可以继续前行，而且为摸索平添几分激情，但终究不是康庄大道。

二　摆给文学写作政治意识的一个问题：如何为最广大的群众写作？

以娱乐性、游戏性为价值特征的文学写作并不因此就在文学写作政治意识上是天然不合格的。

以产业链为考察对象，从受众的层面与数量看，文学写作拥有最广泛的群众读者；从文学写作作者群来看，他们大都不是专业的作家，甚至不是文学专业出身，他们就是群众的一部分；从文学写作的流程看，读者一改过去文学写作中仅作为接受者存在的写作制度，变身为文学写作的积极的、鲜活的参与者。因而，文学写作与群众的关系是一种建立在实践基础上的极为密切的关系。文学写作的强大的生命力来源于其与群众的密切关系。文学写作与群众实践的密切关系，一方面为文学产业市场规模的增长奠定了哲学基础，另一方面也为文学写作的政治功能提供了形式基础。尽管与群众有着近乎天然的密切关系，文学写作的政治意识仍旧是它遭受批评最多的方面。文学写作中的诸多规则与制度制约，也大多都在竭力防范文学产业写作者在政治意识方面的逾矩。

近二十年的文学产业化进程中，在为群众写作的大前提下，如何为群众写作，是文学写作摆给文学政治意识的一个实践问题，也是文学写作必须认真探索的一个重大理论问题。如何为广大群众写作，为人民写作，不是一个抽象的命题，而是文学存在和发展的根基与方向。毫无疑问，文学写作的通俗风格、通俗文字、通俗手法使其在接受方面与群众毫无隔阂，使其具有“为群众”的典型特征。然而，通俗始终存在着滑向低俗的危险。在文学写作中，为人民写作，为广大群众写作，不仅意味着要满足人民群众各种各样的、各个层面的审美和文化需求，还意味着要在人民群众现有的审美、文化需要的基础上做出适度的引导，因而，文学写作要始终“把爱国主义作为文艺创作的主旋律，引导人民树立和坚持正确的历史观、民族观、国家观、文化观，增强做中国人的骨气和底气”。[1]换言之，文学写作必须在游戏性、娱乐性之中贯彻和实现高度的、严肃的、正确的政治意识，要真正做到“寓教于乐”而不是“有乐无教”。

对于传统的作家式的文学写作而言，文学写作摆出的问题也有重要价值。与文学写作的接地气、草根化不同，作家式写作容易过分重视文学的经典性影响，过度重视文学的教化价值，始终存在着“变成无根的浮萍、无病的呻吟、无魂的躯壳”①，脱离群众的活生生的文学、审美需求的风险。事实上，这种风险并不只是存在于理论当中，存在于我们的推测当中，而是在文学创作实践中一再发生。近些年来，文

① 《习近平在文艺工作座谈会上的讲话》（http：//baike.baidu.com/view/15173826.htm#2）。

艺批评者和作家们一再抱怨的“叫好不叫座”的政治正确与市场惨淡的矛盾，甚至许多获政府文艺奖项作品几乎无市场规模的现状，都说明了这种风险的现实性，并再一次提醒我们：如何为群众写作并不是仅仅抱住政治意识就可以一厢情愿地解决的问题。目前看来，要解决这个问题，传统的作家式写作不但需要在“乐”上，在文学的叙事技巧与叙事风格上，在文学写作流程变革上下功夫，还要自觉与人民同呼吸、共命运、心连心，欢乐着人民的欢乐，忧患着人民的忧患，做人民的孺子牛，要牢记“文艺创作方法有一百条、一千条，但最根本、最关键、最牢靠的办法是扎根人民、扎根生活”。传统的作家式创作，只有把艺术性与人民性结合起来，真正做到“寓教于乐”而不是“有教无乐”，才能扎根于人民，获得群众诚挚的认同与欢迎。

如何为广大群众写作，是为广大群众写作的必然要求，文学写作和传统的作家写作各有优势，也各有短板，取长补短，携手共进是实现文学政治意识的方向，也是一个需要付出极大的文学心力去探索、实践的一个发展中的问题。

三　摆给文学理论的一个问题：文学的经济利益是不是可以和文学性一样成为文学写作的动力？

“20 世纪 90 年代中后期以来，中国社会的市场化转型及消费主义文化的盛行，对当代文艺生态产生了深远的影响。一部分作家、艺术家轻易被消费主义所俘获，走向了商业化创作。他们不断地被大众传媒转化为文化热点，参与消费意识形态的运作过程中，并从中获得可观的经济效益。近几年作家对影视的拥抱、类型化文艺的流行、艺术家的代际标榜等都在不同程度上反映出当代文艺的商业化走向。尽管这种商业化走向可能带来一时的热闹，却放弃了文艺的精神理想和社会担当。”① 这段论述极其深刻地表达了文学批评者对消费、经济、商业的深度忧虑，并对商业化（产业化）的文学现象的走势给出“一时热闹”的评价。从文学的教化价值来看，这种忧虑几乎是中国文学理论与生俱来的一种情感基因。然而，如果从现代文学在世界范围内的发生与成长来看，这种对商业、经济利益驱动的忧虑未能切中文学写作与文学史发展的历史事实。

在中国，大约以宋代为界，文学与经济利益诉求之间的关系呈现出不同的面貌。宋代以前，文学的创作者主要是官员群体（包含准官员），尤其是官员中不得志的那一部分。在这种态势下，由于经济利益诉求在政治诉求中已经得到实现和满足，因此，文学写作者既不需要也不可能向文学索取经济利益。宋代以后，社会的城市化程度更高，社会分工更加丰富，文教更加发达，其结果是读书人的数量大大增加，但官员群体的总需求量有限，文学写作者中非官员的数量逐渐增多。这部分文学写作者与传播者可以视为在社会分工中获得文学写作与传播工作的生产者，他们需要依靠文学写作养家糊口，在这种情形下，文学写作者的经济利益诉求便是必然而正当的。在西方现代，“资产阶级抹去了一切向来受人尊崇和令人敬畏的职业的神圣光环。它把医生、律师、教士、诗人和学者变成了它出钱招雇的雇佣劳动者”②。

综合中西方不同时期文学写作与经济利益之间的不同关系，我们看到，生产的社会化与劳动分工的细化是文学是否与经济利益结合的社会与经济基础，只要文学写作是诸多社会分工中的一种，文学写作与经济利益之间便必然产生牢固而密切的关联。即经济利益一定会成为文学写

① 徐志伟：《重建文艺创作的经典意识》，《人民日报》2014 年 4 月 1 日。

② ［德］马克思、恩格斯：《共产党宣言》，人民出版社 1997 版。

作者的诉求之一，成为文学写作者从事文学职业的驱动力之一。

许多人担心，文学的经济利益诉求与文学经典诉求之间的矛盾，会对文学经典的写作产生负面影响。我们说，这种看法只看到了二者矛盾的一面，没有看到经济利益诉求导致的竞争有益于文学写作的另一面，没有看到“没有竞争就没有生产力”[①]。鉴往可以知今，查看文学史上一些经典的形成过程，有助于回答这一问题。巴尔扎克为了还债而创作出的《人间喜剧》已成为世界文学史上的经典；莎士比亚当年在激烈的戏剧竞争中的成功所招致的讽刺与贬低的言辞也已成为世界文学史上的“美谈”。鲁迅先生在创作《阿Q正传》时，自我调侃说这是一篇“速朽文章”[②]，但后来的结果我们都知道——《阿Q正传》变成了现代中国文学的经典之作。

因而，把文学性作为文学写作主要的、甚至唯一的驱动力的看法显然是偏颇的。不当市场的奴隶，不沾满铜臭气，并不是忽视市场，忽视经济的诉求，相反，在市场上受到欢迎是优秀文艺作品内在的价值诉求之一。因而，讨论文学动力时，真正应当忧心和思虑的事情不是构造一个纯粹的文学性的堡垒，而是：如何在理论层面上，厘清经济利益诉求与文学性之间的关系；如何在实践层面上，不再随意地用一种诉求排斥另一种诉求，建立更为良性的文学产业机制，使文学写作的经济利益诉求与文学性价值诉求之间形成宏观的平衡，推动文学健康、持续发展。

（作者黄柏青、王慧菊，黄柏青系长沙理工大学设计艺术学院教授，王慧菊系铁道警察学院讲师）

① 《习近平在文艺工作座谈会上的讲话》（http：//baike.baidu.com/view/15173826.htm#2）。

② 鲁迅：《阿Q正传》，载《鲁迅全集》第1卷，人民文学出版社2005版。

论浙江经济转型与文学产业发展：兼论浙江网络文学新产业的培育

引　论

国家发改委发文，确定浙江作为全国首例转变经济发展方式综合配套改革的试点省份，表明中央对浙江在新一轮经济发展中寄予厚望，冀能在改革发展实践中有新的突破与发展。回想 20 世纪 80 年代初，浙江人就敢为天下先，探索出著名的“温州模式”“义乌模式”等，并逐步总结出以“民本经济、内生经济、富民经济”为特征的“浙江模式”，受到全国人民的高度关注和好评。但在当下新一轮经济发展中，原先的优势将不复存在，靠初级资源、低廉成本、内生动力、外向发展、小型规模等已难以引领浙江走向新的复兴中国梦之路。面对新情况，我们必须谋求发展的新动力，探索新的发展道路。

浙江文学曾在 20 世纪前中叶在全国文坛独领风骚，出现了一批著名的文学巨擘，如鲁迅、茅盾、郁达夫等，至今他们均有各自以他们名字命名的文学大奖。到了 20 世纪 80 年代末 90 年代初，浙江文学涌现出一朵朵新的浪花，在全国有一定的影响力。但到了 20 世纪末，浙江文学开始走下坡路，人们常去浙籍文豪纪念馆参观，无非念念不忘当年文学繁盛之景况。可到了21世纪初，虽然浙江纸质传统文学艰难前行，但素有草根属性的浙江网络文学却像改革开放初期的温州义乌商人一样，在浙江文坛上自发萌生，茁壮成长。经过10余年的打磨与努力，涌现出众多全国级网络文学的重量人物和文学流派，成立了全国首个省级网络文学委员会……逐渐成为全国网络文学重镇。本文并不仅仅是罗列浙江网络文学的现象与成就，而是厘析浙江网络文学已发展成为浙江文化产业的重要阵地，并在引领浙江经济的进一步转型与发展中发挥了生力军作用。

一 文学是具有审美的游戏活动与现象

降至19世纪末，中国才引入了西方的“文学”概念。五四运动后，俗文学从此超过了雅文学而独霸文坛，所以中国现代文学观虽是晚清时才传入我国，但中国传统文学观经千年的发展早已形成自己的完整体系，它存在于已消亡的文言体系之中。西方文学观在中国运用的最大标志就是广泛使用白话文和新式标点符号来创作文学作品，同时改变了原先的内在超越性而成为外在超越性。事实上，古人主要在于超越内在，强调自省、自明、自悟，深信价值之源内在于人心，同时外通于他人及天地万物。中国文学历来强调“文以载道”，文学虽然不是道，但寄道于文学之中，所以有“文章乃经国之大业，不朽之圣事”的说法。中国文学向来疏远文本，也不会旁观式地介入文学，而是作者直接介入内心，贯穿出传统道统大性出来，只有当文本的审美性、作家人格与整体文化精神三位一体时，才能成就中国文学的最高理想。人在文前，而不是文在人前。然而西方文学侧重外在性超越，因文学来源于、服务于宗教，是宗教的奴婢，所以德里达说，在文学与宗教之间存在着某种债务关系。“文学是一个具有某种欧洲历史的概念”，它被建构的原因很复杂，它所做的工作，就是把有一定精神深度与想象性的纯审美文本，从一切文本中分离出来，这是文学“客体化”的过程。其后又被赋予了崇高的精神价值，进入政府、教育体系供人们分析与研究，这就是它的“体制化”延伸。这一切均是现代社会的产物，至今也不过区区200年左右的历史。一切有其他社会功能的文本，在我们今天的观念中都不再被称为文学，故我们现今的文学是一种知识性概念。在欧洲，文学与浪漫主义的产生相关联，它使人们发现一种专供审美特质而使用的文本，形成一种与其他相异的特殊文本。德里达在《这种叫作文学的奇特体制》的访谈中指出：“文学不是一种自然的本质，不是文本的内在属性。它是文本与某种意向关系发生联系之后的产物，这种意向关系就是一些约定俗成的规则或社会制度的规则。”法国福柯也认为：文学是一种人为性的特殊话语形式，它产生于19世纪初，且从古典文献的真实、可靠价值中分离出来，专司无目的的行为方式或行为结果，强调自身并不遵循任何规律。文学写作为了彰显自身优势，就采取一套固定的样式、程式化的文本规则，如小说结构、叙事模式等加以巩固，用相应的写作制度加以规范，从而达到写作内核的恒定效应。美国学者诺斯认为，所谓制度“是一个社会的游戏规则，更规范地说，它们是为决定人们相互关系而人为设定的一些制约”。因此文学制度的变迁，是一种文本与文本之间信息符号的游戏规则的改变。

我们目前有不少学者认为文学就是人学，如“人作文，文为人。文学最根本的属性，就是它的人学特性……文学的人学特性，决定了文学必须立足人、观察人、思考人”。事实上，文学仅仅是一种文字游戏而已，大凡我们所说的社会科学与人文科学均可称为人学，游戏也可泛称为人学。文学仅仅是一种审美愉悦性的精神产物，所以就文学本体而言，不是一种职业，不是一种操作性技能，而是一种审美类的心理体验与审美感受。早在先秦时庄子就提出“游心说”，而孔子提出“游艺说”。庄子就提出文与游是同类现象的两端，“收视反听，耽思旁讯，精骛八极，心游万仞”。现在人们认为游戏中无审美态度，而事实上游戏到了新媒体时代已上升到审美理想的高度。康德虽然没有专门论述游戏的本质，但他涉及了游戏与情感的关系。他认为游戏是一种带有人类情感的活动，而情感判断则是游戏艺术的最高标准，从而把游戏引入审美中来。审美的表象是自由，人与审美对象的关系是游戏性关系，因而从本质上说文学就是高级（带有一定创造性和审美性的）游戏活动与现象。文学艺术作为一种想象力的自由游戏活动，在空间共时性维度上，即文学艺术与其他类别相区别；同时在历时性维度上，则表明文学现已脱离了纯历史意义而进入一种虚拟的自由境界。从以往认为美感来源于距离、经验等，现认为可以建立在无事物基础之上的快感，甚至快感本身就具有美感，且快感与美感渐趋融合。

网络文学与传统文学其实并没有本质区别，无非在文本载体上，进而在写作方式和写作手法上略有不同而已。变的只是形式，文学本体并没有改变，所以评价网络文学和传统文学的标准还是一样。苏童、王蒙等作家在不同场合均认为：网络文学首先是一种文学，无非是一种新的文学形式，它完全可以与传统文学进行接轨、相互融合。评论家李敬泽表示：“每个时代都有自己的文学经典，网络不过是一个载体。我相信我们这个时代的经典就在网络里，因为它们现在已经不断被阅读，而只有阅读才能让文学经典得以流传。”未来的年轻作者群、读者群都在网络中相继产生，说不定未来的莎士比亚和曹雪芹有可能就在网络里，而当时的莎士比亚和曹雪芹也是处在社会主流的边缘。随着年轻一代读者的成长，网络文学终归会取代传统文学而成为社会主流文化。各类文学网站作为一种新生的文学载体，既是一种载体文本的嬗变，同时也是一种文化的传承。因此我们必须用发展的眼光来看待当今盛行的网络文学，可以说在不久的将来，国内一定能出现卡夫卡、茅盾等这样的文学大家。文学在当下的中国，没有衰退、滑坡，而是文本载体发生了变化，继而文学的形式发生了改变而已，未来一定会是纸质文学被网络文学所替代。

二　网络文学是一种新兴文化产业

如果说网络文学与纸质文学仅仅是文本载体不同而已，那就是不理解网络文学的真谛。事实上，网络文学与传统文学最大的区别就在于市场化和产业化的全面介入。随着新媒体时代的到来，网络传播迅猛发展，中国人阅读的细分化、功利化、多元化导致纸质阅读人群逐年缩小，传统文学机构的“文学行为”难以得到青年读者的认可和市场的欢迎，网络无疑为文学增添了新的活力。文学就是文本之间信息符号的自由游戏活动与现象，具有一定的物质文本性，它必须有一定的物质载体来支撑其形上的内容，这就是思想的物化。这种物化必定与物质资料生产相联系，因而可形成一定规模的文学产业。通过复制、粘贴、扫描、搜索、剪接、印刷、缩放等技术可以快速加工和制作，减轻了产业制作的劳动强度，也使得草根能快速地掌握这一技术(零门槛)，从而迎来了众人写作与阅读的大狂欢时代。

当今的文学写手也跟工业化生产者一样，从形态来讲，出现了批量生产的趋势；从观念上讲，呈现出“生活即文学”的现实艺术观点。消费不再是工具性活动，而是符号性活动，能指丧失了与所指的联系，成为一种自由的能指。消费不是被动地吸收和占有，而是一种建立关系的主动模式。作家的自我身份确立和对职业态度与评价也表现出平和心态，没有一种高高在上的态度，而是与大众融为一体。与此同时，商人参与了建设文学产业的重任，制作出大批的文学消费品。免费试读，随后按章连载的付费下载模式，让网络小说动辄形成几百万或上千万字数的皇皇巨著，使得网络写手比传统作家更零距离地面对受众。新文本和新媒体需要巨额的资金投入，这样必然会引入政府资金和民间资本，构成完整的文学产业链，从而使文学具有内在和潜在的经济力。市场呼唤中国文学网站业内的航母大船，既然文学已成为文化产业，那么浙江就要乘势组建几个大型的文学集团，突出文学原创和文学产业主业，扩大集团资源占有量和产品市场占有率，增强文学产业竞争力及可持续发展力。

中国新媒体进入产业发展期，一种全新的传播语境或者说媒介化环境正在形成。新媒体主动介入文学的生产与传播活动，将文学置入文化产业行列，用媒介市场化的运作理念和方式制约文学活动，对文学进行市场化引导，同时制约着受众的文学消费，产生一系列媒介文学事件。这些新现象体现了新媒体的权力、能量及其商业化追求，展示了市场运作机制对文学的渗透。文学与媒体进入新媒体时代，形成社会历史转型期的一股强大的文化力量，也给传统文学带来了巨大冲击。媒体的话语权和传播力已然成为文学发展的重要作用，且媒体对文学的影响远远超过文学对媒体的影响，已由外部深入文学内部。这既是媒介化时代新媒体“掌控”文学地位的必然结果，也是市场经济时代的文学所做出的功利性选择，而这种选择体现了新媒体文学发展的必然趋势。

网络文学无疑与五四时期白话文学的出现一样，具有文学意义的历史性和发展性。如果说曾被认为“下者”的白话文入境并渐次成为社会的主流和正统地位，那么，网络文学的未来也将如此，经过日下十几年奋斗就已创造出如此不俗成就，可想而知未来的一二十年后将会有何等成就！网络文学的发展将跟随数字技术的发展而发展，前景无比辉煌，类型与方式更会层出不穷。网络文学创作十余年来，从边缘化走向了中心地盘，回到了文学本体上来，扩展了新的生存空间，类型更加繁复多样。尤其是文学观念、文学产业、叙事方式、类型拓展等方面都产生了新的变异，文学主体性和自由创造性得到了前所未有的强调，文学价值趋向日益多元化。文学疏远了政治，反过来与经济进行“联姻”，文学有幸成为个体生命活动的一种存在方式、个体生命体验的审美传达，并由此而推演出它的社会意义和人文精神内涵。网络文学不仅在文学与社会方面进行一定的变革，且在文学表达本身也实现了历史性的颠覆，叙述风格和介入现实方式的变化、个性意识和私人话语的扩张、世俗化和民间文学形态的切入、现代性精神解构，以及后现代语境的大面积呈现，使网络文学不仅在形态上、文本上，更在写作方式上都出现全方位的变革态势，展示着诱人的前景。作为文化底蕴深厚、新媒体技术发达、民间资金充裕、网络技术先进的浙江，若能有政府引导与扶持，一定能赢得这场未来蓝海发展空间的网络文学产业之竞争。这里我们既要注意到与沿海发达省市（如上海、广东）之间的网络文学产业竞争，也要关注到与内陆一些经济欠发达省份（如陕西、湖北）之间的竞争，所以未来十几年有可能演变成一场省份之间的文学产业大竞争局面。

三　网络文学与传统文学可牵手共赢

中国阅读的调查数据表明，国人尤其是年轻人阅读率呈下降趋势，而笔者认为这是由计算方式上的失误所造成的。把大量在线阅读和电子产品阅读均未计算在内，这是观念的误区也是当前数据不够准确的原委所在。今天无论是网络阅读还是手机阅读，是在线电子阅读还是无线电子阅读已成为社会的一种主流阅读方式。长远来看，网络阅读与纸质阅读一定是互补并存的关系，这取决于人们获取内容的习惯性、便利性。每种阅读均有自身的优势，未来将是发挥各种阅读方式的长处，形成不同媒介的传递。阅读方式多样化，收费阅读和无收费阅读并存。阅读开始出现细分化、个性化倾向，出现了大量的网络类型文学作品，如武侠、官场、职场、言情、穿越、科幻、惊悚等类型。

短短十余年，网络文学走过了从给予传统文学一定冲击，到与传统文学“分庭抗礼”，再到形成新媒体文学样式这样一个前进三部曲。网络文学与传统文学之间，曾发生过形式之争、价值之争等诸多争论，但一直未走入主流文学队伍之中；虽然有一些文学组织、高校等也组织过网络文学的探讨会，将一些网络文学写手吸纳进传统文学组织（作家协会）等；但这仅仅是“葱花" 的“恩惠”，没有从根本上改变传统文学组织对网络文学的鄙视、收买、招安态度。网络文学的中心词是“文学”，既然是文学为什么还要去争主流与非主流之名，那就说明当下主流文学蕴含着一定的社会权力要素，掌握着较大的评价话语权。事实上，世上任何东西早先并没有存在主流与非主流之分，而是在客观世界中掺入主观人为因素后产生的结果，因此就文学本身而言，其内并没有存在主流与非主流文学之分，这是一个伪命题。古今中外文明史表明，文学从来没有被尊奉为座上宾，往往或沦为工具与奴婢，或为消遣小技、街谈巷议，就算被读者认同的作品也不一定进入主流文学，只有被官方、学界认可才能被确定为主流文学。目前无论是传统文学抑或是网络文学，两者已开始出现相互渗透、互相融合的趋势。传统文学与网络文学不是死对头、竞争关系；而是非竞争的战略伙伴关系，在线写作和非在线写作本身就是事物的两个方面，无非是文本形态不同而已。网络文学与传统文学的界限将越来越趋向消弭，它们之间日趋融合，取长补短，形成一种更加综合性框架的文学大类。我们需打破两者对立的单向思维，不同媒体之间可进行深度的战略性合作，如由移动商与不同的媒体商合作进而成立全国移动浙江手机阅读基地等；同时出版社、原创网站、数字出版商、软件厂商、终端设备厂商等也可纷纷介入，共同推动网络文学产业链的建设和发展。

四 网络文学将是新形态与大产业

浙江经济在新媒体时代下，如何抓住“互联网＋”的机遇？确实是摆在浙江人面前的一大课题。我们认为，既然网络文学已成产业且有可能变成大文化产业，那么，我们就必须把网络文学做大做强，力争成为新时期浙江经济转型增长的又一大引擎。

当前我国网络文学步入快车道，在短短十余年间，无论按字数还是按篇计算，都已超过新中国成立以来 60 多年来纸质媒体发表的总和。自 21 世纪初以来，网络小说以每年增加 25％的速度在增长；同时还为影视、游戏、动漫等提供了大量的素材和题材。当下数字时代已形成全文本时代，换言之，文本形态越来越模糊，那种以传统观念带来的行业划界已渐趋消弭。代之而起的一切文学艺术的内容均可在诸种文本中进行转换，跨（全）文本是文本与媒体未来的发展趋势。同时构成了一个文本通吃现象，网络小说作品—书籍—动漫剧—动画片—网游—漫画，可形成不同文本形态的各类文艺作品，再次确立了内容为王的法则。网络文学一方面以传统方式进行纸质图书出版，另一方面以数字图书的形式通过移动媒体平台、互联网平台、数字图书馆、手持阅读器等终端设备进行同步发布，这也建立起一个利润可成倍增长、多渠道盈利的网络文学的商业模式。如盛大文学网站，已建立起一条集网络出版、手机阅读、传统图书、游戏动漫、影视作品等于一体的文学产业链。

这里特别指出，随着网络的迅猛发展，以网络技术为基础的在线、无线阅读方式大规模发展和流行起来，包括网络文学、掌上电子书、博客图书、电子杂志、手机文学等新型媒体不断涌现；同时交互式阅读、个性化阅读、超文本阅读、多媒体阅读等阅读方式和阅读体验也不断发生变化。网络媒介对传统文学实施了技术置换，带来了文学生产方式、作品存在方式和阅读方式的诸多嬗变。威胁文字的不是影像，而是信息时代。每天都在发明众多的数字产品，而另一边却呈现同样比率在下降的纸质文字阅读水准，一正一反呈加速度改变。传统文学的未来生存空间越趋狭小，“人们会屈服于电脑系统升级和技术进步带来的方便，把庆祝书面文字的消亡作为人类进化过程中的重要一步。”

五 浙江文学从纸质重镇转身为网络重都

浙江改革开放以来主要在乡土文学、城市小说和历史小说上取得了一定成就，尤其是历史小说，如张廷竹的“战史文学”、薛家柱的“历史纪实小说”、廉声的“新历史小说”、郑九蝉的“家族小说”等。而后出现了地域特色的创作风格，形成了文学地域方阵，如温州、宁波、嘉兴等地青年作家群和湖州青年女作家群等，他们活跃在文学创作第一线，作品备受国内文学界关注，在全国产生了一定的影响。但总体而言，浙江传统文学渐趋颓势，现已沦为国内第二方阵乃至第三方阵行列。

与传统文学相比，浙江的网络文学却异军突起，呈现出方兴未艾、独领风骚的趋势，可以毫不夸张地说，浙江网络文学已成为全国的第一方阵。首先，浙江涌现出一大批全国顶尖的网络文学大家，他们在各自的网络类型文学中占据扛鼎地位。如南派三叔成为全国盗墓类网络文学的开山之祖、沧月被称为新武侠小说领军人物、天蚕土豆与烽火戏诸侯成为玄幻类作家的翘楚、鬼马星成为中国当今推理小说的代表人物、阿耐成为全国网络商业小说的重要人物、蔡骏被公认为中国网络悬疑小说领军人物、蒋胜男与流潋紫成为全国网络宫廷小说的重要人物、曹三公成为全国网络历史小说的重要人物……几乎全面开花、收获颇丰。

其次，浙江网络文学在作家、作品、类型等领域全面斩获，同时还在网络的组织建设、科学研究、文学机制等方面开拓创新，走在全国的前列。浙江省（尤其是杭州市）率先在全国成立网络类型文学创作委员会和协会。

最后，浙江首开网络文学双年奖，同时出版了中国首个类型文学双月刊《流行阅》等。

五四运动表现了现代性诉求，建立了现代知识体系的白话文文学王国，与传统文言文学建立在对抗的基础之上，因而采取剧烈的、对抗的，甚至是破坏性的方式，试图在平面的文字层面上打开一个缺口，攻破文言文学的旧阵营；而今的网络文学，是建立在后现代非理性体系的文学王国，它采取非对抗的、温和的、悄然无声的方式，试图构建起一种立体互动及即时性的表达或表现方式。历经近十年的发展历程，网络文学从边缘走向了中心，成为社会主流文化的一部分。截至2013年年底，中国网络活跃用户达到4.3亿人，近1/3的中国人正在阅读网络文学。因而我们可以说，新网络的文学生态、文学结构、文学格局、文学机制、文学产业已经形成，在我们面前呈现出一个崭新的新媒体文学时代。2015 年 9 月我党在政治局会议上审议并通过《关于繁荣社会主义文艺的意见》中，提出了“大力发展网络文艺”方针，这事实上是我党最高文件中首次提出网络文艺并正名，标志着网络文学（文艺）春天的到来。网络文学在消除粗糙、粗鄙、粗俗的同时，寓教于乐，积极而主动地承担起主流价值与正能量功能。网络文学产业具有创意性高、环境效益好、高附加值、低能耗之特征，属于新型经济业态。如果我们抓住当下“互联网＋”的强劲东风，壮大浙江网络文学产业，形成一条有序而完整的文化产业链，从而使网络文学的蓝海产业真正成为推动浙江新一轮转型升级的强大动力和发展的新引擎。

本文参考文献：

吴秀明：《文学浙军与吴越文化》，浙江文艺出版社 1999 年版。

吴秀明：《现代浙籍作家论丛》，上海社会科学出版社 1991 年版。

杨匡汉、杨早编：《六十年与六十部：共和国文学档案》，生活·读书·新知三联书店 2009 年版。

郑振铎：《中国俗文学史》，上海书店 1984 年版。

[美] 华莱士·马丁：《当代叙事学》，伍晓明译，北京大学出版社 2005 年版。

罗崇敏：《天鉴》，人民出版社 2009 年版。

[美] 戴安娜·克兰：《文化生产：媒体与都市艺术》，赵国新译，译林出版社 2001 年版。

[法] 皮埃尔·布迪厄：《艺术的法则：文学场的生成与结构》，刘晖译，中央编译出版社 2001 年版。

金惠敏：《媒介的后果：文学终结点上的批判理论》，人民出版社 2005 年版。

[美] 帕特里克·塔克：《后文学时代的到来》，《参考消息》2009 年 11 月 11 日。

（作者何坦野，浙江传媒学院文学院教授）

网络传播时代的文化生存镜像

从人类文化的发展史来看，文化的外在表征体现为四个不同阶段：口传文化、印刷文化、电子文化和网络文化。在网络传播时代，网络的飞速发展对当代社会的影响日益加强，并影响着当代个体的文化生存。当下，我们正处于一个网络文化传播的时代，一个由图像文化和景观文化所构建的虚拟世界。当下文化研究的新问题域不断涌现，其中的不少问题，如脱域生存、拟态生存和景观生存等，都是网络传播时代的到来所衍生的个体文化的生存镜像。

一　网络传播时代的到来

网络文化传播是以计算机通信网络为传播媒介，以网民为传播主体和传播受众，进行文化信息交流、传递和沟通，从而达到文化信息传播社会化目的的一种传播方式。相对于文化传播的传统方式，网络传播是一种新的传播媒介，它快捷、丰富、自由、开放、多元和互动的传播方式，突破了时空、感官、体验等方面的限制，直接带来了社会文化的变迁。在今天，我们发现，网络媒介所带来的文化生存方式已日益普遍化为当代人的日常生活。许多人已经撇开了纸质的印刷媒介，更习惯于在计算机或者手机等屏幕上进行网络阅读，而且，随着网络科技的进步，网络阅读的方式也变得更加多种多样。根据CNNIC发布的《第26次中国互联网络发展状况统计报告》，截至2010年6月，网络文学使用率为44.8%，用户规模达1.88亿人，较2009年年底增长15.7%，是互联网娱乐类应用中，用户规模增幅最大的一项。随着3G时代手机网民的增长，以及用户对无线内容的庞大需求，提升了手机网络文学的使用率，对网络文学用户规模增长起了推动作用。由此可见，网上阅读即“读屏”的方式已经普及开来，而且增长速度较快。可以说，在现代社会中，网络媒介对人们的生活方式造成了很大的影响。

麦克卢汉以媒介技术的发展变化为标准将人类社会发展的阶段划分成三个历史阶段，第一个是口传媒介时代，这是一个被口语与耳朵等媒介所统治的时代。第二个阶段是印刷媒介时代，是以拼音文字和印刷技术为核心的时代，也是一个被眼睛和文字所占据的时代。第三个阶段即是电子媒介时代，这是人类重新部落化的时代，是所有感官参与的时代。当然，麦克卢汉对社会发展阶段的划分并没有反映出当前网络文化的传播现状，我以为，人类社会发展的传播媒介实际上经历了口传媒介、印刷媒介、电子媒介、网络媒介等几个阶段。而当下，我们正处于一个视觉化、多媒体化和信息化的网络媒介传播阶段。正如贝尔所指出的那样：“当代文化正在变成一种视觉文化，而不是一种印刷文化，这是千真万确的事实。”① 网络媒介在短时期内反复、大量传播某种符号，通过符号的传播来实现信息的共享，这种拟态的虚拟空间已成为当下人的文化生存现实。

此外，从网络文化的传播媒介来看，也使当下人的现实生活发生

① ［美］丹尼尔·贝尔：《资本主义文化矛盾》，赵一凡等译，生活·读书·新知三联书店1989年版，第156页。

了翻天覆地的变化。首先，网络媒介改变了人们的阅读方式。网络媒介由于自身具有便捷性、交互性、丰富性、多媒体等特点，带来的是一种快速、散漫、快意的阅读方式。随着越来越多的人习惯在网上浏览新闻、查阅资料、阅读书籍，印刷文字在人们心目中的地位开始逐渐下降，文字的引导功能开始减弱，取而代之的是图像对人们的吸引力。电视、计算机、手机等新型的媒介，都是通过屏幕给观众呈现图像的，在它们所带给观众的信息中图像占了很大的比重。其次，网络媒介改变了人们的思维方式。屏幕闪动很快，在光的刺激下，你很难认真地好好思考，时间长了，你就会忘记如何去思考。在这样的一个情境下，人们看似是在主动地选择自己所需要的信息，实际上却是更加被动地接收信息，你很难去判断媒介所带给你的是真是假，只能被动地接收一切。最后，网络媒介展现给人们更多的自由空间。在使用网络媒介的过程中，匿名性也是不可忽视的，有别于报纸、杂志、书籍所带给的一种传者与受者界限分明的模式，在新媒介下，每个人都可以同时是传者与受者，那么在这个没有了身份界限的虚拟时空中，人们所在的社会是一个虚拟的社会，在这个虚拟的信息空间中，每个人都可以自由地、无须设防地呈现自我。

二　网络传播时代的脱域生存

吉登斯在《现代性的后果》中认为，在前现代社会，时间与空间紧密结合在一起，对大多数人来说，社会生活的空间维度都受“在场”规律的支配，即受地域性活动支配。在这个时期，个体被束缚在一个特定的区域，从属于某一个特定的封建同盟或社会团体，他的个性与真实的利益群体融合在一起，这些利益群体的特征在某种程度上又体现在构成群体的每一个个体身上。但是，随着现代社会的出现与现代性的展开，通过对“缺场”的各种其他要素的孕育，日益把空间从地点分离了出来，从而导致“脱域”现象的产生。[①]“脱域”即意味着传统的互动时空关系消失了，取而代之的是现代各种社会关系与传统的时空束缚的分离。其实，不论是滕尼斯对“共同体”与“社会”的区分，还是吉登斯对“脱域”现象的描述，这都是基于网络文化传播而产生的一种当下文化的生存现实。

在物物交往的前现代社会，人与被交换物之间存在着一种相互依存的关系，但到了现代社会，现代性摧毁了人与人、人与物之间的直接性，个体之间的直面关系被网络匿名关系所取代，个体与他者及被交换物之间的联系也被瓦解，网络在人与人之间培育出一种距离，它将昔日的人与局部因素之间的亲密联系变得如此相异，以至于今天我们足不出户，就可以完成千里之外的交流与沟通。也就是说，网络媒介导致了传统距离观的现代转变，传统社会对空间的依赖，对物理距离的强调在现代社会中变得式微，这正如鲍曼所言：“在我们生活的这个世界上，距离好像并没有太大的意义。有时候，它的存在似乎只是为了被人们消除。空间仿佛是在不断地诱使人们去轻视、驳倒或否定它。空间已不再是一个障碍物——人们只需短暂的一瞬就能征服它。”[②] 可见，网络媒介的发展使世界变得越来越小，人类生活的空间也变得越来越广阔，时间与空间也不再像前现代时期那样处于相互支撑的关系中，远与近的区分在现代社会中也变得极为模糊。

网络媒介使现代世界成为一张彼此关联的大网，传统的物理距离已经在现代社会中淡化或不复存在。但问题是，在物理距离淡化或消

---

① 参见［英］安东尼·吉登斯《现代性的后果》，田禾译，译林出版社2000年版，第16页。

② ［英］齐格蒙特·鲍曼：《全球化》，郭国良等译，商务印书馆2001年版，第4页。

失的同时，个体心理上的距离却并没有随着物理距离的淡化而消失，反而在当下语境中日益凸显，成为现代人生存的新障碍。我们越来越感觉到：在网络传播时代，我们足不出户就可以到世界各地旅游观光。我们可以通过网络急驰、奔走或迁移，在计算机屏幕上捕获和编辑来自地球另一边的信息。但我们在每个地方逗留的时间却不会比一般的游客长久，而这些地方也不足以让我们产生宾至如归的感觉。其实，这里面存在一种深刻的内在悖论：我们外在的物理距离被征服得越多，我们内在的心理距离就会越大。在这种悖论中，最遥远的事物离人近了，付出的代价是原初和人亲近的事物越来越遥不可及。可见，随着网络传播时代的到来，虽然网络技术的高速发展已使传统相互隔绝的世界成为相互关联的地球村，但在这种时空压缩与现代人的脱域生存中，其结果是传统的地球物理距离的日益消失和现代人的心理距离的日益强化，而这，也逐渐成为现代人生存的新障碍。

三　网络传播时代的拟态生存

鲍德里亚认为，后现代社会是一个通过媒介而建立起来的符号世界，社会的所有一切都是按照模拟和仿像的原则建立起来的，在其中，各种不同的符号彼此循环往复。西方文化的整个历史就是符号对现实的模仿历史，只是在历史发展的早期，符号是作为现实的模仿物而存在的，其后符号与现实分离了，而到了当代仿像社会中，符号取代了现实，符号就是现实。也就是说，在历史发展的早期，符号对现实的关系所遵循的是再现原则，体现了现实与符号之间的本源与反映的关系，符号与现实之间存在着距离；而到了仿像社会，传统的再现原则被打破，符号与现实显得越来越分离和不相关，符号自身成为现实的替代物，符号与现实达到了同一化，传统的距离不复存在。在《仿真与拟象》中，他描述了符号与现实的这种历史关系：首先，符号是对某种基本现实的反映；其次，符号遮蔽和篡改基本现实；再次，符号遮蔽某种基本真实的缺失；最后，符号发展为与任何真实都没有关系，而纯粹仅仅成为自身的拟象。[①] 据此，鲍德里亚认为，这种建立在符号基础之上的文化，是一种性质不同的新文化，一种他所谓的“仿真”文化。在后现代的“仿真”社会中，呈现的是一个“没有本源、没有所指、没有根基”的“象”，即“幻象”。这是一个由语言符号（包括文字和图像）构成的世界，是一种“超现实”或“超实在”，是通过“仿真”而产生的影像或符号世界。

在鲍德里亚看来，当传统的“语言表征”受到质疑时，我们的整个语言系统就变得无足轻重了，它就什么都不是了——只是一个庞大的幻象，这样，它也就谈不上真实与不真实，因而它永远也不再与“真实”发生交换，它只是与自身进行交换，在一个没有所指、没有边缘、没有遮拦的循环体系中与它自身进行交换。在古典文化中，符号呈现为对现实世界和真实事物的模拟，而在后现代理论中，“仿真”则在高科技技术的支持下达到了与现实无关的地步，符号、象征或影像代替现实成为现实的“真实”幻象。

从鲍德里亚所描述的符号与现实的历史关系引申开来，我认为，在网络传播时代，人们更多地是生存在一种由网络符号所建构的拟态世界中。在这个由网络符号所构成的虚拟生存中，模仿物取代了相对的实存之物，成为“真实”的现实。在网络世界里，所有的一切都是由符号所组成的仿像，所有的真实也都是一种和真正的现实无关的感觉上的真实。在超现实的世界里，各式各样的符号拒绝再现和反映现

① 参见 Baudrillard，J.，*The Precession of Simulacra*，Simulacra and Simulation，the University of Michigan Press，1994. p. 6。

实，而是直接取代现实，形成一个自足的仿像社会。在这个意义上，网络社会其实就是一个符号取代现实的社会，而这，也使得网络传播呈现出特有的符号表征危机。因为在传统的社会中，符号对现实的反映是依据符号对现实的再现原则（表征原则）进行的，而符号的表征危机则意味着在后现代社会中，符号不再按再现的原则进行，它自有其独特的运作法则，由符号所构成的后现代文本拒绝再现外部世界，符号取代了现实，符号与现实之间的距离逐渐消失，在某种意义上，符号就是现实，甚至比现实更“现实”。

四　网络传播时代的景观生存

从文化的发展维度来看，网络传播时代的出现是当前文化转型的一种外在表征。如果说前现代文化到现代文化的转型，使得文化架构其自身的反思、批判和重建功能，并体现出远离大众的精英特性和自恋特性。那么，现代文化到后现代文化的转型则使得传统的精英文化逐渐祛魅，而通俗性、消费性和景观性的大众文化日益盛行，并逐渐改变着人们的消费观念和审美取向。后现代文化是一种全新的文化，它不仅构建了生活于其中的我们的日常生活态度和意识形态观念，而且也重塑了我们关于自我和世界关系的观念。此外，这种文化也不断地用高新技术来获得消费的普遍化和受众的非个人化，在其中，景观生存已成为现代日常生活的普遍方式。

网络传播时代所带来的一个文化事实是消费社会的出现，而消费社会最重要的特征就是商品越来越多，人被物品包围着，人通过消费物品来建构自己的身份。我们是通过消费物来感受到我们生活在这个世界里，这也就是凡勃伦笔下中的“炫耀性消费”，即“被见证”。在

《有闲阶级论》中，凡勃伦认为，新的中产阶级把时尚当作谋取社会地位的手段来使用。新兴的中产阶级通过惹人注目的消费、惹人注目的浪费以及同样惹人注目的闲暇来表示他们的富有。在消费社会里，商品不仅仅是物，而变成了景观和符号，而人们消费的不是实实在在的物，而是各种各样的符号。在这个意义上，视觉消费是一种炫耀消费，消费过程中消费者注重的不仅是物品消费带来的生理和物理上的满足，更重要的是心理满足。视觉消费在相当程度上是一种视觉快感的满足，一种自我认同确认的满足。而且，在这种“被见证”的消费中，个体的生存其实已转化为一种景观生存。

网络传播时代的到来，在我看来，还通过另外一种隐在的文化表征得以说明，即文化从文字时代向图像时代的转化。在当下的网络社会，视觉性已经成为一个非常突出的文化现象，视觉消费也成为当今文化的第一要素，而“最大限度地吸引观众的眼球”也已成为当代文化的价值追求。如在当下的许多电影中，情节已被淡化，更多是表现一些吸引眼球的视觉效果，通过极具冲击力的视觉画面来吸引观众的眼球。这种变化的本质，在我看来，就是文化中视觉因素的强势性所带来的图像对文字的取代。在视觉媒介的强大攻势之下，传统的文字媒介已变成一种次要的角色，而图像与文字的战争，也很好地说明了当下网络文化的视觉性特征。

（作者杨向荣、刘鑫，杨向荣系浙江传媒学院文学院教授，博士生导师，刘鑫系人民网记者。本文原刊于《传媒观察》2010 年第 11 期）

论网络类型小说生产同质化与差异性的建构

网络类型小说作为文学产业化生产的典型样态，无疑具有文化产品的性质。正因为此，一方面，它与传统意义的文学有形或无形地划开了界域，但另一方面，人们又会自觉或不自觉地用传统文学观念来观照、考量抑或排斥它。事实上，网络类型小说无论从生产方式还是文本形态都更多地折射了文学在当代所发生的变化。如何看待当下文学产业化的生产方式所制导的文化产品，实际上关涉对当下文学形态（包括网络类型文学）的认识。本文拟从文化工业批判理论和当代文化产业发展实际状况两个维度来探讨网络类型小说生产的同质化与差异性问题，这是认识网络类型小说生产以及文本价值的一个理论聚焦。

一　网络类型小说生产的同质化诉求

提到文化产品，人们自然会想到“文化工业”和“文化产业”这两个词语。“文化工业”（Cultural Industry）一词是马克思·霍克海默和西奥多·阿道尔诺在其合著的《启蒙辩证法》一书中提出的。随

后，文化工业这一概念被广泛运用于批判现代工业生产所导致的文化产品的物化现象。该词也被法国社会学家、活动家和政策制定者所接受，并且转化为“文化产业”（Cultural Industries）一词。文化工业与文化产业的区别，不仅在于单复数形式上的差异。“法国‘文化产业’社会学家反对阿多诺和霍克海姆采用单数形式的Cultural Industry一词，因为它被局限在一种‘单一领域’之中，这样一来，现代生活中共存的各种不同形式的文化生产，都被假设遵循着同一种逻辑。他们不仅想要指出文化产业的复杂程度，还想辨别不同类型文化生产所遵循的不同逻辑。”① 从单一到复杂，从同一到差异，文化工业批判理论与文化产业理论所代表的对不同阶段文化生产的区别性认识，为我们深入考察网络类型小说的生产及其文本形态提供了一个新的视角。这里先来看文化工业理论中的同一性生产逻辑及其类型小说文本的同质化特征。

所谓同一性逻辑就是“文化工业的所有要素，却都是在同样的机制下，在贴着同样标签的行话中生产出来”②。同一性逻辑体现了商品生产的规定性特征，如此，作为精神创造的文化活动及其创造物也就失去其本应有的风格：“从前具有批判性和差异性的文化被资本主义的同一性逻辑所侵蚀。艺术品被简化为相同的效用单位，丧失了原有的本质属性——异质性，物品的内在价值被削减为相同个体所具有的相同交换价值和价格，量取代质。”③ 显然，文化工业理论强调指出了文化工业机制下生产出来的文化产品具有批量生产和复制所造成的同质化倾向。

---

① ［美］大卫·赫斯蒙德夫：《文化产业》，张菲娜译，中国人民大学出版社2007年版，第18页。

② ［德］马克斯·霍克海默、［德］西奥多·阿道尔诺：《启蒙辩证法：哲学断片》，渠敬东等译，上海人民出版社2006年版，第116页。

③ ［英］斯科特·拉什、［英］西莉亚·卢瑞：《全球文化工业：物的媒介化》，要新乐译，社会科学文献出版社2010年版，第5页。

同质化主要是以产品形态的共性特征表明工业生产的经济效用价值，这一特点在网络类型小说生产中得到充分的体现。网络文学的业内人士指出："类型小说的一个基本特点是同质化创作，商业上的原理和兰州拉面好吃满大街就都是兰州拉面一样简单，所以所谓的类型，最简明的基础概念就是，同一时间段内出现的众多的同质化作品。"[①] 类型这一标签既标明了同类小说在题材内容以及结构安排上质的规定性，也显示该类型与他类型的区别与差异。类型的规定性亦即同质化是类型文学的商业属性所致。流行和畅销是商家及生产者追求的目标。只一两部小说写得再好，不为流行；大家都跟风去读去写，流行带来了畅销。所谓流行，就是建立在同一模式下的产品推广。类型小说的商业价值在于它的聚合效应，即在同一类型下有大量同质化的作品，为商家带来利润。

与传统意义上的小说相比，类型小说恰恰是以高度类型化来标明自身特征和价值。这里来看美国学者阿瑟·阿萨·伯格对长篇小说与通俗文化小说的区分。他将侦探小说、科幻小说、间谍小说、西部小说、浪漫小说等称为通俗文化小说。而在他看来，长篇小说也就是"文学"或"高雅"文化小说。值得注意的是，他用"样式"一词来标示通俗文化小说的特质："通俗文化小说中的小说在本质上是经常公式化的，很多这样的小说可以被划归为特别的样式。……在很多情况下，我们通常理解的长篇小说和通俗文化'样式'小说之间是有区别的。我将其划分为通俗文化小说的长篇小说是具有长篇小说的所有属性但也可以根据其样式进行分类的作品——而传统长篇小说就不能这样分类。"那么样式是什么？他认为："样式和公式之间有区别。样式一词的意思是'门类'或'种类'……然而，在某种特定样式中，

---

① Weid：《试论二十一世纪以来大陆网络类型小说的兴起与演变》（http：//www.lkong.net/thread—527863—1—1.html）。

可能有很多不同的公式。"[①] 比如他列出侦探小说这一样式主要有三种公式：经典公式、硬汉公式、程序公式。显然，这里的公式就是小说中的同质化内容或曰模式，样式就是类型。阿萨·伯格所说的样式小说，在概念上基本等同于我们所说的类型小说。在他看来，类型是通俗文化小说区别于长篇小说的重要特征和明显标志。

如果说类型化是网络小说突出的形态特征，那么，属于同一类型的文本必然在诸多方面有其相同或相似之处。这是因为所谓类型就是一套基本的常规，并由作家和读者通过默契而共同遵守。而且"类型的特征，即组织作品的结构的手法，是主要的手法，也就是说，创作艺术整体所必需的其他一切手法都从属于它。主要的手法称为dominante（主因素）。全部主因素是决定形成类别的要素"[②]。这一主因素使网络小说在创作模式以及题材选择、人物设计、情节安排等方面都自觉遵守类的规定性。这里以《梦回大清》和《步步惊心》两部"清穿"作品为例，具体阐释网络小说的同质化现象。"清穿"是"清朝穿越"的简称，专指穿越到清朝的"YY"（幻想的现实中不可能发生的事）小说。一般认为，清穿小说的鼻祖是金子的《梦回大清》。这部2004年开始在晋江连载的小说，讲述了普通白领穿越回清朝有名的"九龙夺嫡"时期，与胤祥、胤禛等阿哥之间发生的故事。之后，"清穿小说"大量涌现，其中比较有名的作品，除了《步步惊心》，还有《瑶华》《独步天下》《谋嫡诱色》《尘世羁》《勿忘》等。

首先，《梦回大清》和《步步惊心》这两部小说都采用"穿越＋言情＋宫斗"的创作模式。所谓"穿越"，即主角因为一系列事故，从本身所生活的时代穿越到了另一个时代；"言情"指故事主要以爱

---

① ［美］阿瑟·阿萨·伯格：《通俗文化、媒介和日常生活中的叙事》，姚媛译，南京大学出版社2006年版，第106—108页。

② ［法］茨维坦·托多洛夫：《俄苏形式主义文论选》，蔡鸿滨译，中国社会科学出版社1989年版，第270页。

情故事为主线；“宫斗”则指在皇宫之内发生的一些权力斗争的情节。《梦回大清》的女主角是由于故宫里的一次迷路而意外穿越到了清朝康熙年间，成为生活在清朝的官家小姐——雅拉尔塔·茗薇，并与康熙的四皇子爱新觉罗·胤禛（雍正）、十三皇子爱新觉罗·胤祥展开了一场三角恋，其间穿插描述了“九龙夺嫡”的故事。而《步步惊心》的女主角则是因为一场车祸穿越到清朝康熙年间，成为八阿哥侧福晋的妹妹——马尔泰·若曦，并与康熙的四皇子爱新觉罗·胤禛、八皇子爱新觉罗·胤禩展开了一场三角恋。同样，女主角在清朝也成为“九龙夺嫡”的见证者之一。应该说，穿越言情加宫斗这一创作模式就是清穿小说创作的“主因素”，它决定和控制了小说的题材、人物、情节等诸多因素。在题材选择上，《梦回大清》和《步步惊心》这两部小说人物都是穿越到康熙年间，且都参与了“九龙夺嫡”；在人物设计上，《梦回大清》和《步步惊心》的同质化突出体现在爱新觉罗·胤禛这个人物上。四阿哥爱新觉罗·胤禛即后来的雍正皇帝，在历史上以“铁腕政治”著称。两部小说在塑造四阿哥的时候，都尽力凸显其“威严”“冷面王爷”“铁血皇帝”等历史形象，而为了迎合广大观众的审美需求，在这些基本历史形象上又添加上了“冰山男（广义指脸上不见表情，话语冷峻，外表冷漠但内心温柔的男子）”“美男”“外冷内热”等标签。在情节安排以及矛盾设计上，因为两部作品都发生在康熙年间，女主角都经历了“九龙夺嫡”，因此主要矛盾就避不开四阿哥和八阿哥的皇位之争，同时又因为两部小说都有两个以上的男性角色对女主角产生感情，而这种感情矛盾又往往结合在权力矛盾之中。这种矛盾纠杂也普遍地存在于其他清穿小说中，或概而言之，如上所述的两部小说在创作模式以及题材选择、人物设定、情节组织等方面的同质化倾向突出地显现于网络小说各种类型文本之中。

网络小说文本的同质化，不应简单地理解为作者创造力的匮乏。对于作者而言，创新不是第一位的，求同则是基本要求。关于这一点，网络文学业界人士认为，“创意、文笔、细节对小说来说都很重要，但对类型小说而言，它们都不是最重要的。讲的是什么故事？在该类别题材内，在基本预期层面，有没有把故事讲好？这才是最重要的。所以你会发现，‘俗套’不仅不是应该去除的，反而是新人入行时的一个很好的手法。每一个类型小说作者在展望自己作品的前景时，首先应该问自己的是，‘我写的是哪一类的’‘这一类读者一般都想看到什么’‘我对这些预期的处理方式是什么’”[①]。“俗套”形成了类型小说的基本叙事框架，亦是同质化的表征形态，也是网络小说写手在写作时自觉遵守的定式。

按照霍克海默和阿道尔诺的观点，文化产品同质化产生于特定的文化生产机制。这样的生产机制服从于同样的目的和行业规范，它使得文化产品具有物质产品的属性，而失去了其自身的独特性和创造性。“因此，所谓文化工业的风格已经不再需要通过抑制无法驾驭的物质冲动来检验自身了，它本身就是对风格的否定。普遍与特殊之间的调和，规范与特定的需求之间的调和以及唯独能够为风格提供本质的，有意义的内容的成就，都是无效的，因为它们连所有对立两极之间最微弱的紧张状态都消除掉了：这些相互协调的极端状态软弱无力地统一了起来：普遍替代了特殊，或者相反。”[②] 这正是文化工业理论要批判的要害之处——文化工业所生产出来的同质文化。“在同质文化中，每个个体都相同于其他个体，个体作为商品和工具的本质与其他个体的本质无任何差别。霍克海默和阿道尔诺哀叹于这种同一性逻

① Weid：《试论二十一世纪以来大陆网络类型小说的兴起与演变》（http：//www.lkong.net/thread－527863－1－1.html）。

② ［德］马克斯·霍克海默、［德］西奥多·阿道尔诺：《启蒙辩证法：哲学断片》，渠敬东等译，上海人民出版社2006年版，第116页。

辑，认为它需要受到批判。”① 文化工业理论对文化工业同一性逻辑的批判，实际上也为我们认识当今网络类型小说生产及其文本的商品化特征提供了批判的武器。

二 网络类型小说生产的差异性建构

批判的武器不能代替武器的批判，在看到文化工业批判理论所认为的工具理性法则对文化的渗入和改写的同时，我们也要看到在文化工业批判理论产生之后，文化工业的实际情形又在发生了变化，这种变化对网络类型小说生产产生了直接的影响和作用。

斯科特·拉什在他的著作《全球文化工业：物的媒介化》中将文化工业分为两个阶段，即霍克海默和阿道尔诺所指的经典文化工业阶段和现在的全球性文化工业阶段。他认为，霍克海默和阿道尔诺所谓的工业化其实只是商品化，而且是表征的商品化。随着文化工业过渡为全球文化工业，其内部又产生了不同的逻辑。斯科特·拉什指出：

> 霍克海默和阿多诺所谓的文化工业产品是确定的，而全球文化工业产品是不确定的。……霍克海默和阿多诺所谓的确定性乃是“同一”的问题，而不确定性则是“差异”的问题。全球文化工业中，生产与消费是建构差异的过程，文化工业中，生产表现为福特式流水线和劳动密集型生产，全球文化工业中，生产则表

① ［英］斯科特·拉什、［英］西莉亚·卢瑞：《全球文化工业：物的媒介化》，要新乐译，社会科学文献出版社 2010 年版，第 5 页。

现为后福特式的设计密集型差异生产。[①]

斯科特·拉什所说的全球文化工业亦即当今所言的文化产业。在文化产业化阶段，文化产品的确定性大大降低，这是因为消费者作为信息社会的文化主体，具有更加自主的个性，并以一种不确定的方式与文化产品发生联系，这种不确定性使得生产和消费的差异性逻辑大于同一性逻辑。差异性要求文化生产是设计创意型生产。如果说，艺术作为人类创意的最高形式，那么文化产品与其他物质性产品的不同之处就在于其核心价值表现为自身的独创性。斯科特·拉什对文化工业发展的阶段性区分以及文化产品差异的概括，有助于我们进一步认识网络类型小说生产及其文本特征。

就网络类型小说的生产来讲，其核心运作在于生产创意。现阶段的网络小说生产已进入专业化（产业化）阶段，即有专门的生产机构（如盛大文学及其文学网站等）从事小说生产。这些生产机构一面采用大量生产或过量生产的办法来弥补和平衡产品销量不足所造成的亏损；另一面着重培养和推出重量级写手和知名作家，这些写手和作家便是网站的招牌和名片，亦即生产机构精心打造的品牌。所谓品牌，即以独特的商品身份享有市场号召力。品牌标记着作家赋予小说文本的特有风格，这一风格正是差异的建构。应该说，作家的独创性劳动是文学生产中最重要的环节。虽然，文化产业越来越强调产业系统的整体运作，但是因为原创的，与众不同的创意如此弥足珍贵，使得文化产业机构或组织给予并保障作家拥有比其他生产者更多的自主权，即作家的创作活动在很大程度上是独立和自由的。美国文化产业研究者大卫·赫斯蒙德夫将作家、艺术家称为“符号创作者”，他说：“符

① ［英］斯科特·拉什、［英］西莉亚·卢瑞：《全球文化工业：物的媒介化》，要新乐译，社会科学文献出版社2010年版，第8页。

号创作者是制作文本的主要劳动者。按照定义，不论文本制造因为复制、分配、营销以及酬劳等程序而多么依赖产业系统，但如果没有符号创作者，文本是不可能存在的。”[①] 作家的价值就体现在他不是一般的产品制造者，他是文本独一无二的创造者，他的创作构成了与其他文本生产的实质性差异。

究其实，“所有文化产品都包括两种因素的混合物：传统手法与创造。传统手法是创作者和观众事先都知道的因素——其中包括最受喜爱的情节、定型的人物、大家都知道的观点、众所周知的暗喻和其他语言手段，等等。另一方面，创造是由创作者独一无二地想象出来的因素，例如新类型的人物、观点或语言形式”[②]。传统手法作为小说创作的共性特征体现了文化产品同质化诉求，而创造乃是作者及其作品个性化的表达，这是该小说区别于他小说的差异性所在。应该说，同质化与差异性关系实质上也是艺术创作中的守旧与创新的对立统一问题。对于类型小说来讲，二者必不可少，因为“文学作品给予人的快乐中混合有新奇的感觉和熟知的感觉”，“整个作品都是熟识的和旧的样式的重复，那是令人厌烦的；但是那种彻头彻尾是新奇形式的作品会使人难以理解，实际上也是不可理解的。……优秀的作家在一定程度上遵守已有的类型，而在一定程度上又扩张它”。[③] 因而，类型小说创作不仅存在类的规定性要求，而且更需要在类型基础上有所突破和创新。

进一步而言，突破和创新正是一部小说在众多的同类作品中克敌制胜最重要的法宝。无论哪种类型的小说，也无论采用怎样的模式，

① ［美］大卫·赫斯蒙德夫：《文化产业》，张菲娜译，中国人民大学出版社 2007 年版，第 17 页。

② ［美］阿瑟·阿萨·伯格：《通俗文化、媒介和日常生活中的叙事》，姚媛译，南京大学出版社 2006 年版，第 107 页。

③ ［美］韦勒克、［美］沃伦：《文学理论》，刘象愚译，生活·读书·新知三联书店 1984 年版，第 268—269 页。

如果没有独创性的内容，那将失去自身存在的价值。因为读者喜欢读某一类型的小说，并不意味着他们喜欢读两本几乎没有差别的小说。事实上，读者读同一类型小说往往存在着相互比较的阅读心理。这里我们依然以《梦回大清》和《步步惊心》两部小说为例说明其差异性。尽管两部小说的创作模式以及题材、人物和情节上存在着某些相同和相似之处，但在具体表达方式、关键情节处理以及语言风格上有着明显的差异。《梦回大清》作为“清穿”的首作，奠定了该类小说的基本构架和题材内容，但在具体情节的过渡上有其粗疏之处，人物命运的设计过于理想化，比如写小说中女主的爱情：“如果说小薇是个甜蜜的陷阱，那么十三在井水里泡着，十四在井当中悬着，八在井盖边守着，九、十在井边向里望着。而四，已经沉在井底——不仅判了死刑，还永世不得超生。”就爱情而言，近乎童话。而《步步惊心》中的若曦从头至尾都没有完整得到过那份属于她的幸福，无论是八阿哥，还是四阿哥，甚至临死连四阿哥的最后一面都见不到，爱情自有其凄美之处。此外，《步步惊心》的情节更加紧凑、整体架构清晰，小说语言较之《梦回大清》显得更成熟和流畅，心理描写也比较细腻充分。就此可看出《步步惊心》能在《梦回大清》之后得以畅销的原因所在。

这就是阿萨·伯格所说的：“所有通俗文化样式也都一样：我们也许非常清楚最终会发生什么事，但是不知道主人公将会如何取胜并达到目的。”[①]“如何取胜”乃是此小说区别于彼小说的独特之处，也是小说建构“差异”之处。著名学者陈平原说：“一部好小说，很可能百分之九十九都是‘旧’的，可正是那百分之一的‘新’实现了作品的价值。能理解并把握这百分之一的‘新’，比不着边际地赞扬其‘全面革新’更有意义。其实，又何尝有过真正‘全面革新’的作品；

---

① ［美］阿瑟·阿萨·伯格：《通俗文化、媒介和日常生活中的叙事》，姚媛译，南京大学出版社 2006 年版，第 108 页。

倘若有，肯定也没人能欣赏。”[①] 可见作品创新价值不是由同质化与差异性的量决定的。换言之，虽然网络类型小说存在着大量的同质化作品，但我们也要看到差异性在建构小说文本价值以及小说生产中所起的重要作用。

三　网络类型小说生产与大众文化选择

以上论述似乎贯穿着这样一个观点：文化工业理论批判的文化生产同质化，现如今已被文化产业化生产的差异性取代。那么，这是否意味着我们对网络类型小说的生产及其文本价值是沿着从否定（同质化）到肯定（差异性）的命题走向呢？也许，深入事物内部的探究远比下一个结论要复杂和困难得多。

应该看到，文化工业理论批判的生产同一性逻辑，无论在经典文化工业时代还是在当代的产业化生产中依然普遍而深刻地发挥着作用。这是因为决定同质化生产的根本性因素并没有改变。

一是文化工业的流水线式生产方式如今并没有改变，网络文学的生产方式主要表现为“制造”“制作”而非“创造”“创作”的特点。这种生产方式必然制造出相应形态的文化产品。关于此，盛大文学CEO侯小强曾直言不讳地表达“文学就是商品”的观点，“他将盛大文学定义为‘世界小说工厂’。在他的想象中，这是一个涵盖上下游产业链的企业，生产的不是小说，而是产品，有着流水线般的产业链，需要商业化运营。在这条产业链上，不仅有作者和读者，还有专业的书业经纪人、出版商、发行商、书评队伍，以及将故事进行游戏

① 陈平原：《小说史：理论与实践》，北京大学出版社2010年版，第134页。

化和影视化改造的队伍”[①]。这段话不仅陈述了一个事实，即文学生产在现阶段已成为商品生产的事实，而且也意味着由产业化生产方式所决定的文化产品形态特征。正如特里·伊格尔顿说：

> 一个社会采用什么样的艺术生产方式——是成千本印刷，还是在风雅圈子里流传手稿——对于“生产者”与“消费者”之间的社会关系是一个非常重要的决定性因素，也决定了作品文学形式本身。在市场上成千部销售给不相识读者的作品，在形式上就很不相同于庇护制度下产生的作品；戏剧也是一样，为民众剧院写的戏，在程式上不同于私人剧院演的戏。从这个意义上说，艺术生产关系在于艺术内部，由内部形成它的形式。[②]

如果说，西方马克思主义的“文学生产论”将文学生产作为社会物质生产的一部分而观照时，还只是侧重于文学的物质存在性而言的，却并不否认文学属于意识形态范畴的性质。但在盛大文学的经营框架里，文学完全呈现为产品形态，就不可避免地存在千篇一律、相互复制的现象。

二是按照文化工业批判理论的观点看，文化工业不仅仅生产文化产品，也生产与这种商品相对应的大众的需要，亦即文化工业只有采用“标准化”的方式生产出大量同类型的产品，才能被已经习惯这种生产方式及其生产的文本的大众所认可。自然，由大众文化培养起来的大众文化需求如今也没有改变。因此在大众文化的背景下，在成熟商业机制中，选择并生产读者喜爱的小说类型使之易于传播，是文艺作品商业价值实现的重要策略。为什么类型对商业化文学来讲是如此

---

① 侯小强：《起点中文网收入翻了好几倍》（http：//tech. qq. com/a/20100108/000217. html）。

② ［英］特里·伊格尔顿：《马克思主义与文学批评》，文宝译，人民文学出版社 1980 年版，第 73 页。

重要？我们还可以用詹姆逊的观点来进一步论证："公众想一遍又一遍地看到同样的事物，因此迫切需要类型的结构和类型的标志：如果你对此怀疑，想想你自己发现你从神秘小说书架上挑选的纸皮书竟是一本爱情故事或科幻小说时会多么震惊……即使你是一个卡夫卡或陀思妥耶夫斯基的读者，当你观看一部警察电视片或一部侦探系列片时，你也会期待已成常规的格式，不想让电视叙述对你提出'精英文化'的要求。"① 詹姆逊认为，大众文化读者都有明确的心理预期，必须以类型化产品来满足。因此，可以说，当艺术生产一旦与工业或产业化结合，其生产的文化产品的同质化就不可避免。所以，无论是过去还是现在，我们都要认识到，同质化是文化工业化和产业化的必然现象和客观存在。

其实，同质化和差异性是一个事物的两面，它们对立统一于网络小说生产中。同质化主要是就其生产方式和网络小说类型化所造成的文本复制以及趋同现象而言，而差异性客观呈现出创作的个体化特征以及文本之间的区别，亦即同一类型的小说，无论其同质化程度有多高，也总有其差异性存在。换言之，差异性是一部小说作为自身价值存在的体现，而无论其质量的优劣。这也就是说，同质化和差异性并存于网络小说生产以及文本之中，我们不能简单地予以价值判断，既不能对同质化做全面否认，也不能简单地肯定差异性。要将其放在特定的大众文化生产语境中考察。说到底，网络小说生产服从于大众的文化选择。大众需要类型化的小说，也需要类型框架里并不完全相同的小说。

当然，即使我们排除了同质化的负面影响，以及差异性的正面作用，也依然面对这样的现实，即网络小说在当今文学格局中仍然被边

---

① ［美］弗雷德里克·詹姆逊：《快感：文化与政治》，王逢振译，中国社会科学出版社 1998 年版，第 248 页。

缘化，属于“亚文学”性质。这就是本文开头所说的，人们会自觉或不自觉地用严肃文学的标准来衡量网络小说的价值。这在一定程度上反映了人们对文化的选择和判断。著名大众文化学者雷蒙·威廉斯认为，对大众文化产品的质量进行评判首先应考虑选择方法问题：

> 很明显，为了证明他们的说法（要阻止低劣东西盛行，进行证明的确非常重要），研究流行文化的当代历史学家习惯把目光聚焦在低劣的东西上而往往会忽略那些优秀的东西。如果有很多低劣书籍，同时也有相当多的优良书籍；而且这些优良书籍和那些低劣书籍一样，比原先更为广泛地流通开来。①

他指出：在看到低劣作品出现的同时，也要看到，优秀的书籍、报纸、杂志的读者，公共图书馆的使用人数，严肃音乐、戏剧、芭蕾的受众，博物馆和展览馆的参观人数等都在普遍稳步上升。显然大众接触到的优秀作品还是占相当大的比例。不过，文化观念的制约以及选择方法的偏向使人们往往产生这样的看法：传统纸媒文学的作品质量高于网络类型文学，并将文本质量作为考察网络类型小说与传统文学价值及其区别的一个无形的标尺。对此，阿萨·伯格这段话则颇有意味：“就小说而言，我想这种看法是有意义的——一部拙劣的‘严肃’小说是拙劣的作品，而一部优秀的‘样式’小说是优秀的作品。这里出现了一个问题：当一部像达希尔·哈米特的《马耳他猎鹰》这样的样式小说达到了一定的文学优秀水平之后，是否就失去了其样式身份?”② 此段话说明：“‘高级’的小说类型可能产生十分拙劣的作

---

① ［英］雷蒙·威廉斯：《文化与社会》，高晓玲译，吉林出版集团有限责任公司 2011 年版，第 322—323 页。

② ［美］阿瑟·阿萨·伯格：《通俗文化、媒介和日常生活中的叙事》，姚媛译，南京大学出版社 2006 年版，第 106 页。

品，而‘低级’的小说类型也可能出奇制胜。”[①] 显然，严肃小说与样式小说（类型小说）不是以质量高低来界定的，同样，类型小说也不能简单、武断地被判定为质量低下。

我们应该注意下列数据，仅起点中文网原创小说书库就有1136404部（截至2014年3月16日），加上其他文学网站所生产的类型小说，起码不下于200万部。如此数量庞大的小说，自然大多数质量不佳。但如果以万分之一计，能有200部左右的小说算得上质量上乘之作，或者，再保守一些推断，即使有几十部优秀之作，那也是网络小说的骄傲！事实上，网络文学在十多年的发展历程中，也出现过多部具有一定影响力的优秀作品。曾有相关文化单位评选的诸如“十佳优秀作品”，如《成都，今夜请将我遗忘》《悟空传》《新宋》《诛仙》《家园》等应该说在一定程度上代表了网络文学取得的成就。当然，网络类型小说的优秀之作，远不止上述所列数目。显然这些作品都有着鲜明的独创性，属于同一生产机制下的大众文学。

综上所述，如果说本文对网络类型小说生产同质化和差异性尚未做否定或肯定的价值判断，或者说，即使我们承认同质化是网络类型小说生产的客观性存在，那么这也并不意味着对差异性生产的忽视和否认。相反，我们应从理论认识和网络生产实际考察两个方面，看待同质化和差异性之间既对立又统一的关系建构在网络类型小说生产中产生的作用。

（作者葛娟，浙江传媒学院文学院副教授）

① 陈平原：《小说史：理论与实践》，北京大学出版社2010年版，第144页。

说“颜值”：兼谈网络新词的构词方式及受众接受程度

在互联网时代，每年都有大量的网络新词出现，然而绝大多数网络新词只是昙花一现或者只在某一小的范围内有着一定的市场，并非每一个网络新词都能够深入人心，最终进入普通词汇当中。

自 2014 年下半年起，“颜值”一词风靡网络，直到现在依然热度不减，且出现了多种衍生用法。“颜值”指的是人物颜容英俊或靓丽的数值。很多人认为“颜值”一词来源于日语，如“颜值，源自日语‘脸’的汉字。”① “颜，就是颜容、外貌的意思，中文的‘脸’在日语中翻译成‘颜’。”② “‘颜’在日语中意为容貌。”③《解放军生活》杂志黄龙整理的网络流行词“颜值”亦指出：“源自日语‘脸’的汉字。”如此等等。然而，笔者认为事实不尽如此。那么“颜值”究竟如何成词？如何为大众所接受？又有什么样的发展？针对这些问题，本文分析了网络新词“颜值”一词的成词及其发展过程，并在此基础上进一步探讨了网络新词的构造方式以及如何为大众所接受而进入普通

---

① 自定义人生网（http：//www.zdyrs.com/wangluoreci/3773.html），2015 年 3 月 17 日。

② 天涯论坛（http：//bbs.tianya.cn/post－funinfo－6336015－1.shtml），2015 年 5 月 11 日。

③ 百度知道（http：//zhidao.baidu.com/question/137089167362484405），2015 年 10 月 5 日。

词汇当中。最后，本文还对网络语言的现状及发展趋势等问题做了积极思考。

一 “颜值”一词的形成及发展

词由语素构成。关于“颜值”一词的形成及发展，我们将从“颜”与“值”两个语素入手来考察，再在此基础上探讨它的发展。

（一）颜

《说文·页部》：“颜，眉之间也。”[①]“颜”的本义为两眉之间（印堂），如《说文·面部》有“面，颜前也”即其证。又可以指额头，如《左传·僖公九年》：“天威不违颜咫尺。”孔颖达疏：“颜，谓额也。”又可以泛指“容貌、脸色”。在古汉语中，“颜”大多用作“容貌、脸色”义，如《诗经·郑风·有女同车》：“有女同车，颜如舜华。”《汉书·韩王信传》：“为人宽和自守，以温颜逊辞承上接下，无所失意。”可见，“颜”表“容貌、脸色”在我国古已有之。此外，以“颜”作为构词语素，其构词能力也非常强。查检《汉语大词典》，以“颜”作为构词语素的词语有 292 个之多，且一半以上与“容貌、脸色”有关，其中有很多词语即使在现代汉语仍然使用非常广泛。如：

“颜面”可以指面子、体面，也可以指面容。“厚颜”指厚脸皮，不知羞耻。“容颜”指容貌神色。“强颜”可以指勉强欢欣。“奴颜”谓奴才相。“汗颜”指脸上出汗，又可形容羞愧。“愁颜”犹愁容。“惭颜”指愧色，面有愧色。“童颜”指儿童的容颜，亦谓红润如儿童

① 中华书局影印徐铉校本《说文解字》作“眉目之间也”，本文“眉之间也”系据段玉裁《说文解字注》改。段玉裁认为各本作“眉目之间”是“浅人妄增字耳”。笔者同意段氏看法，详参《说文解字注》“颜”条。

的容颜。"笑颜"指笑容、笑脸。"素颜"可指不施脂粉的面颜。"颜色"也可以指面容、容貌。"和颜悦色"指和蔼喜悦的神色，和蔼可亲的面色。诸如此类词语在现代汉语并不罕见，"颜"作为构词语素皆为"容貌、脸色"之义。

由上可知，发展到现代汉语，"颜"已经不是一个词了，它在《现代汉语词典》（第6版）中并没有标注词性，这也意味着"颜"在现代汉语只是个语素。但作为构词语素，"颜"的"容貌、脸色"义在现代依然为大家所熟知。

除了这些以"颜"为构词语素构成的词语流传至今继续使用外，近些年在"颜值"一词产生之前，表"容貌、脸色"义的"颜"似乎又可以当作一个词继续使用了，一般用于网络用语当中。如：①《情愿不见你的颜》。[①] ②《谁的连长我的颜》。[②] ③《我认为最不可思议的颜——桐谷健太》。[③] ④《又见你的颜》。[④] ⑤《纯粹就是控你的颜》。[⑤] ⑥《我只是爱上你的颜》。[⑥] ⑦《他的颜在A家也是数一数二的吧》。[⑦] ⑧《想念你的颜》。[⑧] 其中例②作者网名为"私の宅"，例③是对日剧演员的评价，例⑦是对日本动画《假面骑士 Decade》中人物

① 随便乱：《情愿不见你的颜》，2006年1月31日，红袖添香（http：//article. hongxiu. com/a/2006－2－2/1076254. shtml）。

② 私の宅：《谁的连长我的颜》，2008年3月22日，博客大巴（http：//www. blogbus. com/farawayang－logs/17485671. html）。

③ 射手座摩耶：《我认为最不可思议的颜——桐谷健太》，2008年9月9日，时光网（http：//group. mtime. com/jpdrama/discussion/279280/）。

④ 牢笼4263：《又见你的颜》，2008年10月3日，搜狐（http：//slowestuniverse. blog. sohu. com/101128603. html）。

⑤ 鱼：《纯粹就是控你的颜》，2009年10月17日，豆瓣（http：//movie. douban. com/review/2547300/）。

⑥ 大话晓笙：《我只是爱上你的颜》，2010年7月22日，搜狐（http：//shshengman. blog. sohu. com/156856041. html）。

⑦ 红颜狗狗：《他的颜在A家也是数一数二的吧》，2011年1月7日，时光网（http：//group. mtime. com/jpdrama/discussion/1319175/）。

⑧ 婧宇风：《想念你的颜》，2012年4月19日，散文吧（http：//user. sanwen8. cn/180423/）。

的评价，可能以上三例“颜”与日语有一定的联系（但也未必，不管怎样，也先要有汉语的认知基础，才有可能会去用看似与日语相关的汉字）。由此看来，日语“颜”可能对“颜”在我国的使用有一定的影响，但并不起决定作用。另外，从根源上讲，日本汉字词“颜”亦是源自古汉语的“颜”。

此外，我们还有“美颜相机”（由厦门美图网科技有限公司设计研发，它的发布时间是2013年年初，比“颜值”一词的产生时间要早），这里的“颜”即为“容貌”义。

从以上诸多“颜”独用的例证可以看出，“颜”似乎经历了一个由词到语素再到词的发展过程。当然，现在“颜”是否已经独立成词还需要再考虑。原因有二：一是现代汉语双音节词占优势，而由“颜”作为构词语素又产生了一系列新词，从而湮没了“颜”作为一个词的存在。二是“颜”独立成词还基本上只用于网络语言中，没有深入日常用语当中。

要之，通过对“颜”的分析，我们发现表“容貌”义的“颜”我国古已有之，“颜值”之“颜”大部分人认为来自日语的“脸”，其实不然。我们或许可以说日本汉字词“颜”在一定程度上诱发了汉语“颜”（“容貌”义）的复苏，但从源头上讲，日语的“颜”来自汉语，且以“颜”作为语素构成“颜值”一词有汉语的历史及语义基础，并非偶然为之。

（二）值

分析了语素“颜”后，再来看“值”。《说文·人部》：“值，持也。”“值”的早期意义是“持”，引申有“相当”义，正如《说文解字注》“值”条所言：“凡彼此相遇、相当曰值。”“相当”如果用数字来衡量，那么“值”又引申有了“数值”义。比如有“音值”“调值”等大家熟知的说法，这些都可以用数字来衡量。

近些年，随着网络的发展，“×值”也有了新的发展，如有“成长值”“威力值”“经验值”“财富值”“能力值”“口碑值”“努力值”“期待值”“爱心值”等，这些词多数是在网络中使用，“值”的使用范围不断扩大。如果说“成长值”“威力值”“经验值”“财富值”还勉强与数值有一定的关系，那么“能力值”“口碑值”“努力值”“期待值”“爱心值”则比较抽象，难以用确切的数字来衡量了。正是因为“值”的构词能力不断增强，刘妍（2005）认为“值”与“性”“度”“感”等类似，可以称其为词缀或类词缀了。笔者认为，这些词语虽然比较抽象，但人们还是希望可以计算，所以网络上有“颜值计算器”“能力值计算器”等，还有“颜值爆表”等说法。可见，“值”虽然构词能力增强了，但还是有实在意义，与成为词缀或类词缀尚有距离。

可见，“值”意义泛化，构词能力增强，所以在表示人物颜容英俊或靓丽程度之时也用了语素“值”形成“颜值”一词。

（三）“颜值”一词的发展

由“颜”和“值”的分析可以看出，“颜值”一词的形成并非偶然。它是在汉语现有材料基础上合理（偏正式复合词）而富有创造力的组合，是一个构造相对成功的网络新词。也正因如此，“颜值”一词在短短数月之内就风靡全国，为大家所接受，逐渐从网络用语渗透到了非网络环境当中，比如电视节目、报纸杂志，以及人们的日常会话等。“颜值”不仅可以用于人，也可以用于物，适用领域极其广泛，比如有“手机颜值”“汽车颜值”“城市颜值”等。

当“颜值”一词产生后不久，又出现了“颜王”“颜粉”“颜控”“颜龄”等衍生用法，语素“颜”的构词能力也在不断增强。此外，还有“颜值”的仿词“言值”，用来指人讲话的文明程度以及语言表达能力的高低。例如：“虽说这是一个被戏谑为‘看脸’的时代，但光拼‘颜值’是不够的，昭华易逝，皮囊易朽，拼‘言值’才真正体现魅力！”[①] 作为网络新词，“言值”的使用范围也在逐步蔓延，这在一定程度上也扩大了“值”的使用范围。

总之，受到互联网的影响，在汉语原有语素的基础之上，网络新词“颜值”产生，其构造方式符合汉语的构词规律且颇具创造性，给汉语词汇系统注入了新鲜血液。

二　网络新词的受众接受程度

随着网络的普及，网络新词层出不穷，但最终能够经受住时间考验的却并不多。网络新词如何能够为大众接受，进入普通词汇当中？笔者认为一个构造比较成功的网络新词至少应该符合以下几点。

（一）符合汉语的构词规律

网络语言是伴随着互联网络的发展而兴起的一种语言形式，包括数字类（如“88”表示“再见”，“1372”表示“一厢情愿”）、标点符号类［如“n(＊≧▽≦＊)n”表示“可爱”，“↖(^ω^)↗”表示“加油”］、字母类（如“GF”表示“女友”，“GG”表示“哥哥”，“MS”表示“貌似”）、文字类（如“偶”表示“我”，“杯具”表示“悲剧”，“美眉”表示“妹妹”）等多种形式，它们在特定的网络媒介传播中表达特殊的意义。其中数字类、标点符号类都不能算作是词，字母类也很难与真正意义上的字母词（如CPI、ETC、PM2.5）相提并论，而文字类又可分为同音类（如“杯具”）、谐音类（如“偶”“美眉”）、新造类（如“给力”“颜值”）。毋庸置疑，网络新词最有代表性的还

① 新华网（http：//news.xinhuanet.com/book/2015－07/01/c_127941592.htm）。

是运用汉语原有语素新造的词语（新造类网络词语），甚至可以说只有新造类词语才能算是严格意义上的网络新词。因此，笔者基本上也是针对新造类网络词语展开论述。

随着网络的普及，网络新词也和人们的日常生活关系逐渐密切起来。网络新词的构造方式要符合汉语的构词规律，只有这样才可能被大众所接受。比如“颜值”一词为偏正（定中）式名词，符合汉语词语的构造规律。然而有些网络“词语”[①]，如“累觉不爱”（很累，觉得自己不会再爱了）、“十怒然应”（十分愤怒，然后答应了他）、“十动然拒”（十分感动，然后拒绝了他）、[②]“细思恐极”（仔细想想，觉得恐怖至极）、“人艰不拆”（人生已经如此艰难，有些事情就不要拆穿了）、“请允悲”（请允许我做一个悲伤的表情），等等。以上“词语”通过“缩略”而来，然而这些“词语”却并不符合缩略的一般规则，[③]更不符合汉语构词的规则。对于大部分人而言，随便拿出其中一个“词语”，都会让人觉得云里雾里，不知所云。因此，这一类不符合汉语构词规律的“词语”恐怕很难被汉语普通词汇系统所接受。

（二）符合表义需要，可以精准地表达情境、心情等

构造的新词要符合表意的需要，能够精准地表达情境、心情等。汉语的词汇量比较丰富，如果构造的新词达不到这个要求，那么它就没有存在的必要。也就是说，除此词之外，汉语目前没有更贴切的词语来表达。从构造新词的语素搭配来看，语素与语素之间的组合相对完美，非彼不可。我们仍然以“颜值”一词为例加以说明。

1. “颜”与“面”“脸”“貌”“容”

“颜”与“面”“脸”“貌”“容”在某种程度上同义，有“颜面”

---

① 严格意义上讲，不能算作词语，在此姑且称之为“词语”。

② “十怒然应”与“十动然拒”是一对反义词。

③ 缩略要以人们能否看懂、理解为前提，并非一味简省。

“颜貌”“脸面”“面貌”“容貌”“容颜”“面容”等同义复合词。那么在表示靓丽程度时，为什么有“颜值”而没有“面值”“脸值”“貌值”或“容值”呢？原因在于“颜”与“面”“脸”“貌”“容”同中又有异。

首先看“颜”与“面”。是“颜值”而非“面值”主要有两方面的原因：第一，《说文·面部》：“面，颜前也。”可见，“面”的本义是“脸面”，后来衍生出“当面”“面见”“对面”“前面”“表面”“方面”等诸多用法，且这些衍生用法更加常见。在现代汉语，“面”的“脸面”义已经不是其典型用法了。作为构词语素，“面”的“脸面”义的构词能力也并不太强，故亦不太合适构成表“靓丽指数”的“面值”。第二，“面值”一词已经有了，义为“票据等的金额”，是现代汉语比较常见的一个词语。如果表示“靓丽指数”再用“面值”，会引起误解。

其次看“颜”与“脸”。“脸”字不见于《说文》，早期意义为两颊，后也可以指整个脸。在大多数情况下，由“脸”构成的复合词多为贬义词或中性词（如“嘴脸”“苦脸”“丢脸”“翻脸”“耍脸子”“酸眉苦脸”等），不太适合构成表示容貌靓丽程度的“脸值”一词。由“颜”构成的复合词虽然也有贬义者，但很大一部分还是偏向中性或褒义（如“令颜”“韶颜”“欢颜”“风颜”“颜范”“和颜悦色”等）。另外，古汉语用“面”，近现代汉语（尤其是现代汉语）用“脸”。从汉语史的角度来看，“脸”是对“面”相关职能的分解。发展到现代汉语，“面”基本用于书面语，“脸”基本用于口语。而“颜”更加书面、典雅，所以“颜值”一词也相对典雅。

再次看“颜”与“貌”。《说文·皃部》：“皃，颂仪也。”“颂”即“容貌”之“容”，“皃”为“貌”之本字。“貌”本义即为“容貌”，也正是因为“貌”一直以来就是“容貌”义，人们觉得它陈旧没有新意，进而对其产生审美疲劳。而“颜”与“貌”义近，又恰好可以满足人们求新的意愿，为“颜值”的产生奠定了基础。可见，文学语言（尤其是诗歌语言）讲求“陌生化”，我们在新造词语之时，有时也会有“陌生化”的需求。

最后看“颜”与“容”。《说文·宀部》：“容，盛也。”“容”的本义为“承载、容纳”，古文“容”作“宂”，借为“颂”（异体作“頌”）[①]，《说文·页部》：“颂，皃也。”可见，通过假借，“容”有了“容貌”义，如《诗经·周颂·振鹭》：“振鹭于飞，于彼西雝。我客戾止，亦有斯容。”有“颜值”，没有“容值”，主要原因有三：第一，“容”表“承载、容纳”的本义及其引申义在后代为人们所熟知，冲淡了其假借用法“容貌”义。第二，在表“容貌”方面，“容”侧重内在，“貌”侧重外在。《说文解字注》“皃”条有：“凡容言其内，皃言其外。引申之，凡得其状曰皃。析言则容、皃各有当，如叔向曰‘貌不道容’是也。絫言则曰‘容貌’，如‘动容貌，斯远暴慢’是也。”段氏清楚地分析了“容”“貌”的关系。因此，表外在的靓丽指数之时也不适合用表内在的“容”。第三，在现代汉语，“容”已经不能作为单音词独立使用了，它只作为构词语素保留在一些词语当中，仅看“容貌”义的“容”，我们有“真容”“笑容”“愁容”“仪容”“容妆”“容姿”“容光焕发”等词语。有上文可知，近些年，语素“容”（“容貌”义）构成新词的能力远远没有“颜”（“容貌”义）强，且“颜”有词化的趋势。故有“颜值”，没有“容值”。

2．“值”与“度”“指数”

“值”与“度”“指数”所表达的意思也比较接近，为什么是“颜值”而非“颜度”或“颜指数”呢？我们分别从“值”与“度”“指

---

① 段玉裁的《说文解字注》中，“容”字下注曰：“今字假借为颂皃之颂。”

数”的区别入手来解决这个问题。

首先看“值”与“度”。“度”字从“又”（手），本义为计量长短的标准或器具，引申有“法制、法度”义。《说文解字注》“度”条有：“《论语》曰‘谨权量，审法度’，《中庸》曰‘非天子不制度’……周制‘寸’‘尺’‘咫’‘寻’‘常’‘仞’皆以人之体为法，寸法人手之寸口，咫法中妇人手长八寸，仞法伸臂一寻，皆于手取法，故从‘又’。”可见，“度”一般是尺度、标准，尺度有既定的界限、幅度、范围、标准等，因此有“季度”“年度”“过度”“无度”“置之度外”等说法。引申之，“法制”亦称“度”，那么超出了法制允许的范围则有“不度”等说法，如《左传·隐公元年》：“今京不度，非制也。”又《襄公三十一年》：“且是人也，居丧而不哀，在慼而有嘉容，是谓不度。不度之人，鲜不为患。”皆其例。而容貌的靓丽程度是一个开放的范畴，人们并不能或不想用既定的尺度、范围、标准等去衡量它，故用“颜值”而不用“颜度”。

其次看“值”与“指数”。我们有“魅力值”，也有“魅力指数”；有“爱心值”，也有“爱心指数”；有“期待值”，也有“期待指数”，如此等等。为何“颜指数”就不能被大众接受？这其中最重要的原因是韵律。汉语标准的韵律词是由两个音节（一个音步）构成的双音词，“颜值”刚好是一个标准的韵律词。三音节有些可以成词，有些却不能。“颜＋指数”是“单—双”式，即“[1＋2]”式。冯胜利（1997：15）指出：“单—双式结构不是韵律词跟复音词的构造模式。”而“魅力＋值”“爱心＋值”“期待＋值”虽然也是三音节，但它们是“双—单”式，即“[2＋1]”式，可以构成词。关于三音节的超音步，冯胜利（2005：7）又有：“只有右向（亦即‘→’）组合的音节才是自然音步，同时只有自然音步是构词音步，所以只有2＋1的韵律词才能产生合法的复合词。……逆向音步是造语音步，故1＋2形式均为短语，无法成词。”所以“［2＋1］”式的“魅力值”“爱心值”“期待值”等可以成词。至于“魅力＋指数”“爱心＋指数”“期待＋指数”等都是“双—双”式，即“［2＋2］”式，是汉语四字格的标准组合方式。可见，“颜指数”不符合汉语构词规律，故不会有“颜指数”之说。

综上所述，语素“颜”与语素“值”组合构成“颜值”一词十分贴切。除此之外，在表示靓丽程度时，目前汉语也没有比新造词“颜值”更加贴切的词语，这也是“颜值”一词在短时间内能够广为传播的原因之一。

（三）符合汉族人的思维习惯，为大众所熟悉

就造词的结果而言，新造词语应当符合汉族人的思维习惯，为大众所熟悉。网络词语有很多，然而大多词语首次见到之时很难知道它所表示的意思，相信大多数人都需要再去上网查询它的意思，所以网络新词大有“自产自销”之意。李星辉（2008：7）指出：“（网络语言）是社会某个群体的用语，是一种社会方言，属于社会语言学研究的重要对象。”网络语言是社会方言之一，有时甚至可以说它是“黑话”。毫无疑问，一种近乎黑话的语言（需要去查阅才知道意思），很难在广大民众中广泛传播。上文提到新造词语虽然有“陌生化”的需求，新词有“求新”的因素，但这种“陌生”“求新”也要符合汉族人的思维习惯。杨向荣（2009：84—85）在谈到诗学话语中的“陌生化”时指出：“艺术的‘陌生化’或情节的‘变形’应在接受者可理解的范围内进行，跨度过大，接受者就难于理解和接受。……诗语的‘陌生化’应当适度，并非愈生愈好。”同理，网络新词的“陌生”“求新”亦当适度。比如“颜值”一词不仅仅是使人眼前一亮，更重要的是我们看到它就可以联想到它的意思。正如清人沈德潜在《说诗晬语》中所说：“古人不废炼字法，然以意胜而不以字胜，故能平字

见奇，常字见险，陈字见新，朴字见色。近人挟以斗胜者，难字而已。”网络新词亦当讲求“炼字”，要符合汉族人的思维习惯，为大众所熟悉。

总之，网络词语中最可贵的是新造词语，而新造词语如果能够符合汉语词语的构造规律，符合汉族人的思维习惯，且造出的新词人们通过字面就可以大致知道它是什么意思，可以更加精确地表达当时的情境、心情等，这样的词语受众的接受程度才会高，才可能得到大家的普遍认可，新造词语并非随意而为。

余　论

汤玫英（2010：10）指出：“网络语言是指与网络有关和在互联网上流通的语言，是网民们为了适应网上交际需要而创造和使用的语言。”在“互联网＋”的时代，“互联网＋语言”也给我们带来了诸多研究课题。那么，我们究竟应当如何看待网络语言？

语言没有阶级性，人人都有平等地使用语言的权利。随着互联网的普及，相比传统书面语，网络语言的传播速度更快、范围更广。互联网带给我们的不只是纷至沓来的讯息，还有它独具特色的语言。也正因为如此，近几年形成了“网络语言学”这样一个专门的学科，而且逐渐成为研究热点。

网络被誉为第四媒体。或许可以说，网络语言是介于传统书面语与日常口语之间的第三种语言。网络语言的娱乐（或者说还带有戏谑、自嘲）功能更加突出，有些网络语言近乎文字游戏，体现了网民之间的相互消遣、娱乐。不难发现，网络语言由于其传播的特殊性，它一方面可能会遭到学者们的诟病，认为有些网络语言不规范、不文明，需要“规范网络语言”“净化网络语言”，更有甚者说网络语言是“垃圾语言”“脑残语言”。另一方面又有一些网络新词准确地反映了新事物、新现象，或者恰当地表达了人们的心境、情感等，逐渐进入普通语言当中，比如“博客”“给力”“雷人”“菜鸟”“达人”“宅男”等网络词语就已被《现代汉语词典》收录。由此可见，我们需要辩证地看待网络语言。无论如何，正如《中国语言生活状况报告（2014)》所说：“网络用语是网民智慧的结晶，也是我们认识网络生态乃至社会生态的一种直接、有效的载体。”我们应当认识到网络语言存在的合理性。

网络语言方兴未艾，大多数学者对其关注程度远不及传统语言。但不可否认，近些年网络语言正以其特殊的传播方式逐渐引起人们的注意。我们对待像网络语言这样的新生事物，还是要经过较长一段时间的摸索、研究。毋庸讳言，目前对网络语言摸索、研究的速度远远不及网络语言的发展速度。邓文彬（2009）指出：“我们对网络语言的科学态度是注意引导、加强规范，在引导中发展，在发展中规范。在网络语言已经得到了很大发展而规范工作还做得不够的今天，我们的当务之急是要加强网络语言的规范。”现阶段，我们对网络语言的研究还不够深入，在这种情况下，要想使网络语言朝着健康的方向发展，从根本上说，要靠语言自身的发展、进化。从辅助手段来讲，可能一方面要靠国家主流语言政策导向，另一方面要靠主流以及个人良好的价值观导向。此外，在讲到语言规划之时，李宇明（2013）提出要“唤起全社会的语言意识”，并呼吁“当务之急，当务之本，是唤醒全社会的语言意识”。诚然，逐步提升全社会的语言意识也会对网络语言的规范和发展起到积极的促进作用。总体而言，对网络语言的规范或引导不能一蹴而就，急于求成。

语言包括语音、词汇、语法三大部分。值得注意的是，在网络语言当中，实际上我们感触最多的是网络新词。网络新词在丰富汉语词汇的同时，也存在一些问题值得我们深入思考。《中国语言生活状况报告（2014）》亦指出："从表面上看，网络流行语呈现的是网民在语言运用上的创造力，而它反映的深层意义却远远超出了语言现象本身。对网络用语形成原因的分析，可以生动地展示社会生活中普通人的关心与关注，以简单明了的方式呈现草根百态。"网络文学讲求时效性，讲求点击率，但是网络词汇却恰恰相反，它能不能被汉语普通词汇所吸收，靠的不是一时的"点击率"，也不是一时的"人声鼎沸"，而是要经受住时间的考验。一个构造比较成功的网络新词，往往会经过时间的沉淀，逐渐为人们所接受，进而进入普通词汇当中。

本文参考文献：

[1] 黄龙整理：《颜值》，《解放军生活》2015 年第 6 期。

[2] 刘妍：《"颜值"也能爆表?》，《语文建设》2015 年第 7 期。

[3]（汉）许慎：《说文解字》，中华书局 1963 年版。

[4]（清）段玉裁：《说文解字注》，上海古籍出版社 1988 年版。

[5] 罗竹风主编：《汉语大词典》，汉语大词典出版社 1986—1993 年版。

[6] 中国社会科学院语言研究所词典编辑室：《现代汉语词典》，商务印书馆 2012 年版。

[7] 冯胜利：《汉语的韵律、词法与句法》，北京大学出版社 1997 年版。

[8] 冯胜利：《汉语韵律语法研究》，北京大学出版社 2005 年版。

[9] 李星辉：《网络文学语言论》，中国文史出版社 2008 年版。

[10] 杨向荣：《诗学话语中的陌生化》，湘潭大学出版社 2009 年版。

[11]（清）沈德潜：《说诗晬语笺注》，王宏林笺注，人民文学出版社 2013 年版。

[12] 老舍：《出口成章——关于文学语言的问题》，作家出版社 1964 年版。

[13] 汤玫英：《网络语言新探》，河南人民出版社 2010 年版。

[14] 教育部语言文字信息管理司组编：《中国语言生活状况报告（2014）》，商务印书馆2014年版。

[15] 邓文彬：《网络语言的定位与规范问题》，《西南民族大学学报》（人文社科版）2009年第1期。

[16] 李宇明：《唤起全社会的语言意识——序〈中国语言生活状况报告（2013）〉》，载教育部语言文字信息管理司组编《中国语言生活状况报告（2013）》，商务印书馆2013年版。

（作者楚艳芳，浙江传媒学院文学院讲师）

第三编

网络文学理论与批评研究

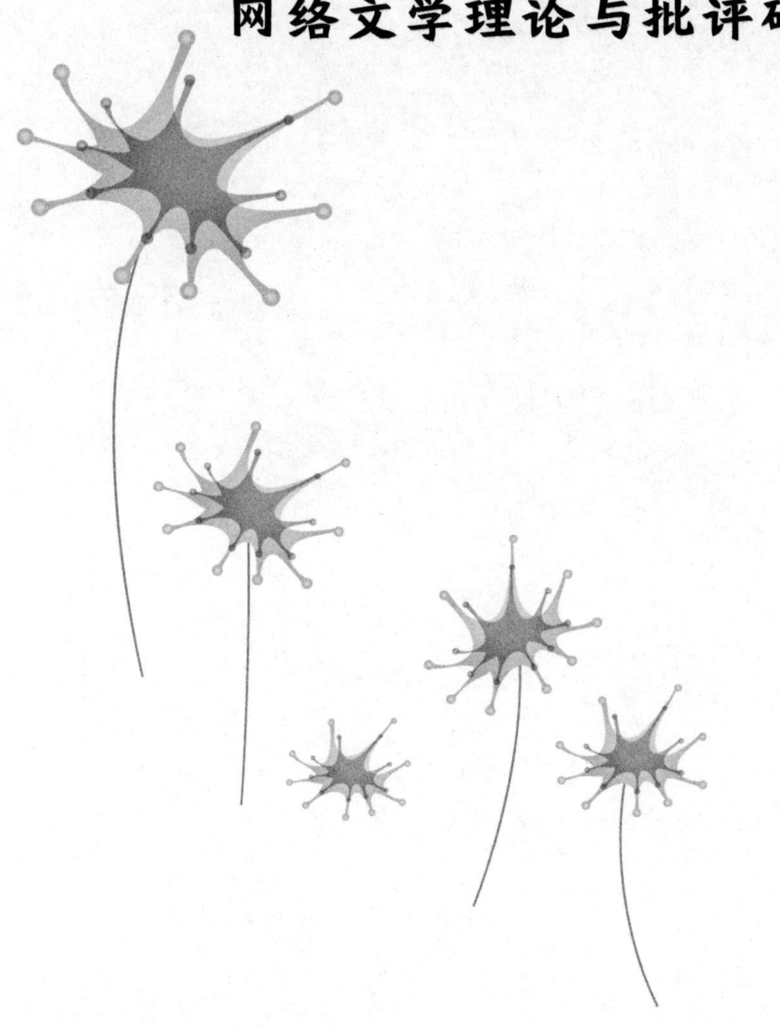

回到原点：网络文学研究中几个基本问题内在冲突与逻辑矛盾的提问

今天我的选题叫作“网络文学创作与研究中的基本问题”。随着网络社会的崛起，网络文学的发展呈现出蓬勃之势，网络文学研究也风生水起，在网络文学作品里，又涌现出了诸多著名的网络文学研究专家，数以万计的网络文学研究成果。我在这众多的研究成果中，发现有些研究是在反对“网络文学”这个命题，有专家提出，叫作“网络写作”更好。不管怎么说，“网络文学”成为一个学术界接受的话题，更能够进入茅盾文学奖领域，这是网络作家的功劳。他们使网络文学获得了合法地位，助推网络文学的发展取得了突出的成绩，然而，美中不足的是，在热浪中腐蚀了网络文学的学底探讨。有的学者，像中南大学的学者研究的是从学理到现象的关系，研究比较全面和系统。在追赶潮流中迷失了学术研究的反思特性，比如说评论与研究，我们一味地说网络文学好，势不可当，但是作为学术研究，如果我们在研究中这么想，那么这种学术的反思特性也是很重要的。

下面我要说说网络文学研究中的基本问题。第一，网络文学概念与新媒介工具和衍生产品之间的矛盾与冲突。20 世纪 90 年代末至今，关于什么是“网络文学”一直存在争议，但是大多数的学者更推崇进行人与人之间双向交流的文学传播活动是网络文学的说法。也有人认从“网络文学的传播媒介”上给网络文学进行的定义，他们认为，以互联网为媒介，网络作者在网上发表供人阅读的网络文字就是网络文学。不管哪种说法，这些定义都是以网络作为中心术语，网络是作品存在的基础。然而，在新的手机媒体出现以后，网络文学的定义再次受到了一些挑战。这挑战就在于，新媒体和手机媒体研究者并不承认也不沿用网络文学的概念，而是用“手机文学”取而代之。尽管“手机文学”的传播依旧通过互联网，但是并不能得到承认。并且，再后来在网上发布又正式出版的“网络文学”又完全离开了网络的媒介，以传统文学的方式来传播，与传统文学差别不大。尤其是将传统的戏剧、电影等网络化处理，命名为“网络戏剧”“网络电影”，也会有网络文学的要素或特点。

第二，网络文学批评对象与传播媒介和思维方式的矛盾与冲突。对于网络文学，我们研究的对象是网络，但是对其的批评与意见的载体却主要是纸质印刷物。这就导致了网络文学与对其的研究与批评存在着一定距离。就传统的文学来看，二者都是纸质印刷品。如果说，网络文学与纸质文学两者的载体存在冲突，那么，是否就意味着网络文学研究的媒介有着矛盾与冲突呢？同理，网络文学强调，网络写作与纸笔写作存在着不同，思维方式上也不同。要突出的是，网络文学是一种网络思维。如今，在很多领导讲话和新闻媒体的报道中都有提出，我们今天应该树立起一种“互联网思维”。但是，现在很多对网络文学的研究与批评仍然是通过纸媒来传播，没有体现出网络思维，互联网思维的特点不突出。那么传统文学在思维方式上与创作是很接近的，如诗词创作。网络文学是一种颇为新潮的概念，但是网络文学批评却是一种很传统的思维，那么这二者之间是否也存在着矛盾和冲突呢？

第三，网络文学研究中逻辑起点与表述方式和表达语言之间的矛盾与冲突。在网络文学研究中，逻辑起点不一致，表达语言不够准确，言语思考之间的矛盾也是比较突出的。有的学者说，网络文学是在网上写作传播的，或者说，称作互联网写作。仔细思考，网络文学是网媒传播，那么，说到互联网写作，哪一个作家不是在计算机上写作呢？说到这里，“互联网写作”也会是一个值得思考的问题。一个学者在论述网络文学与传统文学创作主体不同时说“他们的身份不同，传统的创作有个体性、职业性、规范性，网络文学有群众性、虚拟性、自由性”。个人认为这个表达是不够准确的，其实他并非是身份的不同，而是身份的特点有所不同。既然是“网络文学写作”，既然是“文学创作”，那么要么就叫“写手”，要么就叫“作家”，但是传统作家中，也有用不是本名的身份进行创作的，也就拥有了虚拟性。文学创作属于精神创作，那么精神上的创作也会是自由的，与网络文学有着相通性。那么，我们只能认为，网络文学与传统文学是自身特点的差异。就网络文学与传统文学创作的主题而言，他们大部分是相同的，都是以作家的身份出现的，不同的是身份特征。

研究是为了给新事物正名，研究中心的成立，说明了网络文学的研究还有很大的空间，我们的创作与研究中心还可以继续探索这个领域。谢谢大家！

（作者季水河，湘潭大学文学与新闻学院教授，博士生导师，比较文学与世界文学博士点负责人，本文根据论坛大会的主题发言整理）

网络超文本与互文性的诗学阐释

随着网络空间的崛起，网络超文本正在逐渐成为支配性地位的阅读和写作方式，超文本所体现的互文性特征，从根本上改变了作者的写作习惯、文本的存在方式、读者的价值观念。网络互文性的后现代特性，使文学生产关系和文学消费方式发生了根本性变化，文学理论及相关知识的存在形态也因之发生了重大变化。依据互文性之思而建构的超文本体系的崛起“不仅是当代文学世纪大转折的根本性标志，而且也是理解文学媒介化、图像化、游戏化、快餐化、博客化等时代大趋势的核心内容与逻辑前提。更重要的是，超文本写作正悄然改写着文学与审美的思维方式和价值标准”①。超文本是网络时代写作与阅读的最重要的特征之一，而互文性则是超文本的最重要的特征之一，因此，研究网络文学不可不研究超文本，研究超文本不可不研究网络互文性。

一 超文本与网络互文性

互文性（Intertextuality）是结构主义文学理论的一个独特概念，通常也译作“本文间性”，还有人译作“文本互涉关系”或“文本互

---

① 陈定家：《超文本的兴起与网络时代的文学》，《中国社会科学》2007 年第 3 期。

相作用性”。这个概念首见于法国学者朱丽娅·克里斯蒂娃《符号学》(1969) 一书，她指出，正如意指作用 (signification) 由“无限组合的意义”(signifiance) 不确定地反映出来，主体则被投射入一个巨大的互文性空间之中，在那里主体变成碎片或粉末，进入自文本与他文本之间无限交流的过程中。[①] 在她看来，“一切时空中异时异处的本文相互之间都有联系，它们彼此组成一个语言的网络。一个新的本文就是语言进行再分配的场所，它是用过去的语言所完成的‘新织体’”[②]。也就是说，每一个文本都是由对其他文本的援引、吸收和转换而构成的镶嵌图案，文本之间所存在的这种错综复杂的关联就是互文性。

法国“原样派”文论家索莱尔斯认为，“互文性”概念的关键意义在于，任何文本都处在若干文本的交汇处，都是对这些文本的重读、更新、浓缩、移位和深化。从某种意义上讲，一个文本的价值在于它对其他文本的整合和摧毁作用。“自从人类开始写作以来，世界上只有一书。这本书是一部冗长的、唯一的、不间断的、未完成、无法完成的、无名称的文本，也就是说，世上从来就没有一本一成不变的‘神作’……文本与文本之间的相互渗透，不仅能够使一连串的作品复活，使它们相互交叉，而且能使它们在一个普及本里走到极限意义的边缘。”[③] 从网络文学研究的视角看，我们不无惊讶地发现，几乎所有关于互文性的理论描述都精确地适用于超文本，而超文本简直可以说就是互文性理论的网络化图示。

极为巧合的是，文本“互文性”与网络“超文本”几乎是同时被提出且同步发展起来的理论，尽管二者之间的互动情况在国内学界尚无确切的研究材料，但克里斯蒂娃的“互文性”概念与纳尔逊的“超

---

① 参见［法］茱莉亚·克里斯蒂娃《符号学》，色依出版社 1969 年版，第 89 页。
② ［比］J. M. 布洛克曼：《结构主义》，李幼蒸译，商务印书馆 1987 年版，第162 页。
③ 王瑾：《互文性》，广西师范大学出版社 2005 年版，第 33—34 页。

文本”构想之间的惊人相似之处却是一望而知的事实。

首先，就其理论建构的致思路径而言，二者皆试图以“执一御万”的策略，寓“文本的无限”于“有限的文本”之中。在刻意抹去文本之“既在”“此在”与“潜在”的差异之后，两种没有边界且又超越时序的文本乌托邦之思，因其搭上了数字化网际快车，便顺应时代潮流很快流布开来，并迅速演化为全球化的文本新概念。

其次，就其理论资源和发展动因而言，二者皆有宏富丰赡的学术资源和蓄势待发的理论潜能。克里斯蒂娃之前，互文性思想在巴赫金、罗兰·巴特、德里达等人的诗学著作中可谓呼之欲出；而在1965年泰得·纳尔逊杜撰“超文本”这个概念之前，超文本构想也已近于瓜熟蒂落。如“超文本之父”范尼瓦·布什的《诚如所想》（1945）一文，从信息科学的视角呼唤在有思维的人和所有的知识之间建立一种新的关系，这种关系即隐含着“超文本”的核心思想。从一定意义上讲，“超文本”“寓万维于一网”的构想与“互文性”“世上只有一本书”的说法如出一辙，它们将文本之间存在普遍联系的观念发挥到了极致。

再次，就互文性和超文本各自涵盖的内容而言，二者分别建构了一个无极限的整一性“宇宙文本”的系统。互文性理论认为，无论一个文本的寓意是什么，它必然要依托一个既有话语体系作为其表意实践的存在前提，任何文本，无论看上去多么特立独行，它在本质上都只能是既有文本的派生物或延伸体，因此，任何文本背后都隐藏着一个既有的“文本宇宙”。有意思的是，“宇宙”概念在纳尔逊的“超文本”理论体系中竟有一个专门术语——“Docuverse”（文献宇宙），即document（文献）和universe（宇宙）的合成词，其基本含义是在环球传递文献的相互连接的数字化图书馆。如今“宇宙文献”范式已运行于“万维网”，超文本范式和RUL使得“文献宇宙”正由理论变为现实。

最后，就其逻辑起点或哲学依据而言，互文性和超文本生动体现了普遍联系和永恒发展的基本原理。关于这一点，宣称“文本之外无他物”的德里达有许多激进的说法，如“文学的本质不在外部，就在它自身，即它的‘文本性’；具体而言，即是一个文本对另一个文本的模仿，而‘模仿’同样被另一个文本所困，或被嫁接到另一个文本的枝条上”。因此，无论对于作者还是对于读者来说，文学文本始终都是不断重组的“运动的连环”和“无休止的罗网”[①]。不难看出，德里达所描述的“连环”和“罗网”也正是我们在超文本中看到的情形。随着万维网的飞速扩张，人类历史遗留的线性文本纷纷跃迁于互联网上，“一切文本都是超文本”的说法，已得到了网络互文性理论的证明。

简言之，互文性理论与超文本实践的关系颇有些类似于道与器、体与用、理与象的关系，但在现实网络的“写读”过程中，二者又互为表里，密切无间，颇有些体用合一的意味。超文本所标示的文本之无限“互联性”，几乎就是网络文本世界对互文性本质特征的具体生动的演绎与阐释。这个看似与文学研究无关的现象，正越来越明显地影响着当代文论的发展。从一定意义上说，网络时代文学所遇到的所有新问题，几乎都与网络互文性有直接或间接的关联。许多至今众说纷纭的命题，如果将其置于网络互文性的语境中，即刻就有了豁然开朗的答案。譬如关于“文学本质”和“文学之死”等问题，按照德里达的说法，“以自身的无限性取消了自身”的文学，本来就是“虚构与想象”之物，“无论如何，不存在文学的本质，也没有文学的真理，

① ［法］雅克·德里达：《文学行动》，赵兴国等译，中国科学出版社1998年版，第92、94页。

无所谓文学性的存在或存在的文学性”[①]。也就是说根本就不存在一个独立于那个网络天地的“唯一文本”的文学。只是当我们从文本之网的某些“自以为是文学”的节点移开视线时，才发现那些标示文学“是其所是”的证据竟一无“是”处。这与其说是“文学之死”，毋宁说是“文本之悟”，或许，我们将其解释为“网络互文性的觉醒”似乎更为合适。

从互文性视角看，真正的文本并不是那些拘束于纸制品的块然独立之物，真正的作者也未必就是某个名叫“杜甫”或“今何在”的什么人。也就是说，那个穷尽互文性的“唯一文本”并没有一个与之对应的“唯一作者”。杜甫说：“未及前贤更复疑，递相祖述复先谁?”他将“转益多师”作为不二法门。不言而喻，“多师”皆有“师之师”，“前贤”更有“前前贤”，无限的递相祖述，不断的“转益多师”，结果是不再有“独创”的作者，只有作者中的作者；不再有独立的文本，只有文本中的文本。尤其在网络语境中，有人读着今何在的《悟空传》，想着吴承恩的《西游记》，有人在忘我的“网游”中分不清庄周与蝴蝶。当文本业已失其所“本”，单以热链接交织成文时，读者便可以以拟作者的身份博弈文本主导权，读写关系也因之变得更加流转无定。

由于网络“超文本”充分激发了互文性的潜能，为建构读者的“主导权”提供了足够的备选路径，使新型的多向阅读成为文学行为的主流，文本中心随之瓦解，作者本位也因此而失去依凭。按照乔伊斯的说法，晚期印刷时代的文本面貌已遭颠覆，阅读是依设计而进行的，因此文本所能呈现的多种可能，跟读者进行意义创造和故事组合的复杂程度相关。电子多向文本的面貌是经由读者的路径挑选而产生

---

① Derrida, *Acts of Literature*. Routlege, 1991, p. 177.

的，每次阅读所得的面貌仅是众多可能之一，未必与作者的原初安排相同。简言之，读者的选择构成文本目前的状态，因此读者也同书写者一样，享有生产文本意义的权利，或者说“读者即作者”[①]。

二　“互文性”的网络化阐释

网络“互文性”理论，为把无限“超链接设计”的整个互联网看成一个巨型“超文本”提供了学理依据。“网络中的每一作品都将从符号载体上体现文本与文本之间的关系，或者某一文本通过存储、记忆、复制、修订、续写等方式，向其他文本产生扩散性影响。电子文本叙事预设了一种对话模式，这里面既有乔纳森·卡勒所说的逻辑预设、文学预设、修辞预设和语用预设，又有传统写作所没有的虚拟真实、赛博空间、交往互动和多媒体表达。”[②] 在网络超文本的海洋中，并不存在一个为文学专有的固定区域，在这个流变不居的耗散结构中，作者、作品与读者，从内容到形式，无时无刻不在发生着急剧的变化。相较于纸媒文本而言，超文本具有无本质、无中心、无深度、无门槛、无定本、无边界等迥异于传统文本的鲜明特性，尤其是它与人脑构造及其想象机能高度同构的特性，为文学的发展提供了无尽的空间。

众所周知，对口传时代的文学而言，“在场”是“说”与“听”的前提条件；书面文字的出现打破了“在场”铁律，文学主体可以凭借互文性的还魂术，摆脱形骸的辖制，超越时空局限。从前随风而逝

---

① 李顺兴：《超文本文学形式美学初探》（www. zisi. net/htm/ztlw2/wymx/2005－05－11－21）。

② 欧阳友权：《网络文学本体论》（www. chki. net）。

的圣言哲语，被文字雕刻成了不朽的经典。但“用文字形式传下来的东西”又“从它所处的异化中被带出来而回到了富有生气的正在进行谈话的当代”[①]。虽然圣人难改身后之作，但其“互文性之魂”能依据不同读者的处境与心境，随时随地变换其文本的内涵与情致。一代代“读其书想见其为人”的读者，在互文性虚拟的“谈心”过程中实现了心灵的漫游，一如网络文学中赛博空间的“穿越者”。当然，知音的神交从不拘泥于互答互应的形式，文学的“写读”毕竟只是一种虚构性的互动过程，唯有这种“虚构性”称得上“文学的核心性质”[②]。据此，我们是否可以说网络超文本的主要贡献在于它把传统文学白纸黑字的“虚构”，变成了灵动飞扬的“虚拟”？封闭的传统文本，通过网络互文性的纽带与那个无限的“文献宇宙”联系了起来，恰如一潭死水汇入烟波浩渺的海洋，从此获得了无限的生机与活力。

作者、文本与读者之间互动的虚拟场景及其意义，在接受美学和读者反应及批评那里，已经有相当透彻的论述。这种潜在的互动常常是靠互文性得以维系的，在解构主义和形形色色的后现代主义阵营里，这已是颠扑不破的通识。在众多西方理论家眼里，虚构及其诸要素之间的互动是文学最根本的特征。例如，德里达、韦勒克和沃伦等人在确定文学意义时，毫不含糊地将虚构功能作为文学定义的核心词汇。[③] 不言而喻，文学的这种虚构功能理所当然地包含着读者与作者之间的这种潜在的互动功能。

---

① ［德］伽达默尔：《整理与方法》，洪汉鼎译，上海译文出版社 1999 年版，第 473 页。

② ［美］韦勒克、［美］沃伦：《文学理论》，刘象愚等译，生活·读书·新知三联书店 1984 年版，第 15 页。

③ 德里达认为，谁也不可能准确无误地确定自己手里拿着一部实实在在的文学作品。文学不是隐藏在特定文本里的本质。用语言构成的东西，无论是口头的还是书面的，都可“当作”文学，文学取决于能否使用语言脱离坚实的社会和传记的语境，让它任意地虚构运作。参见［美］希利斯·米勒《德里达与文学》，陈永国译，金惠敏主编《差异》第 2 辑，第 84 页。

从某种意义上说，超文本不过是将传统文本潜在的互文性功能“显在化”了而已。说到底，超文本“互动”的动力和源泉仍然是从传统文本“进化”而来的。超文本不仅将传统文本中的“完全灵活性”发挥到了极致，而且使作者与读者之间的互动变得更加轻松愉快了。虽然目前的超文本还尚未达到某些论者所说的“读写界限消弭一空”的程度，但传统文学中的作者的权威角色的确受到了超文本读者的深度挑战。在超文本中，读者成为集阅读与写作于一体的“写—读者”。罗森伯格甚至将作者（writer）与读者（reader）两词斩头去尾后拼合了一个新单词“写读者”（wreader），用以描述这种超文本阅读过程中的新角色。

“写读者”概念的提出使巴尔特所谓的“读者再生”的设想变成了网络文学领域中具有普遍意义的“文学行动”。李顺兴把“写读者”的出现称作“新文学人”的诞生，“这个新读者并非凭空创造出来，而是和超文本科技的进展息息相关。‘读者书写’（Readers write）正是当今网络（Web）的流行现象……超文本含有书写开放的成分，是由读者参与书写而共同形成的，因此，信息提供者与使用者共同建构起来的超文本，已不归属单一方，而是读写者的公物”[①]。超文本如同可以自动“洗牌”的扑克小说，读者可以通过作者预先设置的多向选择，自行决定故事情节的发展与走向，在某些交互性更强的网络超文本，如接龙小说的读写过程中，人人都是真正的“写读者”，在这些游戏与准游戏的“网上逍遥”过程中，超文本的互动性被表现得更加充分、更加直接、更加本质。

网络“互文性”的提出，从观念上打破了“以书为本”的书面王国的界限，超文本的诞生则使读者由“书本王国的臣民”转而变成了

① 李顺兴：《超文本文学形式美学初探》（www. zisi. net/htm/ztlw2/wymx/2005—05—11—21）。

“网络世界的公民”。随着“书本”王国的解体，作者“本位”也必将消失，网络“阅读”过程变成了一个名副其实的交往对话过程。在这个过程中，读者不再只是一个被动的接受者，更像是一个研讨会的“主持人”，一个多面多能的编辑和出版家。面对网络世界“森罗万象”的文本，作者的“迁想妙得”与读者的“浮藻联翩”常常无分彼此地联系在一起，再也没有那个“唯一文本”所对应的“唯一作者”。

唐代诗人元稹说“诗圣”杜甫“上薄风骚，下盖沈宋，言夺苏李，气吞曹刘，掩颜谢之孤高，杂徐庾之流丽，尽得古今之体势，而兼文人之所独专矣”。这种夸赞出现于《杜君墓系铭》中，其溢美之情在所难免，然而，杜诗指向古人的互文性特征则由此可见一斑。在杜诗经典化的过程中，杜诗也同时被神圣化了：“诗料无所不入，体格无所不备”“浑涵汪茫，千汇万状”“集前代之大成，开后世之先路”“推隐至显，追无遗事”，史称“诗史”。历代学人对杜诗之整理编纂、系年、分类、评点、注释、研究，可谓用力最勤，著述至巨，构成了一个无限开放的纵贯历史与未来的互文性世界。后代酷嗜杜诗的各色人物更是把互文之网拓展到了文学之外的世界里。文天祥在燕京坐牢，集杜诗为绝句200余首，使民族魂魄的正气千年不散。康有为、陈独秀专情于变法与革命，却皆能熟背杜诗且一字不遗。可以说，杜诗与读者的襟抱情怀构成了一种声求气应的互文世界，正是这种无迹可求的心灵互文性，为网络超文本超越时空的诗性互动提供了“何以可能”的蓝本。

《康熙教子庭训格言》说：“字乃天地间之至宝，大而传古圣欲传之心法，小而记人心难记之琐事；能令古今人隔千百年观而共语，能使天下士隔千万里携手谈心。”设若离开了互文性的沟通，“传心记事”必定困难重重，“古今共语”又谈何容易！当代作家王蒙曾坦言自己“写过一些打破时空限制、浮想联翩的试作，试作得失姑且不论，但这些试作之所以成为可能，正是由于受到新旧转折、拨乱反正的前几年斑驳复杂现实的冲击。这些冲击使笔者百感交集，一提起笔就觉得各种形象与思绪纷至沓来，有漫天开花的爆炸感”[①]。但小说家作为握管笔谈的“说书人”，无论他有什么神通，也总是难以超越“花开两朵，各表一枝”的线性叙事原则，因此，“思绪纷至，漫天开花”的结果往往是千头万绪空来去，花落花开两由之。但是，“互文性”的幽灵弥补了这种言不尽意的缺憾，特别是在网络将互文性隐含的阅读心理补偿机制和盘托出之后，刹那可见终古，微尘亦显大千。读者通过文本显露的吉光片羽，便足以深入作者内心隐秘的河流。主客互动之间，不执一隅之解，可拟万端之变。可以毫不夸张地说，蛰伏于传统文本的互文性，在超文本时代终于有了拨云见日的可能。

三　网络互文性的诗学意义

超文本的网络结构最大的优越性在于它对互文性理论出神入化地妙用，它把德里达所构想的文本的开放性、互文性和阅读单元离散性等潜在特点和盘托出，让“难状之景”尽收眼底却又无损其辽阔深远，使“不尽之意”彰明昭显却又无碍其余味曲包。赵一凡在《后现代史话》中说，德里达秉承了希伯来先知的狂热和以色列人出埃及的神勇，他的解构即来自犹太人的差异精神。历史上，尼采明知理性庄严，偏要鼓吹酒神疯癫。海德格尔抓住存在差异，不惜大动干戈。利维纳斯反感笛卡尔的“我思”，竭力标榜他人之见。出于对意识的疑虑，弗洛伊德竟一头扎进潜意识的深渊。德里达的著名“延异论”即

① 王蒙：《生活呼唤着文学》，《文艺报》1983年第1期。

源于以上形形色色的差异（Difference）。[①] 德里达将“差异”改写了一个字母，发明了“延异”（Différance）一词，用以概括文字以在场和不在场这一对立为基础的运动。德里达把“延异”解释为“产生差异的差异”，一方面要表示两种因素之间的不同，另一方面还要表示这种“不同”中所隐含的某种延缓和耽搁。这种“产生差异的差异”，在时间和空间方面，既没有先前的和固定的原本作为这种运动的起源性界限和固定标准，也没有此后的确定不移的目的和发展方向，更没有在现时表现中所必须采取的独一无二的内容和形式。

由于这种“新的文本空间”没有固定的结构，没有稳定的形态，没有不变的规则，没有明确的界限，因此，相关描述和评介常常相去甚远，某些讨论“延异”和超文本的论著不是人云亦云就是不知所云，使超文本研究这个原本盘根错节的问题变得更加繁杂混乱。与超文本世界的天下大乱相比，传统文本研究领域的成果显示出了稳定可靠的特性，因此，超文本研究往往要从传统文本研究的新成果中汲取养料。例如，法国学者吉尔·德勒兹在《千座高原》中所提出的“根茎说”，就对我们认识超文本的特性具有十分重要的启示作用。德勒兹认为，根茎与树或树根的放射性生长不同，根茎把节点组成一个整体化的网络，“根茎不是由单位构成的，而是由维度或运动方向构成的。它没有起始和结尾，而总是有一个中间，并从这个中间生长和流溢出来。它构成 n 维度的线性繁殖。……与等级制交流模式和既定路线的中心（或多中心）系统相对比，根茎是无中心的、无等级的、无意指的系统，没有将军，没有组织记忆或中央自动控制系统，仅仅只是由流通状态所界定”[②]。

不难看出“根茎”的许多特点与网络互文性特征类似，尽管根茎

① 参见赵一凡《后现代史话》，金惠敏主编《差异》第 2 辑，第 29 页。

② 王逢振：《2001 年度新译西方文论选》，漓江出版社 2002 年版，第 255—256 页。

的“n维度的线性繁殖”仍然体现的是一种有序的线性关系，但作者把它定义为一种无中心或多中心的动态过程，这与“超文本”所体现的互文性之“非线性”特征似乎没有本质差别。就通行的在线读写而言，形形色色的超文本其实就是一个典型的无中心、无等级、无意指的表意系统。

超文本作为人类表意系统的一种范式革命，虽然也有长期追求终有所获的必然性，但对于那些在IT领域不懈奋斗的庞大军团来说，超文本的出现可以说只是数字技术飞速发展的附属产品或意外收获。它既没有“因特网”那种规避战争风险的国家化战略意识，也没有解构主义那种发誓要彻底颠覆传统形而上学的逻各斯中心主义的学术冲动。因此，超文本作为表意系统的一种技术性突破，它所具有的一些后现代特征并非某些学者所说的是科技与人文合谋的结果。诚然，德里达试图用一种去中心的非逻辑概念的手段和形式，以非传统语言的符号和意义的解构过程，在传统文化所建立和占据的“中心”之外，在没有边界、不断产生区分、不断“扩散”和“散播”的“边缘”地区，重建一种新的人类文化，以便实现在不受“中心”管制的边缘地区的自由创作。这种去中心的目的，是否会像网络创立者为确保中心不受摧毁而分散中心那样，以无中心或多中心代替唯一的中心？后现代主义在以不确定性、非中心化、零散化解构历史和现代性的同时，它是否又是对另一种新秩序（如工具理性主义）的重构？

如前所述，超文本的“去中心”倾向是其“互文性”凸显的结果。“互文性”说到底是文本之间的某种相互依存、彼此对释、意义共生的条件或环境。马克思说：“人们自己创造自己的历史，但是他们并不是随心所欲地创造，并不是在他们自己选定的条件下创造，而是在直接碰到的、既定的、从过去承继下来的条件下创造。一切已死的先辈们的传统，像梦魇一样纠缠着活人的头脑。"[①] 文本的创造同样只能是对"直接碰到的、既定的、从过去承继下来的条件下创造"。但这种继承，有一个去粗取精、去伪存真的甄别与选择的过程。

我们看到，"互文性"就是大幅度增强语言和主体地位的一个扬弃的复杂过程，一个为了创造新文本而摧毁旧文本的"否定性"过程。克里斯蒂娃把关于语言和意义的几种现代理论结合起来（其中包括弗洛伊德、巴赫金和德里达的理论），强调讲话者与听众、自我与他人之间对话的重要性，修正了主体作为在一切话语中解构的互文性功能的地位。作为文本特性的"互文性"并不是静止的，而是在阅读过程中得到揭示的。即使碰到引文或注释，我们也只是在阅读时才需要交叉对照。而菜单浏览、嵌入文本等技术所构成的赛博空间，形成了最基本的互文现象，直接体现了"互文性"的特征之一，即非线性。"互文性"的另一个特征是：它关注文本与文本、语词与语词、语词与图像之间的联系，只有链接才能赋予文本、语词或图像以意义。当然，链接不仅仅是形式，而且是内容本身，它本身就是阅读的活动；不仅仅是点缀，而且是重要组成；不仅仅是内容的一个组成部分，而且是内容的生命。如果说一个优秀的文档需要"画龙点睛"，那么链接就是这个眼睛。[②] 通过对视频与声频文件的自由链接，特别是虚拟真实、赛博空间、交往互动和多媒体表达的引入，使作为文学魂魄的诗性精灵终于从语言文字的牢笼中成功越狱，在网络互文性的世界里，诗人才第一次真正实现了"绘声绘色"地创造美好世界的梦想。

我们知道，在网络文学中，超文本的链接让读者可以在无穷尽的阅读可能性之中肆意游荡，"写读者"如同乘坐着洲际旅行的空中客

---

① ［德］马克思：《马克思恩格斯选集》第1卷，人民出版社1995年版，第585页。

② 参见费多益《超文本：文本的解构与重构》，《哲学动态》2006年第3期。

车，可以忽略时间的存在恣意逍遥于天南海北。在网络的登陆处，最初的文本或许会如机场的跑道一样清晰，但随着游览眼界的不断扩大，一条条道路渐渐变得模糊起来，作为网上逍遥客，我们究竟“从何而来，向何处去”，有时也变得不再十分明确，开始的目的地在缤纷多彩的旅途中已变得无足轻重了，那些曾经魂牵梦萦的城市也因尽收眼底而顿时丧失了神秘的魅力。这种比腾云驾雾更为便捷的魔法竟然如此简便易行，它在挥手之间就把无数跋山涉水、背井离乡的线性故事不动声色地变成了远逝的神话，与此同时，它又不由分说地把人类带进了一个全新的“互文性”领域——一个超文本的非线性世界。历史上的行吟诗人将记忆的重担交付给文字记录，于是出现了小说的繁荣，今天的网络时代的作家和读者正在将繁杂的知识与信息负载转交给网络，但我们并不知道，是否必将有一种新的文学式样带来新的文学繁荣？

（作者陈定家，中国社科院文学所研究员，博士生导师，“中国文学网站”主编，《中国文学年鉴》副主编）

网络文学与传统文学的融合发展

随着计算机网络技术的发展和普及，网络文学呈现蓬勃发展之势。2016 年 1 月 22 日，中国互联网络信息中心（CNNIC）发布的《第 37 次中国互联网络发展状况统计报告》的数据显示，截至 2015 年 12 月，互联网普及率提升为 50.3%，我国 6.88 亿网民中的网络文学用户达到 2.97 亿人，网民使用率达到 43.1%。[①] 回顾网络文学十余年的发展历程，我们可以看到，网络文学作为一种新的文学形态和文学现象，其兴起为更多的“民间”创作者开拓了写作和发表的平台。在互联网时代，人人都可以实现“文学家”的梦想。网络文学具有全民性、大众性和公共性的特性。“网络文学借助电子信息技术的航船，抵达的却是‘返祖’的文化港湾——文学话语权回归民间。”[②] 更重要的是，其发展改变了中国文学的整体面貌和发展格局。在当前的文学总体格局中，以信息网络为平台的网络文学与以文学期刊、纸质书籍出版为阵地的传统文学得以分庭抗礼。

网络文学的高速发展，产生了大量的网络文学作者和作品，已成为文学领域不容忽视的重要力量，其独特性引起了传统文学的关注和

---

① 参见中国互联网络中心《第 37 次中国互联网络发展状况统计报告》（http://www.cnnic.net.cn/hlwfzyj/hlwxzbg/hlwtjbg/201601/t20160122_53271.htm）。

② 欧阳友权：《网络文学论纲》，人民文学出版社 2003 年版，第 164 页。

重视，并在寻找与网络文学对话的空间。近些年来，网络文学作品在《当代》《收获》《十月》等传统文学刊物的频频发表、由“起点中文网”主办的“全国30省作协主席小说巡展”活动的开展以及多届“网络文学作家培训班”由鲁迅文学院同“盛大文学”“中文在线”等网络文学平台联合的举办等重要事件不断出现。组织开展这一系列活动，旨在构建传统文学与网络文学互动融合的平台，提供传统作家和网络作家沟通交流的机会，共同促进中国文学的繁荣健康发展。传统文学与网络文学相互参照、相互融合、共同发展已渐成趋势。

当前的新闻事业，在移动互联网、自媒体等技术平台的推动下，媒介融合已成为媒介营运的常态，但文学领域中的媒介融合似乎被人们关注得还不够。实际上，两者之间的互动融合已经在路上，而且将日渐深化，将在作者队伍、创作方式与传播媒介、文学批评与管理方式等多个方面全面展开。可以预见，传统文学与网络文学将实现真正融合，共同推动中国文学的发展与繁荣。

一 作者队伍方面的融合

网络作者是网络文学的创造主体，也是数字化时代新的文学创作群体。最初在网络上从事职业写作的人通常被称为“网络写手”。有人曾这样形容：“这是一群边缘艺术家，他们有自己的规则，在网络上多以化名出现，文风洒脱自然，思想无拘无束，天马行空，任意为之，‘仗剑行千里，微躯敢一言’。这些‘地下世界的游侠儿’们，在一片烽烟中，各据山头无人喝彩，傲世独立。‘青史几番春梦，红尘多少奇才’，网海钩沉，淘尽英雄，其中又有几多辛酸，几多无奈，思之不免感慨万千。”① 网络作者不仅是网络文学创作的重要主体，还是网络文学生产和发展的关键环节。没有网络作者的存在，网络文学创作活动将无法正常开展；没有众多网络作者的参与，网络文学也难以呈现如今的风起云涌之势。据了解，目前我国网络写手总数已超过 200 万人，其中网络小说的作者达到 1 万人左右。显然，网络作者已成为整个行业的重要基石，是网络文学产业链上的关键一环。

网络作者与传统作家相比，具有一些较明显的特点：其一是年轻。网络作者大都比较年轻，其作品往往富有青春活力。其二是个性突出。网络作者更重视个性表达，不愿受各种拘束。其三是相对业余。网络作者最初大都是“无心插柳”步入网络文学创作的。显然，网络文学与传统文学的作者队伍曾经是严格区分的。传统文学的作者队伍大多要经过官方认可，具有各级作协会员身份，享受官方提供的系列工作、生活待遇等，一般称为作家。网络文学的作者队伍则一般是业余的、民间的，既没有官方认可的作家身份，更没有官方的工作和生活待遇。两者之间界限分明、阵营清晰。

但是，目前这种区分的界限正在移动、融合。随着唐家三少、月关等多位网络作家加入中国作协，成为会员，越来越多的青年作家将要经过网络文学这一关，最终被吸纳进作协。从网络写手成长为传统意义上的作家，将会是越来越多作者成长、成才的必经之路。近年来，网络文学作品数量的增加、质量的提高和影响的扩大，无论是地方作家协会还是中国作家协会都积极吸纳网络作家入会，作家协会中的网络作家阵营已逐渐壮大。2012 年，武汉市作家协会邀请近 40 名网络作家入会，中国作家协会吸收了 13 名网络作家入会。数据显示，

① 马龙潜：《走进网络原创文学的世界》，《中华读书报》2002 年 4 月 17 日。

2013年，网络作家被邀请加入作家协会的人数大幅度增加，网络作家增加的人数达到前两年的人数总和。第七次全国青年作家创作会议共有19位网络作家作为代表出席，这标志着网络作家正式登堂入室，参与新世纪主流文学话语的建构。[①]“网络作家协会”在全国各地纷纷成立，呈现“燎原之势”：2013年10月，北京市作协网络文学创作委员会成立；2014年1月，浙江省网络作家协会成立；2014年2月，重庆市作家协会网络文学创委会正式成立；2014年5月，江苏省作协网络文学工作委员会成立；2014年7月3日，上海网络作家协会宣告成立并召开首届会员大会。各地成立网络作家协会，意味着网络作家将摆脱尴尬的写手身份，成为主流认可的真正作家，预示网络文学发展迎来新的局面。

同样，2008年，“起点”文学网站为吸引传统文学作者加盟，举办30个省的作协主席擂台赛，力邀郭敬明加盟，韩寒发文与网络作家“PK”，等等（网友也戏称这类活动是网络文学与传统文学的“眉来眼去”），传统文学的作者群入网、触网现象也越来越多、越来越深。据报道，老作家马识途就提出：“希望传统作家能够参与、帮助网络文学的健康发展，期盼传统文学、纯文学也能够拥有自己的网络传播平台。”上海市作协举办的华语文学网2009年正式上线运营，上海作协主席王安忆带头把《长恨歌》电子版权授予华语网，叶辛、赵丽宏、秦文君、王小鹰、孙甘露等一大批上海著名作家成为华语网的首批签约作家。传统作家入驻网络平台，一方面，给相对浮躁的网络文学注入深沉厚重的文化力量，提高网络文学的思想品质和艺术高度；另一方面，传统作家严谨的构思态度和丰富的创作经验，也将带动网络作者创造更有深度、更加深刻地反映现

① 参见白烨《中国文情报告（2013—2014）》，社会文献出版社2014年版，第150页。

实的文学精品。此外，对于传统作家来说，网络平台不仅让其创作思维、创作方式与时代节奏合拍，而且也在同读者的良性互动过程中提升其作品的可读性、开放性和影响力。更重要的是，随着传统作者队伍年岁增长，在可以想见的未来，文学领域的主要作者队伍必将实现世代更替，新陈代谢，两拨作者的身份界限必将更加模糊，队伍必将更加紧密地融合。

二 创作方式与传播媒介方面的融合

传统文学的创作方式，且不说过往主要用笔写作——现在基本都实现了换笔，都已转向用计算机写作——主要还是采用个体创作，出版社、文学杂志社组稿、编稿出版，读者购买纸质文学载体阅读等方式进行。其文学生产主要还是一种相对封闭的、有严格的标准和筛选机制的、有特定纸质传播媒介的精神产品生产。网络文学创作虽然与传统的纸面文学创作一样，都需要反映生活，表情达意，都属于一种精神生产。[①] 但网络文学创作，主要是一种相对开放的、随写随发、门槛极低、基本没有审核，主要通过网络论坛、专门的文学网站等平台发布、作者读者互动频繁的文学生产方式。其中有无审核、筛选机制，是写完再发布还是随写随发，有无创作过程中密切的作者读者互动是两种文学创作方式的主要分野所在。

但是，随着时代的发展，这些分野已经开始模糊、融合。在现代传播语境中，现代传媒在作者与读者之间扮演着至关重要的“传播者”角色，有人指出：“在（文学活动的）四要素组成的三环结构中，

---

① 参见欧阳友权《网络文学概论》，北京大学出版社 2008 年版，第 140 页。

现代传媒参与了每两个相邻要素之间的动态过程。”[①] 无论是网络文学还是传统文学，作家创作的作品都必须经过期刊、出版社或网络等多种现代传媒渠道进行广泛传播和推广，才能得到读者的关注、购买、阅读。可见，在互联网迅猛发展的今天，网络在现代传媒中的位置已越来越不容忽视，其为当前文学的生产和发展提供了重要的传播媒介。

基于此，有相当一部分畅销书作家开始主动和网络文学网站合作，选择在网络平台首发自己的作品。“作家触网热”持续不断地升温：2008 年 10 月 22 日，国内 17 位畅销书作家成功落户“起点中文网”，其作品也将在网络上首发。在 2008 年 10 月和 2009 年 4 月，河南省文学院与“新浪网”先后两次共同举办“文学豫军冲浪”活动，共有 44 位作家与新浪签约，将个人作品在网上发表并实行网络收费阅读。继文学豫军“网上冲浪”之后，2009 年 6 月，鲁迅文学院的 21 位高研班青年作家也开始与网络合作，他们的原创作品将由新浪以连载、影视推荐等多种方式进行传播，预示在纸媒上成长起来的作家又一次走进网络。总之，正因为当下传统文学作者主动触网已成为一种必然趋势，现在已经有越来越多的作者习惯将其作品先发布在文学网站或者自己的博客上；传统的文学编辑也开始强化在各类文学网站、文学博客寻找好稿、优稿的努力；一些传统作者、刊物，为了扩大作品的影响，经常将自己已经在传统文学媒体上发表的作品全部或者部分重新发布到网络上，吸引读者进一步去阅读、购买、收藏纸质形式的文学作品，甚至直接在网络平台开始新作品的创作。他们的作品到底是传统文学作品还是网络文学作品已经很难区分了。比如 2011 年由人民文学出版社出版的长篇小说《因界无边》，就是著名作家蒋

① 单小曦：《现代传媒：文学活动的第五要素》，《文艺报》2007 年 3 月 30 日。

子丹用网名“老猫如是说”，用现写现贴的“临屏写作”的方式，从2010年开始在天涯社区舞文弄墨版连载写出的。当时，它引来一批自称“猫咪”的网友边看边聊，跟帖互动历时7个多月，这部作品还曾入围第九届茅盾文学奖的评选，产生了很好的反响。

同样，原来主要在网络上写作，通过网络发布自己作品的写手，在自己的作品受到相当程度的欢迎，产生较大影响之后，为了获取更大的经济效益和社会承认，往往会选择将自己的作品以传统的文学形式进行发表或者出版，甚至为了适应传统发表、出版的需要，大幅修改情节，改变结局，修正人物。可以说，各类网络小说，无论是玄幻、穿越还是盗墓、架空，无论是军旅、黑道还是官场、情色，其最有影响的那些作品大多选择了这一道路。2009年6月，中国作协组织、“17K”网站承办的“网络文学十年盘点”活动中，经过组织部分传统文学名家阅读、点评、推荐之后，评选出的“十佳优秀作品”：《此间的少年》《成都，今夜请将我遗忘》《新宋》《窃明》《韦帅望的江湖》《尘缘》《家园》《紫川》《无家》《脸谱》，它们最后都由不同出版社出版了纸质版本。而后在2011年7月的香港第22届书展会上，共有150余部深圳作家的作品参展，其中就有深圳网络作家的作品纸质书。另外，香港网络小说作者Pizza的网络悬疑小说《红van》也推出纸质版本来参加实体书展，首日畅销上千本而成为书展大赢家之一。[①] 目前，据说每年都有上千部网络文学作品出版为纸质书籍，投入传统文学的怀抱。“盛大”“腾讯文学”“天涯”“华语文学网”等网站已经形成相当成熟的作品推荐、版权协议模式，主推网络文学与传统文学在创作方式和传播媒介方面的进一步融合。

---

① 参见欧阳友权《网络文学五年普查：(2009—2013)》，中央翻译出版社2014年版，第147页。

三　文学批评与管理模式方面的融合

众所周知，经过上千年的文学实践，传统的文学生产拥有一套严格评价标准和管理模式来确保其作品质量。虽然不能说传统文学部部皆是精品，但其总的文字水准和文学品质还是较高的。也正是某些标准可能过于僵化，管理过于严苛、烦琐，使得传统文学创作日渐难以满足读者的需求，难以捕捉到读者的兴趣，特别是年轻读者的阅读兴趣，这才给网络文学的异军突起提供了机会。

但是，随着网络文学渐成气候，读者群体集体转向网络，文学期刊、文学出版捉襟见肘，传统文学的批评和管理也在与时俱进，锐意改革，文学风格更加多样，审美趣味更加开放，这不能不说是在一定程度上受到了网络文学的倒逼影响。

其实，更大的变化和融合趋势发生在网络文学内部。2008 年下半年，“起点中文网”承办了一次“2008 年十佳网络文学作品”评选活动，出乎读者意料之外的是，起点网中点击量奇高、红极一时的《兽血沸腾》并没有获奖，而是由《史上第一混乱》和《知北游》两部热度低得多的作品代表了起点。有网友在评论中说道：“尽管网络是虚幻的，网络文学的从业者，却要面对社会主流。色情、擦边、种马的内容虽然有大量读者追捧，拿到公众面前，却不得不顾及一个国家的文化传统和舆论界的评价。”① 不能不说，这一评论抓住了关键，网络文学不可能永远是文学飞地，不可能永远游离于主流文学批评和社会舆论之外。2009 年 6 月，中国作协和 17K 网站举办的“网络文学十

---

① 虎嗅网：《网络文学这十年》（http：//www.huxiu.com/article/11144/，2013）。

年盘点”，就是又一次网络文学向传统文学批评和评价靠拢的行动，参与点评的传统文学名流在经受了初期的质疑之后，还是基本赢得了广大网络读者的信任，说明网络文学读者也并不完全拒绝传统文学批评的引导，而是希望“从传统文学领域那边寻找新的资源和发展动力”[①]。随着近年来网络作家、网站对高水准文学作品的追求，网络文学已逐渐开始摆脱“小黄文泛滥”的低俗形象，收获了《琅琊榜》《芈月传》这些颇有分量的作品。可见，虽然主流文学批评家与普通网络文学读者对网络文学所持的评价标准存在差异，但也体现出传统文学与网络文学沟通和融合的可能性和必要性。

当然，更加刚性的融合的力量可能来自新闻出版和信息网络的管理部门。在最近一次的 2014 年 6 月开始的“净网”行动中，有媒体发表了一篇《不是第一次，也不是最后一次：网络文学‘扫黄打非’十年记》[②] 的文章，详细地记叙了中国网络文学 15 年来经历的管理历程。粗略数一下，大的集中整治行动大约就有在 2002 年、2004 年、2007 年、2009 年、2010 年、2012 年、2014 年的 7 次，被称为“前 5 年野蛮生长，后 10 年按需修剪”。盛大文学网先是取消了军事小说，接着取消黑道、帮派小说，后来取消了同人和耽美小说；宫斗和黑虐小说没有了，官场小说也撤了，发展至今，基本不再刊载现实题材小说。起点中文网表示“读者最多、收入最高的，主要是历史、玄幻、仙侠三类，其他小说总会惹麻烦，我们就放弃了”。由于管理部门的干预，网络文学的某些难以言说的灰色地带被抑制了，网络作者们更加注重自觉和自律，恪守“三观”要旨，开始像传统文学一样更专注于“拼内容”“拼思想”。管理机构这种“与传统文学一样”的管理要

---

① 同上。

② 张英：《不是第一次，也不是最后一次：网络文学“扫黄打非”十年记》，《南方周末》2014 年 5 月 29 日。

求，最终迫使网络文学越来越必须向传统纸媒文学靠拢融合，影响越大越要融合，产值越高越要融合。

梳理近些年来传统纸媒文学与新型网络文学互动、融合的理路，可以提醒我们一方面要关注、积极推动这一融合进程，乐见其取得丰富的成果；另一方面要注意摆脱纸媒文学与网络文学的概念纠缠，或许文学的网络生存就像文学曾经习惯的纸质生存一样，就是常态，就是其应该存在的形态。其中并没有雅俗、高低贵贱之别，并不存在飞地或者净土，网络文学也好，传统文学也罢，都应是文学，都应有必要的价值追求、审美标准，都要能让读者喜闻乐见，能让作者自我实现，让好作品源源不断地涌现。出好作品，才是硬道理。

（作者王洁群、刘涛，王洁群系湘潭大学文学与新闻学院教授，博士生导师，刘涛系湘潭大学文学与新闻学院文艺学研究生。本文原刊于《传媒观察》2016 年第 6 期）

合作批评：建构中国网络文学批评形态

目前，中国学界现有的各类文学批模式——学院批评、作家批评、媒体批评、作家学者批评、草根批评等，每一种单独批评活动或者它们的杂语共存方式，都不适应于中国网络文学。也许建构读者、作者、编者、学者四方主体的合作型批评，可能会是一条符合中国网络文学现实需要的批评路向。

一

关于文学批评形态的讨论，中国当代学界深受法国批评家阿尔贝·蒂博代（A Thibaudet）的著作《六说文学批评》的影响。在该书中，蒂博代从批评主体身份的角度把文学批评分为“自发的批评”“职业的批评”“大师的批评”三种。中国学者一般承认蒂博代文学批评三分法仍有当代意义，但在当代中国发生了新变化。就此，分别出现了“网络批评、媒体批评、主流批评（专业批评）”三分说，“学院批评、作家批评”二分说，“媒体批评、学者批评、作家批评”之外的“作家学者批评”即“第四种批评”说，“媒体批评”“专家批评”“草根批评”三分说，等等。在不同批评形态的关系方面，中国学界也基本没有超出蒂博代的看法，即认为各种批评形态都有同时存在的理由，他们之间的相互论争恰是批评活动的常态和良性发展的表现。也有学者使用法国学者布迪厄的场域理论，分析不同批评形态之间对文化资本的争夺和斗争关系。

中国当代学界关于文学批评的各种形态说，都具有一定的合理性。有些说法看到了数字媒介时代的来临，在传统的专家批评、作家批评之外，看到了“自发的批评”的新发展，特别是看到了“网络批评”的崛起和价值。然而，在总体上这些批评形态说，还属于书写—印刷文化时代的批评范式（比如，“学院批评、作家批评”二分说），或者还处于书写—印刷批评范式向数字化批评范式的过渡状态（比如上述各种三分说）。而面对波涛汹涌的网络文学，这些批评形态的批评活动大都没有取得有效和高质量的成果。

二

中国目前的“学者批评”（或“专业批评”“学院批评”“职业批评”等），是学院、研究机构体制化的产物。它延续了传统的理论化倾向，往往在封闭的理论中自我演绎，追求自圆其说。它的最大问题是脱离了文学创作实际，特别是脱离最新的文学创作现实。而就网络文学来说，更是隔了好几层。有一些专业批评家根本不承认网络文学是文学，不屑于进行网络文学批评；有些专业批评家已经意识到了网络文学的发展和意义，但拘囿于印刷文化时代建构起来的文学理论和批评知识，面对网络文学或者无从下手，或者做隔靴搔痒式的操练；有些批评家已经产生了转型意识，开始有意识地走进网络文学，怎奈网络文学浩如烟海，立足于传统个体化的、文本解读的方式，根本无法实施批评。概括且确切地说，当前的“学者批评”还受限于书写—印刷批评范式，还未走进中国网络文学的现场，还未对网络文学形成有效的批评。

与“专业批评”相对应的是“读者批评”（或“自发批评”“网络批评”“网民批评”“草根批评”等）。在网络空间中，像人人都可以成为作家一样，人人也都可以成为批评家，也许这样的网络批评家比网络创作者为数更多。由于网络读者多为“80后”“90后”甚至“95后”的“网络原住民”，其中不乏跟网多年的老资格，他们的言论更贴近网络文学本身。特别是网络中的确存在一些“土著理论家”或“精英粉丝”，他们的批评言论往往很专业、独到。但由于发言门槛低，他们的批评也呈现出了口水化、随意性、偶感式、点评式、甚至粗俗化的特点。总的来说，这些自发的批评，还处于前批评或准批评的阶段，还未形成成熟的批评话语。

第三类是网文作者批评。目前中国网文作者已经形成了层次分明的金字塔形结构。处于顶端的是年收入几百万元、上千万元的少数“大神”，处于塔底的是为数甚众但单靠网文无法维持生活的“小仙”。而无论是“大神”还是“小仙”，他们的写作都是唯读者马首是瞻。他们除了拼命写作外，也会在网上和读者交流写作心得体会，这应该是目前网文作者批评的主要形态。不过他们发言的主要目的是了解读者需要，并随时转换写作策略和方向。少数“大神”也会参与一些培训机构组织的活动，但无论是讲述他们的文学观、写作经，还是具体评点作品，都很少能够超出“爽”“YY”等范畴谈论文学。目前，网文作者批评的最大问题是没有高度，无法形成反思性批判，更无法形成学理性的文学批评话语体系。

此外，中国网文界还有一种批评形态——网编批评。在中国当代文学批评整体上，它应从属于“媒介批评”“网络批评”。与书写—印刷文学活动中的期刊、出版编辑一样，当前的网文编辑的第一个角色仍是“把关人”。不过与前者不同的是，他们还常常充当普通写手的“导师”。这是由于他们熟悉网文，且其他批评少有作为所形成的网文批评空缺带来的。网编批评的主要形式是通过网文作者培训展示的。有些高层编辑还将体会写成培训教程，比如血酬（刘英）的《网络文学新人指南》在网文界就非常有影响。值得肯定的是，当前的网编批评往往能从网文文本出发，谈论网文成败得失，寻找写作成功的规律，对初涉网文写作的写手具有很强的实战指导价值。然而，由于网编离中国网文写作太近，它的主要目的是指导写手写作，这决定它必然沉陷于操作技术层面而不能自拔。如此，批评也必然缺乏高度和深度。

三

围绕着网络文学，中国当前主要存在着上述四类批评。它们之间是何种关系呢？蒂博代论述他的三种批评关系时说：“三个之中，几乎没有一个愿意承认另外两个有独立存在的权利。任何一个都不以做一部分为满足，它们都要独霸天下，都要占有批评的全部，都要成为批评的生命。由于这种斗争是三种批评的生命与健康之泉，因此我们不应该为之遗憾，也不应该加以阻止。”这种说法也大致适合目前中国网络文学面对的四种批评之间的关系。而布迪厄的场域理论关于不同行动者之间的斗争更能深入说明它们之间的关系。具体说来，这种斗争又体现出了不同层次：学者批评和其他三种批评之间的分歧和冲突最剧烈。而其他三种批评中，读者批评具有统领性地位，他们的意见和点击率具有同一性，作者和编者往往会无条件地服膺。不过作者批评和读者批评也有分歧和斗争，极端的例子是“大神”级作者猫腻和一些读者之间的争论甚至“口水战”。相对而言，编者往往在作者和读者之间扮演调停者角色。不过，与传统学者批评相比，作者批评、读者批评、编者批评之间的冲突是“人民内部矛盾”，在与前者对峙中，他们往往形成“统一战线”。在最近中国作协等部门召开的各级网络文学研讨会、论坛等活动中，各种批评之间的上述关系得到了典型的展现（读者批评表面上是缺席的，实际上编者和作者成为它的代言人）。

问题的关键在于，目前这些批评形态之间的斗争少有“生命与健康之泉”的价值。对于传统时代的学者批评、作家批评、读者自发批评而言，确实“应该把三种批评看作三个方向，而不应该看作固定的范围；应该把它们看作三种活跃的倾向，而不是彼此割裂的格局”。（蒂博代）具体来说，它们同处于书写—印刷批评范式“格局”之内，体现着书写—印刷批评范式的“三个方向”。它们之间的斗争会在一个平面上有效展开，其斗争也是对话交流的特殊方式，最终可以转化成有益、有效的批评成果。当下的中国网络文学的几种批评之间却完全不同。首先它们分属于不同范式，即学者批评基本属于书写—印刷批评范式，其他三种基本属于数字—网络批评范式。目前，它们之间更多的是在不同层面自说自话，他们的争论往往“鸡同鸭讲”，很难形成真正有意义的交锋，当然也很难转化出有效、有益的批评成果。作者批评、读者批评、编者批评之间尽管都是在同一范式中进行的，但它们之间的同质化倾向十分严重，比如，他们很难在网络文学的商业属性、欲望叙事、快感机制等问题上出现分歧，也就难以在更深的层面展开讨论。它们的矛盾冲突主要体现在写作技巧、战术应用层面，也很难产生有更有价值的批评成果。

四

要对中国网络文学形成切实有效的批评，需要建构学者、作者、编者、读者四方主体合作的批评形态。“四方合作主体”已经不再表现为传统现代性文化中那种以个体为单位的自律性的孤立、封闭、凝固的主体模式。现代性主体并非具有天然的一般性与合法性，其实它与书写—印刷文化的建构紧密关联。数字—网络文化造就出的是“数字现代性”文化主体，它的最大特点是数字化交流平台上形成的交互性——数字交互性。在这样的情境中，原来的现代性孤立、封闭、凝固的个体开始走向合作、开放、流动，并在数字媒介这一存在的“显—隐之域”中结合为新型主体。换言之，在“数字交互性主体”中，原来的个体化主体，不过是前主体或准主体，他们在交流合作活动中进一步提升，形成新的合作型“数字交互性主体”。“四方合作主体”，就是由学者、作者、编者、读者四个准主体（在网络文学批评活动中如此，不影响他们在其他活动中的主体身份和主体性）合作提升而成的新型批评主体。

要形成四方主体合作的批评形态，首先，需要学者、作者、编者、读者认识到自身面对网络文学时的准主体身份（与其他活动中的主体性不矛盾）以及自身具备的优势和局限，认清单凭每类准主体无法完成有效批评的客观现实。其次，要收起对抗心态，增强合作意识。在当前的网络文学批评实践中，各种批评的斗争、对抗只能成为消解性力量，唯有各方合作才能走进网络文学，才能生产出真正的、高质量的批评话语。最后，各方准主体确定位置、明确分工、建立合作性话语生产机制。读者处于批评结构体底部的一端，从阅读需要出发，从事读者批评话语生产；作者处于批评结构体底部的另一端，从创作出发，从事作者批评话语生产；编者处于批评结构体中间层，利用沟通作者和读者的中介优势，对读者批评话语、作者批评话语进行翻译、加工、整理，形成初级批评话语体系；学者处于批评结构体顶层，利用所掌握的理论和批判思维、逻辑思维优势，对编者提供的初级批评话语做进一步的加工、提升、定型，最后形成成熟的网络文学批评话语体系。

（作者单小曦，杭州师范大学文学院教授）

对网络小说影视改编的思考

从制作的成本上看，影视剧是大资金的投入活动，而小说总是个人写作行为，影视剧的成本总是远远高于小说，因而被影视剧青睐的小说总是少数。影视剧是直面市场的产品，投拍后市场反映如何是要认真考虑的，被改编成影视剧的小说应有一些潜在的市场因素，比如作品前期的影响力，作品对时代的把握，作品自身的文学成就，等等。被改编成影视剧的网络小说多是人气作品，有很鲜明的网络特征，有别于传统经典小说。当代网络小说并不以思想性和艺术性见长，而是以野性、鲜活、别样的生活风格吸引读者。由网络小说改编成的影视剧的价值通常不在于文学上的成就，而更偏重于文化产品上的意义。因而在网络小说改编的过程中，也面临着与传统小说改编不一样的问题。

一

网络小说在网络上发表，往往带有时尚性，这种时尚性体现在小说或揭开了某种新的生活理念，或抓住了某种社会关系变化的生活现实。经过影视剧的改编，小说的文字转化成影像，通过声、光、电、影更直接地再现时代的生活画面。因影视媒体强大的覆盖能力，影视

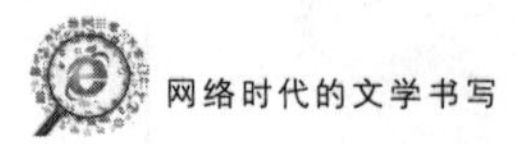

剧比小说更能唤起观众的现实感，并引发对现实问题的热议。

从《第一次的亲密接触》（蔡智恒）到《成都，今夜请将我遗忘》（慕容雪村）；从《蜗居》（六六）、《双面胶》（六六）到《裸婚——80后的新结婚时代》（唐欣恬）、《小人儿难养》（宗昊）；从《杜拉拉升职记》（李可）到《失恋33天》（鲍鲸鲸），这些受影视剧青睐的网络小说作品无不呈现出对新生活的捕捉和把握。《第一次的亲密接触》走红，很大程度在于小说为读者提供了一种时尚的生活方式，告诉读者恋爱可以通过网络来进行，小说通过网络聊天呈现恋爱的过程，网络“臭贫”式的语言充当恋爱的润滑剂，带有鲜明的“网络”风格，而剥开故事的内核，其内在结构也不过是“狗血”的通俗剧情。《成都，今夜请将我遗忘》受读者追捧，在于其表现了一代青年的人生理想如何被经济社会现实粉碎的过程，纯洁的诗歌青年如何被社会“污染”，混乱的男女关系如何毁掉了爱情，那种真切的直面呈现，不做作，不装酷，引起一代青年读者的共鸣。《蜗居》《双面胶》《裸婚——80后的新结婚时代》等作品表现了当代生活的种种现实：当代都市家庭生活的焦灼状态，年轻人在都市生存为一套房疲惫奔命，年轻女孩成为政府官员猎色的“小三”，商业机构与政府官员相互勾结实现“利益勾兑”，城市姑娘与“凤凰男”联姻带来的长辈冲突，都市女性所面对的重重压力，等等。《杜拉拉升职记》描绘了职场女性的晋升之路，为读者打开了当代职场生活的世界，充当了职场指南书。《失恋33天》写出了失恋的痛苦过程，塑造了一种新型社会关系下的人物形象——“男闺蜜”，引发了热议。《小人儿难养》写出了都市职场青年人面对孩子出生所带来的压力和焦灼，恋爱、结婚、工作的冲突，长辈和父辈的压力，年轻人的精神成长之惑，历经生活挫折之后的慢慢成熟，等等。由以上这些网络小说改编成的影视剧都取得了很好的市场效应，它们分享了网络小说的人气，通过镜头更鲜活地呈现了网络小说对时代生活的捕捉。

同一种生活现实在小说中和在电影、电视剧中是不一样的，阅读文字，是用自身的经验来再现文字所表现的生活，带有自身的经验想象性，而电影通过镜头、画面、人物、对白、动作，将生活定型，名演员的影视形象也让小说作品更鲜活，相应的“亮点”被放大了，突出了，也更具有时代感了。比如借助青春靓丽的女主角和男主角在浴池戏水的镜头，电影《请将我遗忘》（由网络小说《成都，今夜请将我遗忘》改编）的开头一下子将小说中糜烂的时代生活气息抓住了。电影《失恋33天》通过男主角的出色表演和精彩台词，把“男闺蜜”这个形象鲜活地树立起来了。在《双面胶》中经过电视剧编者的故事改编，那种夹在妻子和母亲之间受夹板气的男人的艰难与不得已，通过反复曲折细腻的家庭琐事被淋漓尽致地演绎出来，“双面胶”男人的形象也树立起来了。这些影视剧引发了观众对现实问题的关注和讨论，如“失恋”“男闺蜜”“凤凰男”等问题。这些影视剧的热播也是因为抓住了观众的兴奋点，将影像故事与个人生活联系了起来。

文学“为现实”“为人生”是现代文学以来重要的文学传统，表现生活的文学与读者自身的精神联系更紧密了，文学的社会效应突出了。与那些“纯文学”作家不同的是，网络小说的写作者多是非职业性作家，写作的经验来自不同的生活体验。网络写作的语境决定了他们的写作更随性，更能发挥个性，更有自身的精神投射。《失恋33天》是一个作者自身的故事，因为失恋了，作者在豆瓣网上发直播贴，与网友读者一起用文字自我疗伤，最终写成了一部小说，因为在网络上创作，作品的文字很野性，很“放浪”，也很注重可阅读的趣味性。在转化为视觉故事时，因为面对的观众群不一样，这种网络文风式的台词有了较大的改动，但其内在的“趣味”和“情调”被电影保留下来。

二

在网络小说创作中，读者是否“看得爽”是写作者要认真考虑的。如何让读者实现这种阅读快感，网络“YY”（意淫）是其重要的手法，就是让作品主人公一路狂奔，经历各种挫折，但好运总是眷顾主人公，总是能够在绝处逢生，由网络小说改编的电视剧《步步惊心》和《后宫·甄嬛传》就是这么处理故事的。这也是通俗小说的基本手法，采用多重悬念和曲折的故事，让人物九死一生，最后脱胎换骨。这种故事的写法也正好符合电视剧对多集、复杂的需要。

网络文化的主体是青春文化，是乐感文化，是充满朝气的。相对于小说，影视剧中的暧昧镜头必不可少，但又遮遮掩掩，既不“伤风败俗”，又能充分地吸引观众的眼球。网络小说的总体美学特点是轻松、幽默，可读性强，拍成电影追求的效果不是和谐，而是好看、异趣。《后宫·甄嬛传》中人物的台词形成了有名的“甄嬛体”，“甄嬛体”是一种委婉的女性表达，有一种说话智慧的艺术味道。这种文风来自网络粉丝的追捧和模仿，在电视剧热播期间，“甄嬛体”一度在网络上广为流行。为增加观赏性，电视剧《小儿难养》中穿插了很多流行段子。将段子作为人物的台词，极大地增加了影视剧的趣味性。一些段子很有概括力，戏讽了某些社会生活现象，体现了民间的智慧。

在《双面胶》《裸婚》《小儿难养》等电视剧中，靓丽的年轻演员，富有个性的人物着装，装修舒适的居住空间，虚构的都市夜生活，白领职场的明争暗斗，青年男女腻在一起的言语方式，共同呈现了一种当代都市青年的生活方式，体现出一种青年男女享受生活的小资情调。电视剧中明朗的天空，从地面仰视拍摄的摩天大楼，从高空俯视拍摄的城市，现代化公司的格子间等画面强化了这种生活气息的味道。

网络小说中最有影响力的是玄幻、悬疑、盗墓、穿越、宫斗、武侠、青春等类型化的小说，这类作品也颇受影视改编的青睐，如《步步惊心》《后宫·甄嬛传》等。表面上看，穿越、宫斗类作品是脱离现实生活的，但看过这些作品后就会发现，作品与时代内在文化理路有着相通之处。《步步惊心》《后宫·甄嬛传》不是纯粹意义上的历史小说，走的是20世纪90年代热播的琼瑶剧《还珠格格》的路子。穿越的剧情，以想象再造的后宫生活，与90年代热播的清宫戏、历史剧在文化脉络上是相承的。这类电视剧在文化上受功利主义文化的影响，如在中国传统章回小说《三国演义》中就有这种文化因子。这种权谋术文化的风行，与现实社会转型有直接关系。自改革开放以来，我国的经济建设成就斐然，发展速度世界罕见，发展成为第一要义，“发展是硬道理”，“不管白猫黑猫，抓住老鼠就是好猫”，国家需要GDP，企业需要利润，个人需要“成功”，在这种大形势下，实利主义思想的战旗猎猎飘扬。表现在文化上，就是一些权谋术文化书籍的畅销，《厚黑学》《方与圆》《卡耐基成功之道》《谁动了你的奶酪》等书籍一版再版。影视剧《步步惊心》《后宫·甄嬛传》正是这种文化理念上的文化产品，因为迎合了观众对成功的渴望，一步步的心计、智谋让观众学会了各种处世之道，满足了观众对一个个“计划”步步成功的“启示”，获得了很好的收视率。《步步惊心》中现代女性穿越到清代，一个现代女子参与了“九子夺嫡”的历史，带有先知先觉的历史预见性，有着现代女性观念的女子身处古代宫廷文化语境中，发挥自身的能量行事，故事中演绎的机敏、智慧、义气以及恩怨纠葛就不是简单的娱乐，而是当下生活理念的投射，古代后宫的故事也可转换到当代职场之中，教观众在现代职场中如何谨慎处事，如何在复杂的人际关系之中周旋。当然《后宫·甄嬛传》不是简单地宣扬权谋术，也有对人性恶的揭露和鞭挞，中国人民大学历史系毛佩琦教授在《人民日报》撰文《不妨俗得那样雅》认为："《后宫·甄嬛传》塑造了一个个有血有肉的人，从中我们看到了人心的丑陋，也看到了人性的光辉；看到了对腐朽制度的鞭挞，也看到了对侠肠义胆的颂扬。"这也让我们看到，《后宫·甄嬛传》在故事的编排，人物的设置，剧情的推演等方面的处理超越了简单的是非善恶观，作品对历史的表现，对人性复杂性的展现，是深刻入微的。

网络小说在改编成影视剧的过程中，故事常常会因面向的读者（观众）不同而有所改变。如由网络小说《成都，今夜请将我遗忘》改编成的电影《请将我遗忘》中，王大头由一个品行有污点的人变成了"五好青年"，故事结局也由悲剧性毁灭改为喜剧性暗示，这种改编与电影所面对的观众群有关，原小说写得很灰暗，而电影要力求体现社会正面价值。网络小说在网络上的走红是以其粉丝的追捧为前提的，网络小说的品质、趣味与其读者粉丝的趣味趋向是类似的，影视剧改编者深知这种趣味是不能随意丢掉的。如《致我们终将逝去的青春》是写给那些大学生和大学已毕业的年轻人看的，作者追忆青春流逝的伤感、怀旧的气息是作品的主色调。在流逝岁月的打磨下，在经历感情之路后，主人公从青春少女变成了老成、稳重的成熟女子。电影中的人物对白采用了小说的原文，画面采用了颇有历史感的90年代大学的场面。显然，电影演绎了小说中回望青春的感伤情调。

三

小说的影视改编是小说作者、编剧、导演、演出团队通力合作的结果，影视剧的水平往往体现在道具、服装、灯光、场景、台词、故事、演员等综合因素上的水准。网络小说的影像化是文学市场化行为的一部分，网络小说中那些鲜明的时代因素、精彩的故事底本、时尚

的亚文化精神趣味都是支撑网络小说被影视改编的重要因素。与传统小说的影视改编不一样，网络小说的商业化运作流程更为清晰。很大一部分网络小说的人气是由商业文学网站的商业机制造就的，网站为写作者代理版权，极力为写作者推举影视改编的机会，各种网络文学大赛直接与影视机构联姻，很多获奖作品直接与影视公司签约。影视剧制作方在考虑市场回报的思路下，也乐于投资拍摄人气高的网络小说，期待借其人气将产品推向市场，网络小说及其衍生的影视产品是文化产业的运营，而不像传统小说那样只是个人的精神写作劳动。

影视剧是一种大众化的媒介形式，网络也是一种大众化的媒介，由网络小说改编的影视剧在热播时，读者可以轻松地从网络获得文字底本，或者先阅读过小说，而后再去看影视剧。随着网络设备和技术的提升，年轻网民更倾向于选择网络视频点播，网络媒体很好地推动了小说读者和影视剧观众的转换。常见一些批评文章对网络小说改编的文化快餐大加批判，看上去，这种精英文化立场下对娱乐文化的讨伐颇有道理，但这种批判没有说明一种文化的合理性，没有说明网络文化的进步性，没有看到网络小说改编成影视剧后其中具有的更复杂的精神趋向和艺术问题。

只有把观众吸引进电影院，或者把观众留在电视机前，影视剧才能产生社会影响。电视剧需要曲折的剧情，需要每几分钟就有一个看点，要让观众在任何时候打开电视机看上一段，就被紧紧地吸引住。这意味着电视剧必然要在小说的基础上做出更多的改编，编剧“编故事”的才能要特别突出，要把故事编得曲折有趣。为此，电视剧的编剧常用拼贴的手法将故事戏剧化，造成险象环生、扣人心弦的观赏效果。在电视剧《小儿难养》中，编剧充分运用了戏剧性悬念的手法，简宁与江心到民政局离婚三次都未离成，从内在的剧情来看，作品最终是喜剧性的，离婚不过是婚姻中闹的小插曲，简宁与江心相爱，但闹过矛盾后，两人谁都不肯先低头，电视剧以戏剧化的剧情延宕离婚风波，最终两人重归于好。简艾和严道信走到一起，故事也颇为曲折，故事开篇两人是“敌对”的，好事多磨，最终有情人终成眷属，故事颇具传奇性。故事的结局是俗套的、大团圆式的，这是电视剧所面对的观众群所要求的。但我们应看到的是，在俗套的剧情下，网络小说为影视剧提供了精致的台词，《小儿难养》对婚姻爱情之惑的探讨所提供的精神性思考是清晰的，让观众在笑声中获得启迪。

张艺谋曾说，剧本乃是一剧之本。网络小说中不乏好的创意，不乏能鲜明地表现时代特点的好故事，这些故事为影视剧的改编提供了好的脚本。与世界优秀的电影作品多改编自文学名著类似，网络小说整体水平的提高，也必然使网络小说成为影视改编的题材库。早期网络小说作者多是非职业的写作者，其作品往往缺乏思想的深刻性，缺乏文学的艺术自觉，网络小说内涵的匮乏也导致了其改编的影视剧的快餐文化性质。早期出道的蔡智恒距离今天已经十几年了，《第一次的亲密接触》的影视改编是失败的，电影只是分享了作品的网络人气，缺乏优秀作品所包含的精美和深度。网络小说《遍地狼烟》曾参评第八届茅盾文学奖，进入 84 强，但其改编的影视剧却并不叫座。这很大程度上是因为小说对历史的描写还缺乏广阔的视野，小说的故事性、娱乐化色彩过重，作者驾驭大的历史局面的能力还很弱，缺乏对深层人性的剖析和挖掘。当然，网络小说及其改编的影视剧中不乏优秀作品，陈凯歌导演的电影《搜索》改编自网络小说《请你原谅我》，是一次成功的电影改编，小说很“文艺范”，小说本身提供了很好的人物故事雏形，改编者有较高的艺术追求，作品有思想深度，表现了现代都市生活中的悖论，故事也很有震撼力。由网络小说《谁说青春不能错》改编的电影 *pk.com.cn* 是一部参展大学生电影节的电影，其电影和小说都很精彩，电影以唯美的画面、精彩的动画穿插，表现了青春期的迷茫和自由生命追求的可贵，因其表现的是二重人格的冲撞，被誉为是中国版的《搏击会》。

网络小说的写作群体很大，近年来中国作协对网络写作的重视和扶持力度越来越大，网络小说是多层面的，是丰富的，其对市场和读者的把握能力超越了纯文学，网络文学的成熟与整体水平的提升也必将为网络小说的影视改编提供更丰富的资源。与这个发展的时代相适应，娱乐化、精神深度、艺术性是拼贴、混杂在一起的。对比国际市场，我国的影视剧还不够丰富，能如好莱坞的大片影响中国市场那样影响世界的优秀影视剧还不多，有如《哈利·波特》那样因一部小说形成一个庞大的文化产业链的作品还不多。但我们也看到，《后宫·甄嬛传》在日本有很高的收视率，《失恋 33 天》上映后也获得了很高的评价。在丰饶、广阔的网络媒体空间中，来自全民的写作智慧提供了越来越多的富有中国元素的中国故事，影视剧与这些故事的互动，必将制造出更多带有中国风情的文化产品，这也是中国文学走向世界的一种方式。在这个意义上，我们期待更多、更好的网络小说被影视改编。

（作者周志雄，山东师范大学文学院教授，山东师范大学网络文学研究中心主任）

新世纪三大次生文学场的争斗与博弈：兼及新世纪网络文学场的合法性认知*

进入新世纪以来，由于媒介与媒介文化的强势介入以及霸权地位的确立，文学场诚然呈现着从倾斜到裂变再到重构的动态演进，但假如我们聚焦于重构之后的新世纪文学场进行静态凝视时，我们又不难发现新世纪文学场有着精英文学、大众文学与网络文学三大次生场域，即所谓的“天下三分”或“鼎足而三”。这三大次生文学场域相互存在又相互博弈，既竞争又合作，以各自独特的话语在重构后的场域内争权与夺资，又以共同的话语、共同的文化性建构着新世纪文学的镜像。

一 精英文学场的“争圣”

所谓精英文学场，是指依托精英文学而建构起来的文学场域。作为一种场域，新世纪的精英文学场既与精英文学的不死延续有关，也

* 本文为国家社会科学基金一般项目《媒体化语境下新世纪文学的转型研究》(10BZW103)、浙江省社科联研究项目《媒体化语境下新世纪文学的转型研究》(2009N31)与湖南省教育厅优秀青年项目《传媒视野下新世纪文学的价值体系研究》(08B002)的研究成果。

与机械印刷媒介（或曰纸媒）“哀而不死”有关。但是我们必须要承认的是，作为大一统的自主性精英文学场，在进入新世纪之后，随着电子媒介、网络媒介、移动媒介的兴起与机械印刷媒介的衰落，其版图的缩减与疆域的陷落已是不争的事实，甚至只是“偏安一隅”。这样，曾经“作圣”的精英文学场在面对大众文学场、网络文学场的扩张时不得不走向“争圣”的窘境。

我们知道，精英文学是传统文学的主流样式，主要通过国家体制（包括中国作协与地方作协）、文学期刊、文学副刊、文学出版、文学评奖、大学文学教材、中学语文课本等来长期占据着文学场的话语权，并通过文学性与审美化原则来确立规范与原则，从而最终确立自己的权威地位进而“卡里斯马化”。“精英文学主要表达知识分子的个体理性沉思、社会批判或美学探索。精英文学所关心的不是普通群众的喜怒哀乐，而是对于某些本体性问题的认知，它所遵循的审美趣味也不再是大众化和通俗化，而是对新的、未知的审美手法不断探索。”[①] 精英文学坚持自己的文学理想与审美趣味，鄙视市场与消费、轻视大众与通俗，强调先锋、实验与唯美，以崇高之名自说自话、自娱自乐。正如单小曦所说的：“只有继续维护文学自主性的神圣不可侵犯和审美现代性的审美品格，保持自主性文学生产的稀缺性。”[②] 这样，资本得以累积，权威得以确立，魅力得以放大，从而心安理得地端坐“圣主”的宝座居高临下地俯视他者与众生。

然而精英文学却在新世纪的媒体化语境中“失势失圣”了。单小曦认为：“由于现代社会变迁极快，人们工作压力极大，心理危机尤其明显。中国大众在心理上与情感上都和那种古典的宏大高远精神已非常隔膜。无论你如何说经典文本是宝贝，无论你如何鼓吹精英文化

---

① 李运：《大众文化挑战下的精英文学》，《文学教育（上）》2009 年第 3 期。

② 单小曦：《电子传媒时代的文学场裂变》，《文艺争鸣》2006 年第 4 期。

的好处，都显得太抽象、太宏大、太遥远了。不是大众不需要这些东西，而是这些东西如果是以这种形象或者仅以纯粹的知识的形式出现，将很难被大众接纳。精英文学在今天越来越远离大众。"[①] 在大众文化的洗礼和电子媒介、网络媒介、移动媒介的冲击下，精英文学的去势与分化现象非常严重。最典型的莫过于精英文学内部结构的分化与裂化，这主要表现在三个方面：一是"逃离与背叛"，即一部分精英作家为迎合大众社会的需要，从原先精英文学的阵营中分离出来，主动走向市场与大众，迎合消费主义、通俗主义与趣味主义。如贾平凹的《废都》、莫言的《丰乳肥臀》、毕淑敏的《拯救乳房》等。二是"退防与固守"，即一部分精英作家退入象牙之塔，"告别革命""抹平先锋"，埋首于比较规范、精致的创作或学术研究中，从原先的文化激进主义变成了文化保守主义，从原先的文学创新者变成了文学的守成者。如苏童率先置身"历史"，热衷于武则天奇闻轶事、宫斗性事的叙述；余华也一定程度上放弃了对暴力恐怖的迷狂（如《活着》《许三观卖血记》）。最令人感叹的是普遍复活了旧文人传统，"隐逸"之风开始盛行，"闲适"的倾向骤然提升。三是"对抗与反击"，即一部分精英作家仍然坚守精英文学的立场，坚决抵抗世俗文化、消费文化、市场文化的侵蚀，执着于"独异个人"的叙事激情；面对市场经济、媒介文化对文学的挑战与消解，既不迎合也不合作，而是对抗与反击。这一点，张承志、张炜、阿来堪称代表。特别是张炜的长篇巨著《你在高原》，长达250万字，用20年的时间精心创作，也于2008年获得了中国当代最高文学奖——"茅盾文学奖"，却被讥为"读者只有一人，那就是作者自己"。

除了精英文学内部结构的分化与裂化之外，面对文学的市场化、

① 单小曦：《电子传媒时代的文学场裂变》，《文艺争鸣》2006年第4期。

大众化与媒介化，精英文学也并非一成不变，而是在诸多外力的驱动之下进行着不同程度的嬗变与转变，以适应新世纪文化语境与文学生态的变化。这些内在的改变与主动的改革主要表现在三个方面：一是转变话语方式，对接文学市场。面对大众文学在文学市场中的盛行，精英写作也逐渐重视读者的接受与市场的需要，“读者中心意识”是每位精英写作时必然要绷紧的一根弦，力求以贴近社会原生态生活的视角来征服读者群。这样的精英写作淡化了精英的立场、放弃了启蒙的立意，呈现出对现实世界、日常生活的妥协的态势。这一点，在所谓的“新写实主义小说”中表现十分明显，如池莉、方方、刘震云等。二是转变传播方式，适应媒介法则。文学传播始终是联结文学创作与文学接受的唯一纽带与最佳渠道，一旦精英作家们认识到了“读者上帝”的价值，那么他们就不会拒绝传媒的介入，甚至会有意或无意地默认传媒的策划、宣传、炒作与营销。这样，精英作家们走进访谈室、走进聊天室、走进报告厅、走进售书台而成为传媒消费中的一道“菜”，成为整个传媒机构中的构成之一，甚至在传媒巨头、出版大鳄、名记者名编辑、知名出版社与书商、网络大 V 等面前降尊纡贵，之所以如此，就在于要追求好的传播生态与好的传播效果。三是转变价值方式，指向生活常道。精英写作不再将“载道”作为唯一的价值追求，而是从曾经的“形而上”更多地走向“形而下”，虽然似乎普遍游离社会现实与政治文化，但却没有摒弃对老百姓生活现状的关注与思考，如《一地鸡毛》《蜗居》《中国式离婚》《贫嘴张大民的幸福生活》等。可见，文学不仅仅是精英作家们个人的语言游戏与先锋探索，也不仅仅是精英作家们个人的内心安逸与精神闲适，而是“劳者歌其事，饥者歌其食”的生活常道。

当然，新世纪精英文学的这些改变与改革，依然还是为了在整个文学场中的“占中”与“争圣”。这些策略主要有：一是掌控有限的期刊发表资源；二是掌控文学批评的话语权；三是掌控文学评奖的评审权；四是掌控文学教育的编审权。具体地说，以一种文学权威的姿态控制着文学界或所谓的文坛，并站在话语权的制高点不断对大众文学、网络文学进行批评，认为其不够严肃庄重，缺少内涵，语言粗糙，形式随性，等等。还有，在新世纪媒体化语境中当大众文学、网络文学在文学场域中获得自己得以存在的地位，并繁衍拓展为可以同精英文学场分庭抗礼的文化空间时，精英文学则通过自己所拥有的体制内的话语权去“指挥”“册封”别的文学场域的作品，诸如采取文学刊物的刊登、体制内的评奖、体制内的身份确认、体制内的帮扶与招安等手段去发挥自己的影响力。当然，精英文学在维护自己正统地位的同时，也在与其他场域的文学进行合作，如 2010 年年初，莫言的长篇小说《蛙》和王蒙的小品文集《老王系列》上市时，两位精英作家也都先后邀请郭敬明为他们的新作站台；还如从第八届茅盾文学奖评选开始，破天荒地准许网络文学作品参评，但又设置了许多参评的条件，这中间虽有精英文学对于网络文学的让步和招安，但却依然有着“前辈对晚辈”“大哥对小弟”“强者对弱者”“大国对小国”的自信与宽容。之所以如此，无非是曾经独大的精英文学场被别的文学场域所侵占之后想继续维护往日的领域，像在后殖民主义时代想继续维护昔日帝国主义式的荣光。换言之，精英文学场在与大众文学场、网络文学场的博弈之中，既在极力“护圣”又在竭力“争圣”。

二　大众文学场的“争宠”

所谓大众文学场，是指依托大众文学而建构起来的文学场域。作为一种场域，21 世纪的大众文学场不是新生，而是拓域，它同 20 世纪中国文学的大众文学血脉相通，如“鸳鸯蝴蝶派小说”“公案小说”“武侠小说”“市民小说”“财经小说”“商业小说”等；再如所谓的“海马现象”“王朔现象”等；还如获得了社会效益与经济效益双丰收的大众文学刊物《故事会》《今古传奇》《中国故事》《读者》《知音》等。对此，有学者认为：“在20世纪90年代，越来越精良完备的电子媒介系统正在逐渐改变着原有的文化形态，并积极地参与新的文化格局的形成。大众传播媒介的高度发达扩展了大众文化的空间，‘全球化’的大众文化制作潮流，以电子媒介为工具在世界性范围的传播，也对90年代中国大众文化的发展产生了一定的影响。在主流政治文化、知识分子精英文化以及大众文化三分天下的态势中，大众消费文化的空间日益扩大。”[①] 进入新世纪之后，随着商业出版的勃兴与助推，以市场化与媒介化为准则的大众文学及其场域得到了前所未有的繁荣与扩土，如基于商业出版的青春文学与女性文学、基于影视传媒的影视文学与戏仿文学、基于新闻报道的报告文学与传记文学等，并且深得读者市场与消费市场的宠爱。

那么，新世纪大众文学场在与精英文学场、网络文学场进行争斗与博弈之际，是如何践行它的“争宠”策略的呢？一是自觉践行大众文化策略。哲学家奥尔特加（Jose Ortega Y Casset）在《民众的反抗》一书中，认为大众文化主要是指一个地区、一个社团、一个国家中涌现的、被一般人所信奉接受的文化，它是大众社会的产物。美国大众文化评论家伯纳德·罗森贝格（Bernard Rosenberg）将工业化了的大众社会视为一个充满了单调、平淡、平庸、丧失人性的社会，人们在富裕的生活中却充满了孤独感。大众文化通过大众媒介的表现与传达，日益成为新世纪流行的主要文化之一，甚至如金元浦所说的，

---

① 董健、丁帆、王彬彬：《中国当代文学史新稿》，南京大学出版社2005年版，第572页。

传统的神话已经远去，今天的神话是以电子媒介传播的大众文化。大众文化以消遣性、娱乐性为本位，以商业性、时尚性为外表，以现实性、及时性为内涵，呈现出一种日益世俗化的倾向。二是自觉践行大众媒介策略。新世纪大众文学的快速生长与繁荣，主要是依托于大众刊物的兴起与商业出版的勃兴，还有就是与广播、电视、电影、摄影等电子媒介的结合。诚如单小曦所说的，“我们认为大众文学的发展是以大众传媒（当时主要是大众报刊）的兴起为重要条件，即大众印刷读物与大众文学之间搭起了一座桥梁”①。米兰·昆德拉认为：“大众传播媒介的美学意识到必须讨人高兴，和赢得最大多数人的注意，它不可避免地变成媚俗的美学。随着大众传播媒介对我们整个生活的包围与深入，媚俗成为我们日常的美学观与道德。就在最近的时代，现代主义还意味着反对随大流，和对继承思想与媚俗的反叛。然而今天，现代性与大众传播媒介的巨大活力混在一起，做现代派意味着疯狂地努力地随波逐流。比最随波逐流者更随波逐流。现代性穿上了媚俗的长袍。”② 可见，大众传播媒介的“媚众”“媚俗”与“随波逐流”的美学意识必然会成为大众文学的安身立命的根本法则。所以，从这个角度说，大众文学是以大众传媒（商业出版、大众报刊、广播、电影、电视）为桥梁，将文本内容、情感意义以欲望化语言、感性化图像的形式展现给大众，以获得大范围的读者群的文学。三是自觉践行商业化与市场化的策略。新世纪大众文学的迅速崛起，就在于它自觉践行了商业化与市场化的策略。文学一旦选择商业化与市场化，或者说文学一旦追随市场化潮流，追求文学的商业效应与市场价值，那么，把文学作为商品并最大限度地追逐商业利润就成了一种全社会心

① 单小曦：《电子传媒时代的文学场裂变》，《文艺争鸣》2006年第4期。

② ［捷］米兰·昆德拉：《小说的艺术》，董强译，生活·读书·新知三联书店1992年版，第17页。

照不宣的共识，甚至是一种合理合法的行为。这种行为最集中、最突出的表现，就是不管是作家还是作品，在走进市场与融入市场的过程中，都会主动地追求那种商品化的制作与广告化的包装。这种制作与包装，既有等同于一般商品的外部形式，也有不同于一般商品的内部机制，即用那些最具感官刺激性和诱惑性、业已取得持久的商业效应的现代通俗文学和大众影视作品的某些情节要素组合成篇，以取得最大的轰动效应与市场回报。

这样，以大众趣味为导向为大众消费服务，以市场需要为标杆为作品畅销服务，新世纪大众文学场虽然在质量与品位上没法与精英文学场相抗衡，但在数量与码洋上却远远超过了精英文学场。换言之，假如说精英文学场是一个“文学强场”，那么大众文学场却只能算是一个“文学大场”。“大而不强”，确实是新世纪大众文学场的真实写照，但我们却不能忽视这个“大场”，毕竟这个“大场”直接引导了新世纪文学的大众文化取向，推动了文学生产的市场转向，打造了文学传播的“畅销书机制”与新型文化媒介人，推进了文学批评向媒体化批评的转变。

马尔库塞曾经说过：“在这个世界中，艺术作品也和反艺术一样，成了交换价值，成了商品。”[①] 商品逻辑与市场法则不仅支配着新世纪的文学生产，也支配着新世纪的文学消费，更支配着新世纪的文学流通与传播。正是如此，许多曾经先锋的作家如余华、北村、韩东、刘恒等也都难以抗拒市场的诱惑。如余华在 2005 年发表《兄弟》之时坦言：“如果让我选择是出版界认可还是文学界认可，我肯定选择出版界认可。”[②] 再如北村在解释自己为张艺谋写电影剧本《武则天》的

---

① ［美］赫伯特·马尔库塞：《文化的肯定性质》，《现代美学新维度》，北京大学出版社 1990 年版，第 230—231 页。

② 戴婧婷：《余华：作家应该走在自己前面》，《中国新闻周刊》2005 年第 31 期。

原因时也坦言："现在看小说的人越来越少，很多作家为了功利的原因去改变自己的写作方式，自己的定力没那么高，赶紧找一个有良心的挣钱办法。很多小说是靠电影红火起来，拍成电影了，小说就好卖。"① 还如韩东也说过："我写东西，在写完之后，希望它印刷得漂亮一点，印数多一点，电影导演跟你谈改编权的时候你想把自己的价码抬高一点，这些都有可能。"② 另外，针对莫言仅用 43 天写完了长达 49 万字的长篇小说《生死疲劳》、徐贵祥仅用 20 多天完成了 30 多万字的军旅题材小说《高地》的"神速写作现象"，邵燕君认为恐怕不能仅仅以作家才华横溢作为理由来解释，写作速度的极限提升必然导致写作高度的最大下滑，并强调这是"放弃难度的写作"③。"放弃难度的写作"，从本质上说就是放弃精英写作的立场，即逃离精英文学场而拐进大众文学场的长袖善舞。透过这些事例与案例，我们似乎可以还原出这样的共识，即与市场共谋共荣的大众文学，就其场域而言，"争宠"不仅是一种过程，而且是一种扩张、扩大后的结果。

三 网络文学场的"争权"

所谓网络文学场，是指依托网络文学而建构起来的文学场域。作为一种场域，新世纪的网络文学场是一种地地道道的新生与新建。一般而言，网络文学是指由网络使用者通过键盘输入、在网络发表、可供网民阅读的文学。网络文学有它的"文学之父"，但最主要的还是

① 董彦：《电影捧红的作家》（http：// news. xinhuanet. com/book/2004－04－06/content _ 1403141. htm）。

② 夏瑜：《人有人道，虾有虾道，我有我道——南京作家韩东访谈》，《南方周末》2003 年 7 月 17 日。

③ 参见邵燕君《放弃难度的写作：以莫言〈生死疲劳〉为例》，《文学报》2006 年 7 月 6 日。

因为它的“网络之母”。网络文学以互联网为依托，有着自身独特的创作手法、审美价值、作家群体、流通手段等。如今网络文学的合法性早已得到承认，无视网络文学的存在与繁华无异于视而不见的自欺欺人。事实上，网络文学经过21世纪前15年的喧哗与骚动，已经历经了三代的嬗变升级而日趋成熟。这样，在新世纪的文学场域内，一个自主的网络文学场得以形成、得以建场。作为一种新生场域，网络文学场有它自身的场域逻辑，并以之反抗固有的“惯习”（又称“习性”或“养性”），诚如布迪厄所说的，“每个次场（Subfield）都有它自己的逻辑、规则和规律性，场（譬如说，文学生产的场）的划分的每一个阶段，都需要一个真正的质的飞跃（例如，就像你从文学场的层次向下移到小说或剧院的次场的层次那样）”[①]。作为一种新生场域，网络文学场必然会同精英文学场、大众文学场“夺地抢资争权”。

依托互联网和交互式电子信息技术，网络文学场拥有了无可比拟的资本，这种无限延伸的“电子牧场”允许“每一个IP地址自由发声”[②]，网络文学的低门槛、自由发表使得许多体制外的写作人才得以进入网络文学场，它体现出“平等”的观念和文学权利正在“向民间回流”，只要会使用计算机与键盘，会使用基本词汇就有可能成为一个“写手”甚至是“作家”。这样，网络文学场有着庞大的写作队伍，海量的网络作品，还有着庞大的阅读网文的“粉丝”，这是精英文学场、大众文学场无法比拟的。正如著名作家张炜所说的：“也许历史上没有任何一个时期像现在一样，如此多的人获得了写作和发表的权力。这是一种空前的写作。从人的权力、人的表达意志来看，这是一种社会进步。但问题是，即便再多的社会性、自发性、大众性的写作，也不应成为降

---

① ［法］布尔迪厄：《场的逻辑》，《文化资本与社会炼金术：布尔迪厄访谈录》，包亚明译，上海人民出版社1997年版，第149页。

② 韩少功：《扁平时代的写作》，《扬子江评论》2009年第2期。

低文学精神和艺术含量的理由，相反只会使其绝对高度得到提升。”①

事实上，新世纪的网络文学场已进驻过三代网络写手，而且是“三代同场共写”。第一代是指在20世纪90年代末进入网络原创的写手，其代表人物号称网络文学界的“五大写手”的痞子蔡、宁财神、李寻欢、邢育森和安妮宝贝。第二代是指新世纪之交进入网络原创的写手，代表人物包括今何在、何员外、宁肯、慕容雪村、尚爱兰、江南、沙子、唐家三少等；第三代指近几年来在网络文学创作中崭露头角的网络写手，如萧鼎、赵赶驴、天下霸唱、沧月、当年明月、流潋紫、南派三叔等。经过三代的辛勤耕耘，从海量的网络作品中披沙沥金，我们还是可以触摸许多网络文学经典作品的生命脉搏与资本附魅，如《第一次的亲密接触》《迷失在网络与现实之间的爱情》《成都，今夜请将我遗忘》《告别薇安》《彼岸花》《和空姐同居的日子》《诛仙》《鬼吹灯》《盗墓笔记》《梦回大清》《明朝那些事儿》《美人心计》《后宫·甄嬛传》《杜拉拉升职记》等。

如今，网络文学的发展强势已是有目共睹。如果说在新世纪的第一个十年间，网络文学对“主流文坛”的冲击还局限在文坛内部，经过被称为“网络文学改编元年”的2011年，随着《宫》《步步惊心》《后宫·甄嬛传》等一部部穿越剧、宫斗剧的热播，电影《失恋33天》（改编于豆瓣“直播贴”）的席卷，“网外之民”也身不由己地“被网络化”，文学网站开始取代文学期刊，成为影视改编基地。网络不再是年轻的“网络一代”自娱自乐的亚文化区域，而将成为国家“主流文艺”的“主阵地”。② 值得一提的是，网络文学之“邀宠争权”与“攻城略地”的行动不断，而且是收效颇丰。如2011年广东作协

---

① 张炜：《2011年1月21日至22日中法文学论坛上的发言》（http：//www.ayrbs.com/book/2011—01—31/content_269328.htm）。

② 参见邵燕君《网络文学的场域内精英如何发声》，《文汇报》2014年3月24日。

创办了国内第一个网络文学研究刊物《网络文学评论》，浙江作协启动了全国首个“西湖·类型文学双年奖”的评选，并于2012年成功颁奖。2013年，中国首家网络文学大学（10月30日在中国作协的指导下，由中文在线联合多家原创文学网站发起，莫言任名誉校长）、首个本科网络文学专业（12月25日，由盛大文学和上海视觉艺术学院联合创办，将请莫言、王安忆等著名作家和网络作家唐家三少等共同授课）相继成立。2014年伊始浙江省网络作家协会成立，7月创办网络文学创研刊物《华语网络文学研究》。

诚然，新世纪的网络文学场在现有的文坛格局中还没有达到像精英文学场“争圣”、大众文学场“争宠”的地步，它不过仅仅处于可以同其他两个次生场域“争权”的有利位置，但我们仍然可以相信它必将是一个百花齐放、万紫千红的“宏大广场”与“无极社区”。“满园春色关不住，一枝红杏出墙来”，随着全民触网的扩大、全民用网的普及以及网络霸权的确立，就网络文学而言，也许“出墙”的不仅是“一枝红杏”，而是集体出场、集体亮相、集体载誉。虽然中国的“主流文学”未必是拥有最大众读者的，但必须是对大众读者最有引导力的。也就是说，决定其“主流”地位的不是读者的占有量多少，而是是否拥有“文化领导权”。毕竟网络文学带来的不仅是写作主体和方式的重大改变，也不仅是阅读对象和方式的重大改变，更是引发了整个文学审美方式和艺术思维模式的改变。

（作者张邦卫、莫运平，张邦卫系浙江传媒学院文学院教授，莫运平系佛山科技大学中文系教授）

从网络文学到“雷剧”的产生：以《太子妃升职记》为例

网络文学作为一种重要的娱乐性文化产品，被越来越多的网民接受和喜爱，由网络文学改编而成的影视剧亦是如雨后春笋般蓬勃发展起来，成为一种热门网络文化现象。然而，网络文学作为一种边缘文学虽然受众广泛，却并不为主流文学界所接受，成为不断被苛责和诟病的焦点。而国家新闻出版广电总局印发的《关于推动网络文学健康发展的指导意见》和中共中央政治局会议审议通过的《关于繁荣发展社会主义文艺的意见》等文件，则为长久处于草根地位的网络文学正名，为网络文学的繁荣发展提供了良好的制度土壤，使得网络文学逐渐成为主流文化的重要组成部分，迎来了真正意义上的大发展时期。在此宏观背景下，网络文学作品逐渐受到影视剧编导的青睐，力图以其大众的文学口味为依托，实现作品由文字到影像的立体呈现。

一　网络文学影视剧改编现状

在中国当代学界，一般将网络文学分为三种形式：“一是传统文学文本的数字化或电子化；二是按传统文学惯例创作、在各种文学网站、论坛和博客等首次发表的原创文学作品；三是把文字、声音、影像、动画等融为一体，使用超链接技术的多线性超文本作品。”① 由此看来，相较于传统文学而言，网络文学具有更加丰富的形式和更加灵活的创作手段，而这亦构成了网络文学影视剧改编的基础。以此为基础，笔者在网络文学相关理论的基础上，拟对网络文学的改编现状进行了相关梳理和探讨。

网络文学影视剧改编可以追溯到1999年蔡智恒创作的《第一次的亲密接触》，这部作品在网络上出现以后借助现代传媒的力量迅速走红，也成为网络文学出现的标志，开启了中国网络文学的先河。而后《第一次的亲密接触》分别被改编成电影和电视剧，虽然反响平平，但网络文学改编影视剧现象却自此以星火燎原之势层出不穷。其中，既有《宫锁心玉》《步步惊心》系列的宫廷穿越剧，又有《裸婚时代》《最美好的时光》都市爱情剧，亦有《山楂树之恋》《搜索》《失恋33天》《致我们终将逝去的青春》《仙剑奇侠传》系列和《风云》系列，还有《匆匆那年》《何以笙箫默》《后宫·甄嬛传》《芈月传》《花千骨》，海宴同名小说改编的电视剧《琅琊榜》，等等，这些无一不是网络文学影视剧改编的成功范作。众所周知，网络文学影视剧改编的走热，既与网络文学本身的低门槛和丰富的表现形式有关，亦与影视剧产业本身的高额效益回报相关。从网络文学本身的发展来看，网络文学“审查”的门槛极低，对文学体裁范式、审美情趣、标准基本无甚要求，只与写手自我的写作意志相关。而其丰富的写作形式，为网络文学发展带来了极大的便利，无论何时何地，只需要一台能上网的计算机，便可将作品上传供网友阅读和评论，并可同时与书迷进行互动。这极大地激发了网络写手的写作积极性，在过去的十多

① 欧阳友权：《数字媒介下的文艺转型》，中国社会科学出版社2011年版，第429页。

年间，网络文学原创作品无论是分类还是篇数都已经远远超过纸质媒体发表的作品的总和。而娱乐性、可读性和思想性、艺术性的统一是网民对网络文学的认同标准。① 而从影视剧改编产业来看，娱乐产业的繁荣发展、影视剧观众的推波助澜等合力推动了网络文学影视剧走热，使其由一种单纯的经济现象演变为文化、艺术味十足的文化现象。而探讨这种文化现象本身，可以为我们厘清改编现象的来龙去脉，从根源上把握这种现象背后的文化张力，从而推动网络文学影视剧改编的理性发展。

二 《太子妃升职记》影视剧改编可行性分析

2015 年 12 月 21 日 21 点 04 分，《太子妃升职记》名列微博电视剧榜第四，这部“雷人”的网剧挤掉了《芈月传》《琅琊榜》《秦时明月》等一部部明星云集、制作精良、巨资宣传的电视剧，以迅雷不及掩耳之势占据微博热搜榜榜首，获得超预期的好评，一时间成为网民热议的话题。如今，该剧已经创下两个纪录：第一，是迄今为止网络剧播放量最高的，自开播以来创下近 27 亿的播放量，26.8 亿的微博话题阅读量，476.5 万的网络话题讨论量，移动端的视频播放量在开播仅 12 小时超过 400 万次，获得了空前的关注。第二，带动周边产业和文化衍生品产生巨大利润——《太子妃升职记》同款网游每月收入 2 亿元左右，简体版实体书也已经上市。但现如今穿越剧、自制剧不胜枚举，《寻秦记》《宫锁心玉》《步步惊心》等这些穿越剧的经典之作，不乏大牌明星和华美的服装及造型，可《太子妃升职记》这部

① 参见欧阳友权《互联网上的文学风景：我国网络文学现状调查与走势分析》，《三峡大学报》2011 年第 3 期。

由剧情平平的网络小说改编的网剧为何运作得如此成功？笔者追根溯源，以期为今后网络文学的改编运作提供一些借鉴。

第一，大众审美：从精英文化到大众文化的转型契机。

随着科技的进步和社会经济的发展，中国社会产生了由精英文化向大众文化的转型。一般而言，精英文化是知识分子阶层中的人文科技知识分子创造、传播和分享的文化，“精英”是指社会为其设置专门职业或特殊身份的知识生产传播应用者。精英文化在精神上与中国传统的士大夫文化一脉相承，“以天下为己任”，承担着社会教化的使命，发挥着价值规范导向的功能。中国社会传统的士大夫文化从此转变为知识分子文化，即精英文化。[①] 而随着中国市场经济的繁荣发展，由精英主导的文化不再能适应大工业生产条件下普通民众对社会文化的需求，由此催生出公众形态下大众文化的产生、发展。正像邹广文学者指出的，“从本质上说，大众文化是现代工业社会背景之下所产生的并与市场经济和商品社会相适应的一种市民文化”[②]。与此相适应，在精英文化渐渐走下文化“神坛”的过程中，其自身的生存状态愈发严峻。如庄重的古典乐曲被现代风格音乐所替代，古典的宫廷舞和芭蕾舞受到日益兴盛的广场舞的冲击，文化热点亦转移到通俗喜剧、日韩偶像剧和娱乐肥皂剧等大众喜闻乐见的娱乐形式中来。

而《太子妃升职记》是网络写手鲜橙的成名作，全书约31万字，在起点中文网连载，小说读者众多，有较好的受众基础。并且与《红楼梦》《水浒传》《三国演义》《西游记》《射雕英雄传》等传统的精英文化相比，它具有网络文学自身的大众化和娱乐性。这正契合了当下人们对快节奏的生活、“快餐式”文化消费的现状。众所周知，影视

---

① 参见邹广文《当代中国的主流文化、精英文化与大众文化》，《杭州师范学院学报》2002年第3期。

② 邹广文：《当代中国的主流文化、精英文化与大众文化》，《杭州师范学院学报》2002年第3期。

剧的本质就是娱乐性，使人们在观看的过程中享受到娱乐带来的快感。而以荒诞喜剧为特征的穿越剧是对当前固化的电视剧题材的突破和观众的选择。同时，在网络传媒的文化语境中，消费者的审美能力又存在着低俗化、反智化的倾向，这与大众文化的通俗性相吻合，使得网络文学影视剧改编成为社会文化转型下文学艺术转型的结果。但是，网络文学影视剧改编不仅要适应大众文化的通俗化需求，同时还要注重对文化内涵的锻造，使得网络文学改编剧走出“短命”的藩篱，进而产生出众多经典、优秀的作品。

第二，受众需求：从网络读者到影视观众的转型。

除了精英文化到大众文化的转型大环境，影视剧受众群体的扩大亦使得改编现象成为可能。在笔者看来，网络文学以其草根性拥有诸多的受众。随着技术的进步和社会理性的发展，这些受众并不满足于对网络文学纯文字、文本的消费，而是希冀一种可视化更强、情结效果表现更为直接的形式出现。在此种情况下，网络文学影视剧改编应运而生。相应地，网络文学的受众，亦变成被改编影视剧的忠实观众，不断地助推影视剧走上票房大卖的端口。这就吸引了诸多影视公司，亦能很好地解释无论被改编影视剧本身质量如何，都能达到高票房的现象了。其中，网络文学受众发挥了重要的作用。具体来看，文学作品《太子妃升职记》本身就有其自身庞大的读者群，是作者或者作品的忠实粉丝，这些粉丝对一般的影视剧作品兴趣不是很大，而一旦他们自己喜欢的网络文学作品改编成影视剧之后，带着对原著情节、人物等的猎奇心理，他们一般会立即加入对影视作品的追捧之中，进而成为改编影视剧的忠实粉丝。粉丝群体的扩大，使得其网络点击率飙升至各大网站视频点击榜的榜首，创下近27亿的播放量、26.8亿的微博话题阅读量的纪录，数据显示，《太子妃升职记》移动端的视频播放量在开播仅12小时超过400万次，获得了空前的关注。

另外，受众群体的扩大，使得众多影视公司开始关注网络文学，对其进行影视剧的改编。众所周知，由于网络文学改编成影视剧的种种优势，使得影视公司敏锐地察觉到了其中的价值和商机，将网络文学改编成各种形式的影视作品，造就了网络文学改编影视剧的文化产业热潮和蓬勃发展的局面。不难看出，影视公司对网络文学改编影视剧之所以乐此不疲，和巨大的商业利润是分不开的。《太子妃升职记》的高播放量和高收视率，以及周边产业带来的丰厚利润便足以印证。然而，受众群体的扩大，并不是要求影视公司在对作品进行改编时一味地迎合受众的偏好，而陷入低俗、恶俗的深渊。我们始终坚信优秀的影视剧作品更需要重视艺术的文化内涵的锻造。通过传统经典文化来丰富改编影视剧的文化内涵和品位，进而创造出更多无愧于时代和人民的优秀影视剧作品。

第三，剧本：内容和剧情演绎形式的创新。

《太子妃升职记》是一部由乐视网自制，侣皓吉吉执导，张天爱、盛一伦、于朦胧等主演的大型古装网络剧，改编自晋江文学网站写手鲜橙的同名小说，于 2015 年 12 月 13 日在乐视网播出。

从故事内容方面来看，剧本以另类的爱情打破传统观念，讲述了都市花花公子穿越成古代太子妃，凭借着男儿心女儿身从“太子妃”一路顺利地升职为“太后”的故事。《太子妃升职记》在内容上独辟蹊径，包揽“纯爱”“宫斗”“男男 CP”“女女 CP”等吸睛元素。值得一提的是，该剧不同于一般的宫斗剧，最大的看点是性别碰撞，由男性心理穿越到女性身体，用穿越的方式反映性别矛盾，主人公的内心独白更是将这一矛盾表达得淋漓尽致。剧中“男男 CP”“女女 CP”“女上位”等现实社会中谈论较多的敏感字眼，主人公通过替代性心理在剧中获得优越感和成就感，以及主人公心理的转变也反映了当下女性在性别冲突过程中的落差心理。

从剧情演绎角度来看，由男性心理穿越到女性身体，用穿越的方式反映性别矛盾，主人公的内心独白更是将这一矛盾表达得淋漓尽致。其中天马行空、笑料十足的情节，加上演员诚意十足的搞笑表演，博得了网友们的一致好评。剧集一经上线立即引发围观，点击弹幕，网友可实时发表自己看剧的想法，观剧热情空前高涨，满屏的弹幕评论蜂拥而至，开启了网剧“边看边吐槽”的模式。总之，一部网剧的成功之道，剧情是非常关键的一点。

另外，《太子妃升职记》是中国首部颠覆古装大戏，荒诞的主题、人物角色形象上的颠覆、人物服装、场景道具、各种荒诞的情景，诸如港台腔、双11、乐视TV、快递、霸道总裁、无厘头的各种语言、各种CP组合等夸张的当代潮流元素，搭配古装剧的故事脉络，引发观众的认同心理，反映出当代人的思想和人际关系。此外，导演对构图和画面的色彩上有极优秀的掌控力，这些都使得《太子妃升职记》这部改编剧成为一部热剧，获得网友们的诸多好评。

三 《太子妃升职记》影视剧改编反思

从上文可知，网络文学影视改编剧——《太子妃升职记》以绝对的网络点击量、超高的人气获得了极大的成功。《太子妃升职记》影视剧改编的成功为我们当下的改编热提供了一个范例，值得我们进行探究和思考。

高人气的原著和高颜值的选角是基础。《太子妃升职记》很宝贵的亮点是剧本很扎实，有良好的受众基础。基于此，网剧还未播出，其受众就已经存在，加之该剧启用张天爱、盛一伦、于朦胧等形象较好的“鲜肉”演员，演员们的表演也很符合剧中人物形象。长久以来国产剧演员丑、演技差、剧本不合理等方面的问题愈演愈烈，很多电视剧舍本逐末，使得真正的良心好剧少之又少。相对于打着大制作、华美服装和道具的正剧，该剧的火爆揭示了电视剧和电影的本质，演员和剧情才是重点，服装道具终归是外在的。

严谨的内容和精良的制作才是根本。从审美的角度来考量，《太子妃升职记》网络原文本难称精品。与经典小说缜密的艺术手法、对思想主题、人物性格、故事情节的精细刻画相比，其文学性和严谨性自然与经典相去甚远。中南大学欧阳友权教授在题为“网络文学离茅盾文学奖有多远?”的演讲中对网络文学的粗制滥造现象进行了批判，他指出：“今天的网络文学虽然在‘量’上已经占据文坛的大半壁江山，但在‘质’上还无法与传统文学抗衡。网络文学要成为人类文学史上一个有价值承载的历史节点，在拥有数量的同时还拥有质量，或者在赢得观众的同时赢得尊重，进而从点击率、注意力走向影响力和文学创新力，还需要消除自身的一些局限。”[①] 而《太子妃升职记》网络原文本存在着语言“耽美”、经验贫乏等缺陷。它被称为史上最穷网剧，演员们的服装全是某宝廉价同款，短裤、薄纱裙，还有出戏的罗马凉鞋，出场自带鼓风机特效等使该剧看上去显得粗制滥造。

另外，当下网络文学 IP 热的风潮也是越来越火热，许多改编影视剧作品高举“IP 改编”的旗帜，经过商业化的包装后进行虚假宣传。究其原因是当前影视公司对商业利益的过度追求，这也使得很少有人能静下心来长时间专注于创作，越来越多的低质量网络文学被改编成电影、电视剧，而这可能影响优秀的原创文本拉不到投资。因此，在对影视剧进行改编时，要注重选择高质量的网络文学作品，在注重消费者需求的基础上，尽量选择优秀的影视编剧对作品进行改

---

① 欧阳友权：《网络文学，离茅盾文学奖有多远?》，《光明日报》2011 年 9 月。

编，以保证改编剧本身的艺术性和娱乐性的统一。

有学者指出："网络文学产业是技术和文学发展的一个必然结果，只有对其进行深入研究，才能理解网络文学产业对文学的革命性影响，以及文学由此而发的巨大变革。"[①] 当然，除了对传统文学的影响，网络文学以其自身的大中性、娱乐性更契合了社会文化转型、受众转型下的影视剧改编现状，进而成为一种文化热像。当然，对网络文学影视剧改编现象本身来说，又要注重对传统文化的吸收、借鉴，避免粗制滥造的作品，以期制造出经典的、无愧于时代和人民的网络文学改编剧。

（作者杨向荣、鲁淑媛，鲁淑媛系湘潭大学文学与新闻学院文艺学研究生）

① 禹建湘：《网络文学产业论》，中国社会科学出版社 2011 年版，第 7 页。

媒介霸权与视觉主导：网络小说的影视化建构及其反思

显然，计算机技术与网络技术的深入发展为网络文学的诞生提供了独特的技术基础，网络文学则无疑体现了文学与网络媒介的有机结合，恰如欧阳友权所说："所谓网络文学，是指由网民在电脑上创作，通过互联网发表，供网络用户欣赏或参与的新型文学样式，它是伴随现代计算机特别是数字化网络技术发展而来的一种新的文学形态。"①我国的网络文学从 20 世纪末发端到如今已经走过了二十多个春秋，无论是从数量上看还是从质量上说它都已今非昔比，根据 CNNIC 在 2016 年 1 月所发布的《第 37 次中国互联网络发展状况统计报告》显示："截至 2015 年 12 月，网络文学用户规模达到 2.97 亿，较 2014 年年底增加了 289 万，占网民总体的 43.1%，其中手机网络文学用户规模为 2.59 亿，较 2014 年年底增加了 3283 万，占手机网民的 41.8%。"② 当前，伴随着网络小说与影视媒介的深度结合，网络小说的影视化建构业已成为一个显著的大趋势。

---

① 欧阳友权：《网络文学概》，北京大学出版社 2008 年版，第 4 页。

② 郭悦：《网络文学商业模式开始转型，市场格局完成重组》，中国互联网络信息中心，2016 年 1 月 22 日。

一　网络小说的影视化建构趋势

需要强调的是，网络小说的影视化建构有两条具体的路径：第一，对网络小说实行影视化改编；第二，网络小说的视觉化表达。第一条路径主要反映在把网络小说搬上银幕，把其改编成电影或电视剧的形式进行传播。第二条路径则主要体现在网络小说在行文构思、情景设计以及人物形象塑造等方面的立体化、视觉化，给人一种视觉性的冲击。其实，这看似不同的两条网络小说影视化建构路径实际上却是相互关联、相互作用的。一方面，网络小说的视觉化表达为网络小说搬上银幕提供了影视化改编的前提与可能；另一方面，当成功进行影视化改编的网络小说以电影和电视剧的形式赢得好评时，则会在相当大的程度上进一步加速网络小说的视觉化表达。然而，需要指出的是，在当前影视行业深度发展的情境下，通过网络小说而改编成的影视剧大行其道，这显然昭示着对网络小说实行影视化改编业已成为网络小说影视化建构过程中的主要路径。基于此，对网络小说的影视化改编进程及其趋势进行剖析变得十分必要。

实际上，中国的网络小说影视化改编历史仅仅只经历了短短十余年的时间，但它却在这极其短暂的历程中创造了诸多影视惊奇及收视率奇迹，这无疑是值得关注的。笔者认为，当前网络小说的影视化改编进程主要可以划分为两个关键的时期。首先，2000—2009 年，这是网络小说影视化改编的产生与发展期。可以说，2000 年以及 2004 年对蔡智恒《第一次的亲密接触》的影视化改编虽然未能引起较大的反响，但这无疑拉开了网络小说影视化改编的序幕。2004—2009 年，随着《血色浪漫》《双面胶》《蜗居》《小雏菊》《爱上单眼皮男生》《天眼》等网络小说逐渐被影视化改编，网络小说迎来了影视化改编的发展期。其次，2010—2016年，这是网络小说影视化改编的爆发期与高峰期。在这一时期，随着影视改编技术的成熟以及导演对大众视觉文化的深度把握，网络小说影视化改编的成效越发明显起来，无论是从影视收视率上说还是从社会反响上看都呈现出积极、良好的发展态势。2010年以艾米的网络小说《山楂树之恋》改编而成的电影票房突破1亿，这无疑引爆了网络小说的影视化改编热潮。随后，包括宫廷、职场、都市、穿越、青春、战争等在内的诸多网络小说快速地被影视化收编，诸如《步步惊心》《杜拉拉升职记》《裸婚时代》《致我们终将逝去的青春》《遍地狼烟》等。显然，影视化改编的成功既让网络小说的创作群体看到了新的曙光，同时又获得了影视导演以及电影公司对网络小说的青睐，于是2014—2016年便迎来了网络小说影视化改编的高峰期。在2014—2015年，随着《风中奇缘》《杉杉来了》《古剑奇谭》《华胥引》《花千骨》《盗墓笔记》《何以笙箫默》《琅琊榜》《云中歌》《芈月传》《明若晓溪》等经网络小说改编的热剧播出，影视点播量和收视率节节刷新，这充分彰显了网络小说改编剧的强大生命力。由此可见，网络小说改编剧可以说是近几年影视产业链中的强心剂，它一方面确保了影视剧的高票房或高点击率，另一方面更加速了影视行业的成熟化进程。不难发现，自2010年以来，几乎在每年的影视热播剧排行榜中都少不了网络小说改编剧的身影，而且这个身影正随着时间的推移而显得越发重要。据消息显示，在2016年我国还将有超过30部网络小说改编剧进行播出或者开拍。显然，网络小说的影视化建构趋势已变得势不可当。

二　影视化建构中的媒介霸权与视觉主导

在面对强劲的网络小说影视化建构趋势时，我们无法回避一个关键性的问题，即引发网络小说影视化建构趋势形成的核心动因是什么？换句话说，为什么会进行网络小说的影视化建构？有学者认为“商业利益”乃是驱动网络小说影视化建构的原动力，还有学者坚持“影视消费市场”“产业链发展需求”“粉丝群体”“改编成本”等因素才是诱发网络小说影视化建构的根本动力。的确，把以上这些因素归结为网络小说影视化建构中的原因有其合理性，以 2015 年开播的《盗墓笔记》为例，该剧的单集成本就达到了 500 万元，而其单集广告收益却突破了 1600 万元，该剧开播后的 24 小时内播放量轻松破亿，不到半个月的点击量便超过 15 亿次，足见其市场可观。此外，《盗墓笔记》还波及影视、书籍、游戏、广告等在内的多个行业，其产业链极其宽广。显然，“商业利益”“影视消费市场”以及“粉丝群体”等因素的确是影响网络小说影视化建构的重要因素，然而，它们是否真的是影响网络小说影视化建构的根本原因呢？当然不是，因为它们并未涉及网络小说影视化建构这一现象的根本。试问：商业利益从何而来？无疑是因为有影视消费市场。既然如此，又是何种原因引发了影视消费市场的繁荣？无疑是因为有影视消费的受众。然而，受众为何会青睐影视？这无疑是在于影视的表达契合了当今大众的文化。通过步步追问，我们发现“文化”才是影响网络小说影视化建构的根本原因。需要注意的是，当今社会的文化主要体现在“媒介文化”和“视觉文化”这两个方面，而媒介文化与视觉文化又突出地表现为“媒介霸权”和“视觉主导”。因之，更具体地说，媒介霸权与视觉文化主导语境才是引发网络小说影视化建构的根本动因。

媒介霸权为网络小说的影视化建构提供了根本性的社会技术语境。当前，“我们生活在一个媒介社会，一方面，大众媒介飞速发展，无论是社会组织还是公众，从信息交流到文化沟通，都对媒介产生了高度依赖；另一方面，媒介的影响力与日俱增，日益渗透到社会组织和社会生活的各个领域”[①]。格瑞普斯若教授指出“媒介对定义人们周围的世界具有重大意义，因而也同样有助于人们定义我们自己。它们以图像、声音、文字等不同的方式呈现对世界的理解，以及对世界的表征”[②]。的确，在日益媒介化的社会中，人们几乎无法消解媒介的狂欢局面，更是无法解构媒介的霸权地位。且以“文学的传播”为例，它先后历经了“口语”“文字”“印刷”“网络”“手机”“影视”等多个媒介传播阶段，尽管其在不同的传播时期展现出相异的文学形式，但媒介的权威却一直无法撼动。实际上，网络小说之所以会进行影视化建构，乃是因为媒介霸权为其提供了根本性的社会技术语境。首先，社会中存在诸多强大的媒介技术支撑，如“口语媒介”“文字媒介”“印刷媒介”“网络媒介”“手机媒介”“影视媒介”等，这些成熟的媒介技术为网络小说的影视化建构提供了技术可行性。其次，“图像霸权”和“影视霸权”日益成为当下社会媒介霸权的主要形式，这就为网络小说的影视化建构营造了特定的社会语境。需要注意的是，媒介霸权具有多种具体的霸权形式，包括“话语霸权”“文字霸权”“网络霸权”“图像霸权”“影视霸权”“美元霸权”等，在不同历史时期的各式媒介霸权的地位是不同的，恰如保罗·马丁·莱斯特所说的：“我们的社会正成为视觉媒介化的社会，对世界的理解是通过阅

---

① 杨晓峰、王君玲：《消费主义与媒介文化》，甘肃文化出版社2010年版，第1页。

② Jostein Gripsrud, *Understanding Media Culture*, Arnold, 2002, p. 5.

读图像而不是阅读文字而完成的"[①]。可见，由"文字霸权"转向"图像霸权"乃是当下社会的一个重大媒介转向，实际上，这一转向正凸显了"图像霸权"和"影视霸权"在当前社会的关键地位。人们重视对图像的阅读而忽视对文字的理解，这就为网络小说的影视化提出了内在性的建构要求。

视觉主导为网络小说的影视化建构营造了持续性的影视消费市场。伯格认为，"历史上的任何社会形态中都未曾出现过这么多集中的形象和这么多强烈的视觉信息"[②]。丹尼尔·贝尔指出："我相信，当代文化正在变成一种视觉文化，而不是一种印刷文化，这是千真万确的事实。"[③] 米尔佐夫则进一步强调："视觉文化并不依赖于图像本身，而是依赖于把存在进行视觉化或图像化的现代发展趋向。这种视觉化促使现时代完全不同于古代和中世纪社会，这样的视觉化在整个现代时期是很明显的，而现在它几乎已变成强迫性的了。"[④] 显然，视觉文化业已成为当今社会文化的主要表现形式。在视觉主导的社会语境下，人们对影视的需求激增，从而为网络小说的影视化建构提供了广阔的影视消费市场，无论是网络小说的视觉化表达抑或是网络小说的影视化改编都是对当前视觉文化的一种契合性表现。然而，约翰·菲斯克指出："大众文化始终处在运动过程中：其意义在一个文本中永远都不能确定，因为文本只有在社会关系中和互文关系中才能被激活，才有意义。"[⑤] 笔者认为，约翰·菲斯克此言至少带给我们两个方

---

① Paul Martin Lester, *Visual Communication*, Image with Messages, Wadsworth, 2000, p. 352.

② John Berger, *Ways of seeing*, Penguin, 1972, p. 135.

③ ［美］丹尼尔·贝尔：《资本主义文化矛盾》，赵一凡等译，生活·读书·新知三联书店 1989 年版，第 156 页。

④ Nicholas Mirzoeff, *An Introduction to Visual Culture*, Routledge, 1999, p. 6.

⑤ ［美］约翰·菲斯克：《解读大众文化》，杨全强译，南京大学出版社 2001 年版，第 3 页。

面的启示：一方面，“视觉文化”作为大众文化的主要形式，它具有“流变性”的特征，并处于“运动”之中，因而在网络小说的影视化建构过程中人们需要有效把握视觉文化的“流变性”，以达到一种视觉协调；另一方面，单一的“文本”无法关涉视觉文化的整体性意义，“文本”的价值主要体现在一种“互动”关系中，“文本”只有达到与社会互动才能凸显其意义。其实，这就为网络小说的影视化建构提出了两点要求：第一，“文本”不能过于单一，因而在网络小说的影视化改编过程中需要涉及都市、穿越、宫廷、战争、职场、青春等诸多题材的多样化影视剧；第二，“文本”需要与社会互动，所以网络小说的影视化建构需要与当前的视觉文化语境达到互动交流，影视剧既需要体现当今的视觉文化，又需要创造新的视觉文化形式。由此可见，视觉主导在为网络小说的影视化建构了持续性影视消费市场的同时，也对网络小说的影视化建构提出了相应的要求，显然，网络小说的影视化建构并不是随意为之的。

三　网络小说影视化建构的反思

很明显，在媒介霸权与视觉主导的社会语境下，网络小说的影视化建构趋势早已不可阻挡。在笔者看来，网络小说的影视化建构既扩大了网络文学的社会影响力，又丰富了电影的拍摄题材，还开创了新的影视消费市场和产业链，因而网络小说的影视化能够有效推进网络文学与影视美学的双向度繁荣，具有重大意义。

然而，不容忽视的是，在网络小说的影视化建构过程中尚存在一些十分明显的问题：其一，影视化改编过于注重功利性，以商业利益为导向。网络小说的影视化改编主要只选择点击量高，关注度强，能获得核心商业利益的作品，从而引发了具有高文学性网络小说作品的改编与传播问题。其二，缺乏有效的引导机制和监督机制，从而导致了在网络小说与影视剧创作过程中的相互抄袭、雷同化、媚俗化的问题，致使作品的品质参差不齐。也正是由于缺乏网络领域的监督机制，也使人遭遇了网络文化产权维权困难的处境。其三，如何打造经典作品的问题。当前的影视改编作品大多只停留在反映和迎合大众文化的层面，缺乏对精英文化的深层思考，这就在很大程度上放逐了精英文化作品的价值，容易引起大众文化狂欢，以及媚俗文化扩张的局面。由此可见，影视改编作品在引领文化进步方面作用的缺失致使诸多影视作品沦为“快餐文化”的代名词，影视作品的生命力难以久持，因而塑造影视经典的历程变得异常艰辛。

面对问题语境，为了能实现网络文学与影视美学的双向度繁荣，在网络文学影视化建构的过程中我们需要充分重视以下四个维度。首先，凸显“创造”的艺术魅力。麦克卢汉曾指出“作家和制片人的职责，就是将读者或观众从一个世界即他自己的世界，迁移到另一个世界中去，即印刷和胶片造成的世界中去”①。由此可见文学与影视具有相通性，也恰恰因为它们之间具有相通性才促使网络小说的影视改编成为可能。然而，需要注意到“把文学作品转换成电影形式往往是一种再创作：改编人员——除了必要的基本选择外——是在创作个人作品，他不是个插图画家，而是真正的创作人员”②。显然，影视改编亦是一种创造活动，改编人员应该兼顾文学与影视的双向特征，在忠实于网络小说原著的基础上发挥能动性，以期能高效提升网络小说改编剧的艺术价值，创作出既能贴近现实，又能彰显个性的经典之作。其

---

① ［加］马歇尔·麦克卢汉：《理解媒介：论人的延伸》，何道宽译，商务印书馆 2000 年版，第 351 页。

② ［法］热拉尔·贝东：《电影美学》，袁文强译，商务印书馆 1998 年版，第 136 页。

次，注重“观看”的审美维度。在网络小说的影视化过程中涉及一个“观看”的问题，一方面，“我们观看事物的方式受到我们自己所懂得以及所信仰的东西的影响”①。这就需要影视改编尊重大众的视觉文化特点，以受众喜闻乐见的方式进行改编；另一方面，“观看需要有一种视觉能力，人们不仅仅只是观看，而且需要根据创造者的期望和图像本身所传达的风格来观看”②。这其实是在对观看者提出要求的同时也为影视改编者描绘了期待，即网络小说的影视改编要有自己的思想和“风格”，既能传达出大众文化的魅力，又能引领和开拓新的文化浪潮，从而实现网络文学与影视美学的深度互动。再次，整合资源，搭建平台，建立健全网络小说影视化建构的引导机制和监督机制。整合网络小说从创作、传播、批评、改编到接受等各个不同阶段的资源，形成以网络文学市场和影视消费市场为中心的复式产业链。同时，强化媒介技术支撑，搭建高水平的网络小说创作平台以及影视化改编服务平台，对网络小说的影视化改编过程进行合理引导，并高效推进网络立法，健全网络小说影视化建构的监督机制。最后，净化网络小说影视化改编的审美空间。在影视化改编过程中，需要合理控制影视广告的植入，去除影视作品中的媚俗化因素，弱化商业驱动的不合理观念，从而有效提升影视化建构作品的文学性和审美性内涵。

总而言之，当前网络小说的影视化建构趋势正不断加强，“媒介霸权”与“视觉文化主导”乃是网络小说影视化建构的根本动因。需要注意到，虽然网络小说的影视化建构既能够扩大网络文学的社会影响力，又能够彰显影视消费市场的蓬勃魅力，但是在此建构过程中尚

---

① John Berger, *Ways of seeing*, Penguin, 1972, p. 8.

② Kieran Flanagan, *Seen and Unseen: visual culture, sociology and theology*, Palgrave Macmillan, 2004, p. 78.

存在一些比较明显的问题亟待解决。面对问题语境，通过探究影视化建构过程中人们需要充分重视的各个关键维度，从而为实现网络文学与影视美学的双向度繁荣提供有效的路径。

（作者何晓军，湘潭大学文学与新闻学院文艺学研究生）

网络小说影视化改编及其反思：基于《九层妖塔》和《寻龙诀》的对比

2015 年 10 月和 12 月分别上映了两部由同一网络小说系列改编的电影，即由“鬼吹灯”小说系列前半部分改编的《九层妖塔》和后半部分改编的《寻龙诀》，原著作者是知名网络作家天下霸唱（张牧野），导演则分别为陆川和乌尔善。《寻龙诀》是以摸金校尉带着对死去故人的留恋与愧疚重回古墓探寻彼岸花的秘密为主线，整个故事围绕长在联结生死两界的彼岸花的重生传说展开，场景设定为西夏一个得到彼岸花力量的公主的墓穴，最终揭示了死去的人终究是死去了，不存在重生的可能，最终指向的是对生死意义的探索。而《九层妖塔》则是以鬼族人因其早夭的诅咒而找寻解咒方法的故事为主线的，电影前半部分讲述了主人公胡八一和杨萍等人组成的探险队误入昆仑山腹地九层妖塔所在地，差点解开封印，杨萍则在探险中被怪兽叼走的故事；而后半部分则是多年后胡八一一步步揭开鬼族神秘面纱，并联合官方机构 749 局在西部石油小镇杀死变成鬼族公主的杨萍，并吓退突如其来的猿族怪兽的故事。

同样是一个系列圈粉无数的盗墓题材作品，同样是耗费巨资的豪华制作班底，同样是选择在黄金档期上映，但是令人震惊的是二者上映之后的票房和口碑可谓是天壤之别。根据电影院线实时统计，《九层妖塔》的票房最终是6.79亿，而《寻龙诀》则高达16.3亿；而且在豆瓣电影上的评分，前者只有4.3分，后者则是7.9分。众所周知，任何艺术作品的形成、艺术形象的创造都是一个物质传达手段客观化、对象化的过程。在艺术语言以及艺术符号之下，艺术家将审美体验和审美构思从意识形态物化为艺术作品和艺术形象，从而完成艺术创作。小说与电影在一定程度上可以理解为语言媒介与视听符号媒介之间的关系，在分属空间艺术和时间艺术的诗歌与绘画中探讨不同的艺术表现形式，因而从小说改编成电影则可以理解为一种由文字到图像的审美转换，而在这样一个时空和审美转换的过程中，怎样去更好地完成艺术创作的审美转换才是重中之重。《九层妖塔》和《寻龙诀》都是对网络小说的二次创作，归根结底则是从文学到电影的审美转换，但是二者大相径庭的结果着实令人不胜唏嘘，其原因何在呢？

一　原作改编的过度阉割

网络文学诞生之初便以其本身的大众狂欢色彩、平民主义情怀，以及传播媒介的自由性获得众多读者青睐，声势日壮且影响日盛，而能够被买下版权来进行改编的网络文学基本上更是早已圈粉无数的经典之作，因而忠实原著的粉丝必然成为观影和为影片摇旗呐喊的主力军，同时也正是这批最有发言权的受众成为电影口碑的风向标。《九层妖塔》和《寻龙诀》在未上映之时就凭借其盗墓题材的华丽噱头，吸睛无数，因而在上映之初票房都是居高不下的，唯一不同的是《寻龙诀》是持续走高，而《九层妖塔》则是高开低走，这种情况的出现跟原著粉对《九层妖塔》的笔诛口伐是分不开的。二者都是基于盗墓

故事的改编，墓葬文化的神秘性和传奇色彩一直是其引人关注的关键因素，因而改编过程中对于墓底世界还原呈现的程度直接决定了影片的成败。我们不可能求全责备的要求电影做到对小说的一比一还原，毕竟电影跟小说是两种艺术表现方式，但至少应该做到尊重原著的基本事实。反观两部电影，前者基本上还是围绕盗墓来开展的，但是后者却出人意料地把盗墓故事刻画成了一个美国电影式的西部小镇打怪兽的故事，不得不说是影片的一大败笔。

所谓改编，指的其实是“通过变化或调整使之更合时宜或适应的能力——也就是把某些事情加以变更从而在结构、功能和形式上造成变化，以便调整得更恰当”①，因而无论是怎样的改编，不管是媒介载体的变更，还是形式意义上的相互转换，都应致力于调整得更加合适，或者说更具艺术审美意义。尤其是从作为一种文学艺术形式的网络小说到影像艺术，更是应该立足于作品受众真正的审美需求，尊重原著的内在灵魂，在改编的过程中恰到好处地有所保留和创新。毋庸置疑电影起初的拥趸者多是原著的读者，他们正如詹妮丝·莱德威所说的，在阅读过程中经历了从身份危机到身份重建的过程，在这种替代性经验中，获取了实实在在的阅读快感，② 因而他们对原著改编而来的电影期待相当高。这批人深谙原著的故事情节和价值取向，不仅早已在自己心中形成了对此的审美机制和文化心理，而且渴望电影能够呈现自己原本无意识领域里的对小说情节的深度幻想，从而更真实深刻地了解自己内心真正所期望的东西，建立一种自我参与和自我审视的机制，实现自己在真实与虚幻的转换中建立起来的乌托邦梦想。换言之，他们十分期待参与到剧情建构的虚幻世界里，攫取一种小说

---

① 陈犀禾：《电影改编理论问题》，中国电影出版社1998版，第358—361页。

② 转引自［英］约翰·斯道雷《文化理论与大众文化导论》，常江译，北京大学出版社2010版，第173—176页。

曾带给他们的“前快感”，但是事实却是电影《九层妖塔》对原著进行了堪称大刀阔斧的改编，除了保留原著的盗墓题材和男女主角的名字之外，原著的情节基本上所剩无几。

面对还原度如此差的改编，观众的心理落差之大可想而知，他们几乎千篇一律地对电影对原作的过度阉割大加挞伐，甚至连原著作者张牧野都在后来提出了对电影出品方的诉告，正如豆瓣上网友杨时旸所评论的那样，“IP的归IP，电影的归电影，前者的优秀不天然决定后者的质量。如果你以一种肆无忌惮的态度，认为拿到了超级IP就能天然锁定观众，这也不会持续太久，没有人会花真金白银一次次走进电影院羞辱智商”①。电影票房一路走低的原因由此可见一斑。

二　技术理性的格式化操作

诚然，科技在进步，影视技术也在与时俱进，对技术精益求精的追求固然无可厚非，但若是一味地只看重技术含量而忽略作品本身的文化传统和精神赓续，以致让文学本体在科学技术的场域中经历一次次的技术理性的“格式化”，那就得不偿失了。正如导演乌尔善在接受记者采访时所说的那样：“一定要在文化心理的角度找到新的支点，对中国人的死亡意识要有一个更深层的了解。所有的探墓电影，最终的解读还是生命意义是什么，死亡之后的世界是什么，这个系统清晰，才会产生真正的戏剧，否则只有猎奇”，“或许客观上电影制作水准都不错，但价值观有问题，这片子技术层面再好也要打折扣……”②

① 杨时旸：《陆川老师，您还是去拍真人版〈黑猫警长〉吧》，《中国新闻周刊》2015年9月29日。

② 李宏宇：《〈寻龙诀〉为何盗墓，坟墓藏宝贝，是农民的想法》，《南方周末》2015年12月18日。

从技术层面来讲，两部电影都是耗费巨资邀请国际知名的专业技术团队打造特效，3D视觉效果极佳，虽然受众对电影本身褒贬不一，但是对于特效制作基本上是众口一词的表示肯定。除去个别场景视效不够理想，抠图素材跟背景画面融合得不精致之外，几大主场景设计得相当漂亮，美工细致，片子很好地完成了从概念设计到最终画面呈现的转化，重要情节的工业化程度令人赞叹，堪称近年来国产3D影片的良心制作。二者都力图在技术上比肩国际水准，特效制作和画面呈现都相当成功，可是二者的文学本体审美价值取向就不像其特技那么尽如人意了。

《寻龙诀》和《九层妖塔》的原著本属同一作者的同一系列，二者的文化底蕴和价值取向毋庸置疑应是一脉相承的，都应是对古代中国墓葬文化的探寻以及对古人生死观念的考证，追寻所谓生命的终极意义，这无疑是对中国传统风水学的承继和对先人智慧的致敬，但在经过两位导演的演绎诠释之后，带给观众的似乎是两种不甚相同的感觉。前者摸金校尉探穴定位是对传统墓葬文化的沿袭，而且探究生与死的终极意义这个核心至少是一以贯之的；后者本意似乎也是旨在探寻生与死的意义，但为了刻意追求一种国际大片的效果，生生置换了原著当中的人物和情节设置，拿来主义地借鉴了好莱坞电影中常见的梦境探秘和怪兽入侵套路，可是又不想完全脱离中国特色，故而又用一些中国特有的文化底色来包装电影中的人物和背景，结果可想而知，毫无疑问换来的是外国技术强行移植在中国的水土不服。要知道，我们把作品送进炙手可热的技术场域里，不是为了展示传统文化在面对技术入侵时的脆弱不堪，更不是为了在此演绎一种工具理性的强大力量，而是想“在一个新的场域里寻求一种‘诗意地栖居’的方式，运用技术手段来建构价值理性”[①]。电影中通过对特效技术的大肆渲染来展示技术无所不能、无微不至的强悍力量，妄图使所谓的技术审美化冠冕堂皇地遮蔽真正的人的审美，用视听语言带来的震惊体验替换观众原本该有的韵味审美体验，继而使观众享受到一场视觉技术带来的狂欢盛宴而非理性理解下的精神价值领悟。

事实上，过度依赖技术，试图用技术带来的视觉冲击取代观众对文化根脉的崇高信仰，也淡化了作品该有的审美价值承担，导致其传统的艺术魅力被技术逐渐消解，沦为技术的奴隶，最终使得“有形的物质载体所凝聚的艺术诗性被‘界面’的感觉撒播所碾碎”[②]。而且强行移植和复制国外技术来填充或者架构原本故事的内容，忽略了电影原本的文化根脉和审美意蕴，导致其最终只是成为一场炫技的视觉感官刺激而没有丝毫值得回味反思的内涵价值，那么这样的电影本身就是一种文化苟且的产物，只会沦为文化喧嚣的泡沫而已，更是失去了逻辑自治的碎片化拼凑物，同时这也意味着科学对艺术的精神放逐和价值漠视，无论如何都是不可能获得成功的。众所周知，技术的高速发展给我们的生活带来了颠覆性的改变，我们沐浴着技术带来的光辉而洋洋自得于人类智慧的伟大，对技术陷入空前的依赖和崇拜当中，但随着技术崇拜而来则是技术理性对艺术的强行“格式化”。技术理性试图用标准化和产业化来遮蔽艺术原本的神圣性和审美性，消解了其原本的灵韵，使之成为一种艺术工业，变成技术审美的产物。面对这样的现状，艺术若是想凭一己之力去抗衡技术，回归所谓的纯粹本真状态，无异于以卵击石，后果可想而知，那么艺术到底该如何自救呢？显然，选择与技术的适度和解更为明智。这里的和解并非是妥协与屈服，而是试图在技术的视域背景下寻求文化艺术的合理化生存方

① 欧阳友权：《网络文学的人文底色与价值承担》，《求是学刊》2005年第1期。

② 欧阳友权：《数字媒介下的文艺转型》，中国社会科学出版社2011年版，第334页。

式，双方取长补短，既可以利用技术理性的强大力量来为艺术服务，促进艺术更好地发展，又可以在艺术的审美领域中进一步弱化技术的工具理性，二者达到一种相对的平衡，至少可以保证真正意义上艺术的持续性生存。

三　空洞绘景下的失序逻辑

文学大家康拉德说，“我试图要达到的目的，是通过文字的力量，让你们听见，让你们感觉到，而首先，是让你们看见”①，电影艺术先驱者格里菲斯则说，“我试图要达到的目的，首先是让你们看见”②。这两位大家指出了小说和电影的能够衔接的共通点——“看”，但这恰恰也是分歧点所在——要实现“看”，未必只局限于某一种途径，因为受众既可以通过大脑的虚拟想象来“看”，又可以通过眼睛直观来观看。小说是语言和文字的艺术，电影是图像和视觉的艺术，二者是两种艺术方式，因而直接呈现的具象符号和表现手法也必然有所差异。在文本中，文字作为叙述的主体，借助其多元化的组合能力来完成对小说的叙述，而故事情节往往退而求其次的成为文本承载思想价值和情感表达的一个工具性载体，因而叙述策略也就只是其表层结构而已，但是对于电影作品而言，叙述策略则往往是其全部。尤其是针对文学改编而来的电影来说，既要保证对小说情节的基本还原，又要根据影视的叙述策略加以调整，稍有不慎，便会画虎不成反类犬。

具体到这两部电影来说，《寻龙诀》故事链条相对比较完整，一

---

① 转引自王骑瑰《从文字到镜像：由小说和电影〈时时刻刻〉谈起》，《电影评介》2010年第2期。

② ［德］齐格弗里德·克拉考尔：《电影的本性：物质现实的复原》，邵牧君译，中国电影出版社1982年版，第51页。

条探墓主线贯穿全剧，故事背景设定为西夏一个萨满公主的墓穴，围绕人是否真的能够死后重生来展开剧情，故事逻辑性合理，采用第三人称的全知叙述视角来呈现故事情节，虽然剧情上也有短板，但至少完整，叙述过程中也基本上没有盲区；《九层妖塔》则把故事背景设定为昆仑山腹地的神秘鬼族圣地九层妖塔，把男主角胡八一设定为羿王子后裔，以他的个人经历为主线来开展故事，采用第一人称限知视角叙述，代入感较强，但存在叙述的盲区。剧中相关人物的出场，故事情节的安排，没有任何铺垫，似乎全都是围绕胡八一的需要而非叙述逻辑的需要来设定的，尤其是剧中作为羿王子守护者的图书馆馆长这一角色的凭空出现，没有任何预兆和伏笔，而结尾胡八一杀死自己深爱的女主角的时候更是手起刀落，没有过多的情感纠结和丝毫的迟疑，这些都来得太过突兀了，似乎也与故事背景的设定不甚相关。此外，全剧明显分为了两个故事——探秘和打怪兽，显而易见是对好莱坞常见的怪兽电影模式的效仿和复制，撇开背离了原著不说，弃绝了原本的故事线，故事情节存在着尴尬的脱节，造成了叙述逻辑的混乱，而耗费诸多财力物力精心打造的宏大故事背景更是沦为摆设而已。

毫不讳言，一部电影如果抽空了人物与环境的关系，割裂了历史与影像的联结，试图通过借鉴经典电影中的桥段来架构作品，得到的只会是人物行为与夸张背景的脱节，叙述实际和叙述逻辑的背离。设计宏大精致的故事绘景本意在于圈定一个固有的社会文化环境，提升电影自身的传统文化内涵，并为故事情节的发生发展埋下草蛇灰线；但若是忽略了剧情本来该有的起承转合，只会使得背景沦为毫无意义的空洞画布而已，没有任何存在的价值和必要。此外，为了给影片植入大量特技创造一个合理化的借口，故意拆分作品的原本故事情节，强行植入如猿族怪兽在偏远小镇的突然崛起这种刻意追求视觉刺激的片段，看起来似乎是对原著的二次创作，但同时更意味着对原作的破坏性重组，造成故事原本的叙述逻辑失序和影像拥堵。观众在观看之后，不知其所以然，只会败兴而归，产生“智商被羞辱”的感觉，更遑论其会推荐周围亲友观影呢。即便想要比肩国际水准，把国际大片的典型桥段中国化，也要恰到好处，致力于让精致宏大的视觉绘景服务于故事情节，而非本末倒置，最后得不偿失。总之，刻意仿制照搬国际化电影制作模式，不合理地嫁接故事片段，造成电影的片段破碎，使得叙述逻辑陷入混乱之中，这样的叙述策略绝非明智之举。

一言以蔽之，从网络小说到电影，理想的改编境界应是二者互补互融，恰当地实现艺术方式的审美转换，让能够被文字更好表达的还是归于文字，让能够影像化的归于影像的表达，各自扬长避短，实现二者在不同领域的共赢局面。事实上，电影既是一门工业，也是一门艺术，其实质是把成批量的精神产品投到入流通领域，通过交换获得利润从而进行扩大再生产。作为文化品与商品的结合，它在遵守经济规律的同时也要受文化规律的制约，它既是生意但更是艺术，因而在关注网络小说改编的电影时，必须兼顾二者的平衡，既要考虑到改编之后是否能够迎合大众的审美需求，又要适度地对其艺术价值和审美意蕴加以深化，否则得到的只能是文化喧嚣下的彩色气泡而已，一触即破。

（作者董琳钰，湘潭大学文学与新闻学院文艺学研究生）

后　记

从 1998 年到 2016 年的今天，基于网络技术的突飞猛进而风起云涌的网络文学似乎早已聚化为新世纪文学的一道无法忽视的景观。借用一句流行的网络用语，不管承认还是不承认，网络文学都在那里，并且越来越焕发出勃勃的生产力与生命力。特别是近几年，由于网络文学影视改编的大力推进与广泛传播，网络文学的故事资源受到业界的极力追捧，并且全方位地拉动和提升了网络文学的审美力与影响力。当然，这中间网络文学本身所存在的问题甚至是病症也在繁华之后得以无情地彰显与披露。可以说，在当下，网络文学的创作及其发展早已是文学研究的基本问题之一，围绕这个问题的研究和讨论给文学理论甚或整个文学研究提供了重要的学术资源。

事实上，国内对网络文学的研究起步最早的是中南大学文学院的欧阳友权团队。2005 年，中南大学以欧阳友权为首的研究团队成立了“湖南省网络文学研究基地”。2012 年，湖南省网络文学研究会在中南大学成立，这是我国第一个从事网络文学研究的学术组织。除此之外，厦门大学的黄鸣奋团队、中国社会科学院的白烨团队和陈定家团队、北京大学的邵燕君团队、杭州师范大学的夏烈团队与单小曦团队、山东师范大学的周志雄团队、浙江传媒学院的张邦卫团队、温州大学的胡友峰团队等，也都是值得关注的扎根网络文学研究领域的颇有实力的研究团队。还有两种以书代刊的专业杂志也值得推重：一是广东省作协旗下的《网络文学评论》，二是浙江省作协旗下的《华语网络文学研究》。从这一点来看，网络文学研究的潮起与网络文学创作的喧哗似乎有着一种遥相呼应的态势与格局。这不得不说是一种可喜的进步，它充分说明了学界对网络文学的应召，也说明了学界的有识之士在突破了学术的樊篱与桎梏之后对新世纪文学当下性的密切关注与科学阐释。

正是如此，为了进一步推动网络文学的创作、促进网络文学的评论、深化网络文学的开发、推进网络文学的研究，大力引导网络文学的社会担当和健康发展，素有“北有中传，南有浙传”之称的浙江传媒学院在浙江省作家协会、浙江省网络作家协会的关怀指导与战略合作下，于 2015 年 6 月成立了“浙江省网络文学创作与研究中心”。“浙江省网络文学创作与研究中心”是浙江省高校首家创作与研究网络文学的专门机构。中心现有专兼职创作人员 10 人，专兼职研究人员 30 人。下设有网络文学创作室、网络文学研究室、网络文学改编室、网络文学评论室、网络剧工作室、网络文学信息室等 5 个分支机构。形成了“创作与研究并重、文学与影视并举、评论与评价并行、培训与培育并进”的鲜明特色。

中心成立之后，积极开展了各方面的工作。2015 年 10 月 11 日，由浙江省作家协会与浙江传媒学院主办，浙江省网络作家协会与浙江传媒学院文学院承办的“2015 年网络文学高峰论坛暨网络文学创作与研究中心成立大会”隆重召开。参加此次大会的领导有：浙江省作家协会党组书记、副主席臧军先生，浙江省作家协会党组副书记、副主席、浙江省网络作家协会主席曹启文先生，桐乡市委书记卢跃东先生，浙江传媒学院党委书记彭少健教授，浙江传媒学院副校长詹成大教授，浙江传媒学院副校长姚争教授，桐乡市副市长柳国彪先生。参加此次大会的校外专家有：高建平、徐岱、欧阳友权、季水河、王洁群、陈定家、夏烈、李胜清、黄柏青、莫运平、周志雄、单小曦、胡友锋、刘毅青、王建刚、肖泳、庄庸、任晓燕等20余人，其中高建平、徐岱、欧阳友权、季水河、夏烈分别做了主题发言。参加此次大会的校内专家有：张芹、朱旭光、张邦卫、赵思运、杨向荣、何坦野、郑小军、蔺春华、刘水云、王挺、吴毅、孙苏、葛娟等40余人。参加此次大会的网络作家有：蒋胜男、烽火戏诸侯、管平潮、燕垒生、傅晨舟、梅子黄时雨等。《文艺报》《浙江日报》《今日桐乡》等校外媒体记者也共同出席了本次大会。本次大会也获得了中国作家网、浙江作家网、浙江日报、浙江新闻、浙江网络作家协会、浙江教育报、衢州日报、浙江工商大学出版社网、钱江晚报·今日桐乡等多家实力媒体撰文“浙江举办网络文学高峰论坛”“浙江省网络文学创作与研究中心成立”“网络文学高峰论坛在浙江传媒学院举行”“文坛风景线：省网络文学创作与研究中心成立”等报道，并被中国社会科学网、光明网、浙江教育频道、广东作家网、四川作家网、衢州新闻网、爆侃网文等网络媒体转载报道，同时被搜狐网、中国青年网、环球网、凤凰网宁波频道、法制网、央广网、21CN新闻网、东方网、新民网、中国吉林网、中国江西网、云南网、荆楚网、杭州网、西安网、扬子晚报网、皖江在线、浙江在线嘉兴频道、上海热线新闻频道、金山网、华商网、和讯网、中山作家网、慈溪新闻网、华声论坛、长三角新闻网等30余家新闻媒体在新闻“浙江网络作家异军突起《芈月转》《后宫·甄嬛准》作者都是”的文章中指出“浙江省网络文学创作与研究中心在浙江传媒学院揭牌成立”。

在“2015年网络文学高峰论坛”上，与会专家学者围绕“网络文学创作与研究”这个主题展开了热烈讨论，涉及了“网络文学业态现状与发展前景”“网络文学创作与批评”“网络文学作家作品研究”

“网络文学引导工程”“网络文学的影视改编及产业化”“蒋胜男《芈月传》研讨与交流”等话题。与会者一致认为，在新的文化语境与价值导向下，处理好思想、艺术与市场的关系，实现网络文学和主流文学机制的对接，创作出无愧于伟大时代的优秀作品，实现网络文学评论的良性互动，是当前网络文学作者与评论者们不能忽视的问题。当然，本次会议的学术收获远不止于此，思想的火花可以说是随处可见。我们知道，网络文学研究的高峰绝不是“一期一会”的事，它需要积累。恰如荀子在《劝学》中所说的：“积土成山，风雨兴焉；积水成渊，蛟龙生焉；积善成德，而神明自得，圣心备焉。故不积跬步，无以至千里；不积小流，无以成江海。”还如刘勰在《文心雕龙》中所说的：“积学以储宝，酌理以富才，研阅以穷照，驯致以绎辞。”我们深知本次大会的思想是值得传承的、成果是值得传播的，一直行走在路上的网络文学，就必须要有一直在路上的网络文学研究。故我们特编辑了本次大会的成果并公开出版，且命之为《网络时代的文学书写》，希望方家批评指正。

在书稿即将付梓之际，我们要特别感谢那些为“浙江省网络文学创作与研究中心”提供无私帮助的领导——尤其是臧军先生、曹启文先生、彭少健先生、项仲平先生及詹成大先生，真心感谢那些共襄“2015 年浙江网络文学高峰论坛”的专家与作家，十分感谢那些为本书提供高水平研究成果的学者，还要感谢那些为本书出版付出辛勤劳动的同志们。如果这本书能以自身些许的学术收获报答他们于万一，那么我们也就聊以自慰了。

是为记。

张邦卫　杨向荣

2016 年春于杭州云水苑